自鞏洛舟行入
黃河卽事寄府縣僚友

공현의 낙수에서 배로 황하로 들어가며
즉흥시를 지어 부현의 벗들에게 부치다

강물 낀 푸른 산 뱃길은 동쪽을 향하고
동남쪽 사이 활짝 열려 드넓은 황하로 통하네
겨울 나무는 먼 하늘 끝에 닿아 희미하고
석양은 물결 속에서 사라져 간다

來水蒼山路向東
東南山豁大河通
寒樹依微遠天外
夕陽明滅亂流中

Fantastic Oriental Heroes

녹림투왕

녹림투왕 2

초우 新무협 판타지 소설

초판 1쇄 찍은 날 § 2005년 2월 5일
초판 1쇄 펴낸 날 § 2005년 2월 15일

지은이 § 초우
펴낸이 § 서경석

편집장 § 문혜영
편집책임 § 장상수
편집 § 유경화 · 서지현
마케팅 § 정필 · 강양원 · 이선구 · 홍현경

펴낸곳 § 도서출판 청어람
등록번호 § 제1081-1-89호
등록일자 § 1999. 5. 31
어람번호 § 제2-0526호

주소 § 경기도 부천시 원미구 심곡1동 350-1 남성B/D 3F (우) 420-011
전화 § 032-656-4452 팩스 § 032-656-4453
http://www.chungeoram.com
E-mail § eoram99@chollian.net

ISBN 89-5831-404-4 04810
ISBN 89-5831-402-8 (세트)

Fantastic Oriental Heroes

조아 新무협 판타지 소설

綠林鬪王

녹림투왕 2

|목차|

第一章

수하를 거두고 녹림을 선포하다

　음침한 눈으로 여량을 보던 몽여해가 나머지 섬서삼준을 훑어본 다음 심하게 다친 복사환을 보면서 물었다.

　"관표는 어디 있느냐?"

　복사환은 그의 말투와 시선에서 모욕감을 느꼈지만 감히 얼굴에 드러낼 순 없었다. 그가 머뭇거리자 나현탁이 나서며 대신 대답하였다.

　"여기서 가까운 야산 위에서 보았습니다."

　"너에게 묻지 않았다."

　나현탁의 얼굴이 부르르 떨렸다. 그러나 그것뿐이었다.

　감히 대꾸조차 못했다. 그리고 깨지고 으깨진 복사환은 사실 말하기조차 거북한 상황이었다. 이때 여량이 슬쩍 끼어들며 말했다.

　"공자님, 제가 안내하겠습니다."

여자의 말이라서인가? 몽여해는 싱긋 웃고는 고개를 끄덕인 다음 자리를 털고 일어서며 말했다.

"과문, 먼저 출발해서 그자를 잡아놓아라!"

몽여해가 제이철기대의 대주인 과문을 보고 말하자 과문이 손 하나를 가슴에 대어 보이고 말했다.

"걱정 마십시오, 소보주님. 제이철기대가 관표라는 산도적을 잡아놓겠습니다."

몽여해가 만족한 듯 웃었다.

언제 보아도 믿음직한 인물이었다.

철기보의 젊은 층에서는 몽여해를 제하면 과문의 무공이 가장 강했다. 그렇기에 제이철기대의 대주가 될 수 있었다. 그의 강직한 성격과 용맹함은 철기보만이 아니라 섬서성 일대에서는 모르는 사람이 없을 정도였다. 만약 과문이 대문파의 제자이거나 명가의 후손이었으면 무림십준에 충분히 끼었으리란 소문도 있었다.

"모두 출발!"

과문이 고함을 지르자 갑자기 말발굽 소리가 들리면서 원래 있던 길 한편에서 백여 기의 기마대가 나타났다.

그들은 원래부터 있었던 이십 기의 기마대와 함께 과문의 뒤를 따르기 시작했다. 그것을 보고서야 섬서사준은 철기보의 제이철기대 백이십 기가 모두 출동하였다는 사실을 알았다.

그 많은 말과 무사들이 있었는데 자신을 비롯한 섬서사준은 전혀 기척을 느끼지 못했다. 물론 몽여해로 인해 신경이 곤두서 있었다지만, 그것을 감안해도 철기대가 강하다는 사실을 인정하지 않을 수 없었다.

나현탁은 고개를 흔들었다. 지금 이들이라면 아무리 산대왕이라는 관표라도 상대가 될 것 같지 않았다.

관표는 진기가 거의 고갈 상태까지 갔지만 태극신공이 그의 내공을 빠르게 회복시켜 주었다. 특히 정자결은 개정대법의 효능뿐이 아니라 내공을 회복하고 내외상을 치료하는 데도 효과가 탁월했다.

지금 관표의 실력으로는 개정대법까지는 못해도 정자결을 운용하여 내상을 치료하는 덴 문제가 없었다.

일단 완벽하지는 않지만 어느 정도 내상이 안정되자, 후욱 하는 소리를 내며 눈을 떴다.

관표가 눈을 뜨자 그를 지켜보던 산적들은 일제히 환호하며 기뻐하였다.

그에게 자신들의 목숨이 달려 있다고 생각했기 때문이었을 것이다. 그들의 모습을 본 관표는 문득 자신이 처음 세상에 나왔을 때가 생각났다. 그리고 두 분 사부님을 만나 무공을 배우기까지 일들을 생각하자 콧날이 시큰거렸다.

세상에 의지할 사람이 있다는 것은 더없이 큰 행복이다.

이들은 지금 자신을 의지하고 있는 것이다. 그리고 자신이 누군가에게 힘이 되어줄 수 있다는 사실에 묘한 감동을 느꼈다.

산적들의 떠들썩함이 조금 가라앉자 그의 앞에 서 있던 세 명의 두령 중, 나이가 가장 많은 막사야가 포권지례를 하고 말했다.

"괜찮으십니까?"

"견딜 만합니다."

"말 놓으십시오."

막사야의 말에 관표가 그를 보았다.

얼핏 보아도 자신보다 나이가 훨씬 많은 듯싶다.

어색한 느낌이 들었다.

막사야는 관표의 표정을 보고 그가 어떤 생각을 하고 있는지 짐작할 수 있었다.

"무림에서 나이는 중요하지 않습니다. 관표님은 이미 산대왕이십니다. 우리가 인정하고 세상이 그것을 인정하고 있습니다. 우리를 거두어주십시오."

관표는 그들을 바라보았다.

자신이 내치고 간다면 이들은 다시 산적이 되어 양민을 괴롭히다가 언제 어느 때 누구의 칼에 죽을지 모르는 신세가 될 것이다.

'내가 이들을 이끌 자격이나 힘이 있을까?'

의문스러웠다.

아직은 스스로 자신의 힘을 알지 못했다.

몇 번의 결투에서 성과가 있었지만 그것은 운이라고 할 수 있었다. 상대가 자신을 알고 대처해 온다면 상황은 달라질 것이다.

잠시 눈을 감아보았다.

자신이 가야 할 길을 생각해 본다. 어차피 자신도 명문대파인 화산이나 사천당가와 원한 관계를 맺었기에 언제 어떻게 될지 모르는 삶이었다.

금 사부님이 한 말이 떠오른다.

"힘을 가져라! 누구도 너를 건드릴 수 없는 힘이 있으면 된다. 그렇다면 화산도, 당가도 너를 어쩔 수 없을 것이다. 너는 이미 기호지세라 힘을 가지지 못하면 살아남지 못할 것이다. 나는 네가 익힌 사대신공이 너에게 그만한 힘을 줄 수 있을 것이라 생각한다. 끊임없이 연구하고 배우거라. 그래서 누구도 너를 이길 수 없을 만큼 강해지거라! 그러면 된다. 모든 것이 저절로 해결될 것이다."

갈 길은 정해졌다.

어떻게 가느냐 하는 문제가 남아 있을 뿐이었다.

'강해지려면 내 마음부터 굳건해져야 한다.'

관표가 다시 눈을 떴다.

막사야와 산적들은 긴장한 눈으로 관표를 보고 있었다. 그들은 지금 관표가 아주 중요한 결정을 내렸다는 사실을 알았다.

"만약 나를 따른다면 화산이나 당가와 싸워야 할지도 모르오."

관표의 말이 끝나자, 기다렸다는 듯 연자심이 대답하였다.

"우리는 어차피 죽었던 목숨이고, 또 언제 죽을지 모르는 목숨입니다. 그리고 녹림왕 관표님이 그들과 불구대천인 것은 누구나 다 아는 사실입니다. 그 정도 각오는 이미 되어 있습니다."

철우가 나서며 말했다.

"화산이나 당가 같은 대문파의 고수들과 싸운다면 무공을 배운 자로서 오히려 영광입니다."

관표는 그의 얼굴을 보았다.

그냥 하는 농담은 아닌 것 같았다.

관표는 자신을 보고 있는 산적들의 얼굴을 하나씩 훑어보았다. 이미 더 이상 갈 곳이 없는 사람들이었다.

관표는 가슴속에서 의기가 치솟는 것을 느꼈다.

"좋습니다. 함께 가면 의지는 되겠지요."

관표의 말에 막사야와 두 명의 두령이 허리를 숙이며 인사를 하였다.

그중 막사야가 관표를 보며 강한 어조로 말했다.

"이제 주군이십니다. 주군다운 말투를 사용하십시오."

관표는 잠시 심호흡을 하였다.

마음을 가다듬는다.

'스스로 강해져야 한다. 마음도 몸도 강해져야 한다.'

스스로에게 주문을 외듯이 외친 관표가 산적들을 보면서 말했다.

"나는 관표다. 너희는 내 뜻을 따르겠는가?"

나직했지만, 그것으로 충분했다.

"충! 주군을 뵙습니다!"

막사야와 철우, 그리고 연자심이 그 자리에서 오체복지한다.

"주군을 뵙습니다!"

고함과 함께 산적들이 그 자리에서 무릎을 꿇고 땅바닥에 엎드렸다.

잠시 그들을 보던 관표가 다시 한 번 심호흡을 하였다.

아직은 어색했다.

한 번도 비슷한 경험이 없는 관표로선 당연한 일이었다. 그러나 관표는 가슴이 벅차오르고 있었다.

웅심이 꿈틀거린다.

아주 오래전부터 가슴속으로 꿈꿔왔던 것이 있었다. 내가 산대왕이 된다면……?

그러면 이렇게 할 텐데.

나이 십 세가 되기 전부터 그는 그렇게 꿈을 꾸고 있었다.

어렸을 때는 그 꿈의 한계가 있었다.

그 외에 또 다른 꿈이라면, 산대왕이 되어 돈을 많이 벌어 고향 마을을 무릉도원처럼 꾸며놓고 싶었다. 세상에서 가장 아름다운 마을로 만들고 싶었다.

그리고 거대한 도끼를 차고 다른 사람을 위협하는 그 자체가 스스로 위대해 보일 것만 같았다. 그리고 그렇게 빼앗은 곡식이나 보물로 형제들과 마을 사람들이 잔치를 하는 꿈.

그것만 생각하면 그는 가슴이 부풀곤 했었다.

그렇게 처음 산적이 되었을 땐 그저 뜨내기에 불과했지만 지금은 아니다.

사부들을 만나 무공을 익히고 강호무림에 대해 배우게 되면서 녹림과 산적에 대해서도 충분히 알게 되었다. 그리고 그때부터 그의 꿈은 또다시 진보하고 변화하였다. 그리고 이제 산적이 아니라 녹림이 되고자 한다.

관표에게 있어서 녹림과 산적은 그 근본부터가 달랐다.

산적은 말 그대로 산적이다. 그러나 관표의 가슴에 숨 쉬는 녹림은 그것이 아니었다.

곤륜의 제자인 경중쌍괴는 관표가 녹림의 산대왕이 된다고 했을 때, 너무 놀라서 어쩔 줄을 몰라 했었다. 그러나 그가 원하는 녹림의 뜻을 이해하고는 많은 조언을 아끼지 않았다.

두 사부가 그에게 일러준 말들은 푸른 숲에 녹아서 관표의 꿈이 되어 있었다.

진정한 영웅호걸의 세계.

그것이 바로 관표가 꿈꾸는 녹림이었다.

'이제 시작이다.'

관표는 스스로 다짐했다.

이들을 보호하기 위해서도, 그리고 자신과 자신의 꿈을 위해서도 더욱 강해져야 한다. 그리고 이들도 강해져야 할 것이다.

"모두 일어서라!"

관표의 말에 산적들이 일제히 일어섰다.

"이제 그대들은 내가 거두었으니 내 말을 전적으로 믿고 따를 것이라 믿겠다."

철우가 우렁찬 목소리로 대답하였다.

"말씀하십시오! 저희들은 모든 것을 각오하고 있습니다!"

"우선, 우리는 오늘부터 산적이 아니다."

세 명의 두령들과 그의 수하들은 모두 멍한 표정이었다.

산적이 아니라면 어떻게 먹고산단 말인가? 그들의 표정을 보고 관표의 안색이 굳어졌다.

막사야는 관표의 표정을 보고 깨닫는 것이 있었다.

"뜻에 따르겠습니다."

막사야에 이어 연자심과 철우가 고개를 숙였다.

"저희를 이끌어주십시오."

"철우는 무조건 따르겠습니다."

세 명의 두령들이 고개를 숙이자 나머지 산적들도 일제히 고함을 질렀다.

"뜻에 따르겠습니다."

마치 전염되어 가는 것처럼 그들이 차례로 말하며 허리를 숙였다.

"우리는 오늘부터 산적이 아니라 녹림의 형제들이 될 것이다. 우리는 비록 서로 다른 시간 다른 장소에서 태어났지만, 푸른 숲 안에서 형제로 새롭게 태어난 것이다. 비록 호칭은 우리의 꿈을 이루기 위해 서로 다르게 부를지언정, 우리가 한 형제임을 잊지 않기 바란다."

실제 녹림이나 산적이나 별로 다를 게 없다.

산적이 무리를 짓고 힘이 강해지면 스스로 높여서 녹림의 호걸들이라 했으니 그게 그거인 셈이었다. 그리고 아는 사람들은 다 안다. 녹림의 호걸은 의리가 제일이다. 의리하면 녹림의 호걸들이다라는 말도 알고 보면 자신들이 도적이라는 열등감을 의리라는 허울로 만회하려 한 것에 불과하다.

도적은 도적일 뿐이다.

또한 제법 힘있고 무리를 이룬 산적들이 도적 소리가 듣기 싫어 녹림호걸이란 말로 포장했을 뿐이다. 그러니 도적이 아니고 녹림이라면 이제 큰 도적단이 되겠다는 말로 들린다.

모두들 그렇게 생각하고 환호하려 할 때 관표가 손을 들어 그들을 막았다.

"모두 말소리를 크게 하지 마라! 우리의 고함 소리가 사방으로 퍼져 적을 부를까 두렵다. 그리고 들어라! 혹시 우리가 산적과 뭐가 다를 것이냐라고 생각하는 사람이 있다면, 지금 그 생각을 버려라!"

모두들 조용해졌다.

"우리는 도적질을 하지 않는다."

모두 놀란 눈으로 관표를 보았다.

"힘을 기를 것이다. 아직은 나도 모른다. 그러나 나는 나만의 진정한 녹림의 도를 만들어갈 것이다. 그래서 녹림의 형제들이 진정한 영웅호걸로 거듭날 수 있게 만들 것이다. 지금은 그것뿐이다."

큰 목소리도 아니었고, 어떤 구체적인 방법을 제시한 것도 아니었다. 그러나 한 가지는 확실했다.

그의 말 한마디 한마디에는 그의 의지가 들어 있었고, 그의 의지는 세 명의 두령과 수하들의 가슴을 두근거리게 만들었다.

무엇인가 옳은 길로 자신들을 인도하고, 정말 영웅호걸이 될 것 같은 기분이 들었다.

그들의 얼굴은 모두 상기되어 있었다.

그렇게 서너 번의 숨을 고르고 난 후, 철우가 말했다.

"우리들에게도 이름이 있어야 하지 않겠습니까?"

연자심이 말했다.

"지금은 그것을 논할 때가 아닌 것 같습니다."

관표도 연자심의 말에 동의했다.

지금은 한가하게 단체의 이름이나 논하고 있을 때가 아니었다. 우선 살아야 하는 문제가 있었다.

관표가 막사야와 수하들을 보면서 말했다.

"이미 우리가 뭉쳤다는 것으로 충분하다. 그 외의 명칭이나 규칙은 차후에 정하면 된다. 지금은 이곳을 벗어나야 한다. 혹시라도 섬서사패가 다시 이곳으로 온다면 힘들어진다. 우리는 이곳을 떠나 다른 곳으로 숨어야 한다."

관표의 말에 막사야가 걱정스런 얼굴로 물었다.

"부상은 괜찮겠습니까? 내일까지는 여기에 있어야 한다고 하지 않았습니까?"

"비록 완전하지는 않지만 많이 좋아졌다. 그리고 빨리 여기를 피해야 한다. 직감이지만 무엇인가 불안해."

관표는 건곤태극신공의 혜자결을 운용하면서 무엇인가 불안한 마음을 느끼고 있었다. 어떤 위험이 다가오고 있다는 불안감. 그래서 완전하지 않은 몸으로 이곳을 떠나려 하는 것이다.

관표와 세 명의 두령들, 그리고 그들의 수하들은 함께 산을 내려오고 있었다. 그중에서 관표는 맨 앞에서 내려왔다. 그렇게 관표가 먼저 산 아래 도착했을 때였다.

서둘러 내려오면서 디딤대로 사용하던 커다란 돌이 있었다.

약간 둥근 모양의 돌은 산중턱에 뿌리를 내리고 제법 단단하게 박혀 있었다. 그런데 차례대로 그 돌을 밟고 내려오면서 조금씩 흔들리기 시작했다. 그러다가 마지막으로 내려오던 수하가 그 돌을 밟았을 때였다.

계속되는 무게를 견디지 못하던 돌이 맨 마지막에 내려오던 수하가 발을 디디는 순간 뽑혀지면서 비탈을 구르기 시작했다.

다행이라면 돌이 구르는 곳은 다른 돌이 없는 맨땅이었고, 녹림의 형제들은 그 지역이 미끄러워 그 옆의 돌이 많은 곳을 밟고 내려오는 중이었기에 큰 위험은 없어 보였다.

관표는 돌이 구르자 빠르게 그쪽으로 이동해서 굴러오는 돌을 보았다. 자칫해서 그 돌이 사람을 치게 될까 봐 걱정이 되었던 것이다. 다행히도 돌이 구르는 쪽엔 사람들이 없었다.

막 관표가 안심을 하던 중이었다.

굴러오던 돌이 갑자기 튕겨 나가더니 방향을 바꾸어 그의 옆에 있던 장칠고의 머리 위로 날아왔다.

돌부리에 걸려 튕겨지면서 방향이 바뀐 것이다.

철우의 수하였던 장칠고는 자신을 향해 날아오는 돌을 보고 안색이 파랗게 질렸다.

그것을 본 다른 자들도 안색이 굳어졌다. 피하기엔 너무 늦었다.

바윗돌이 날아와 장칠고의 얼굴을 치려는 순간이었다.

관표가 맹렬하게 달려들며 돌을 두 손으로 잡아챘다.

순간 사람의 머리보다 더 큰 돌이 마치 솜뭉치처럼 관표의 손에 잡혔다. 그리고 거짓말처럼 바위가 그의 손에서 멈추었다.

놀란 장칠고는 그 자리에서 주저앉고 말았다.

관표는 그 자리에 바위를 가볍게 내려놓았다. 그 모습을 본 산적들은 모두 멍한 표정으로 관표를 보았다.

관표가 바위를 낚아채는 모습은 마치 솜뭉치를 잡아채는 것처럼 가벼웠다. 아무리 힘이 세거나 내공이 깊어도 산비탈을 굴러 내려온 바위였다. 가속도가 붙은 바위를 가볍게 잡아낸 것도 놀랍지만, 돌을 잡은 손이 뒤로 젖혀지지조차 않았다는 사실은 더욱 믿어지지 않았다.

다른 사람이 어떻게 생각하든 관표는 바위를 내려놓고 잠시 생각에 잠겼다. 순간적으로 운룡부운신공을 운용하여 바위를 잡았을 때 관표도 조금 놀랐다.

이전에 비해 더욱 빠르게 운룡부운신공을 다른 물체에 적용시킬 수 있었던 것이다.

'힘은 쓸수록 늘고 숙련되어진다더니. 역시 실전이 도움이 된 것인가?'

관표는 스스로 그 연유를 생각하며 산비탈을 올려다보았다.

돌이 구르다 튕겨지게 만든 돌부리가 보인다.

관표의 눈이 빛났다.

이동은 신속하게 이루어지고 있었다. 길을 따라 뛰다시피 걷는 산적들은 굶주림으로 힘이 들어하였지만, 군소리 한번 하지 않고 관표를 따른다.

그렇게 얼마나 갔을까? 제법 커다란 관도가 나타났다.

관표 일행은 관도를 걷기 시작했다. 그러나 이각도 지나지 않아 관표가 걸음을 멈추었다.

모두 길을 멈추고 관표를 바라보았다.

관표는 그 자리에 엎드려 길가에 귀를 대고 건곤태극신공의 초자결을 끌어올렸다. 육신의 감각을 최고조에 이를 수 있도록 해주는 초자결은 육이통이 가능해지는 무공이었다.

그의 초자결이 귀에 몰리면서 길바닥을 타고 전해오는 말발굽 소리를 들었다.

'백여 명이 넘는 것 같다. 꽤 먼 거리지만 이들은 기마대다.'

관표는 녹림의 형제들을 돌아보았다. 모두 지치고 굶주려 있는 모습들이었다.

이들과 함께 기마대를 따돌리고 도망간다는 것은 결코 쉽지 않은 일이었다.

관표는 시선을 들어 자신을 보고 있는 형제들을 보았다.

'나는 이들의 두령이다. 그리고 큰형님이 아닌가? 이젠 내가 판단하고 결정을 내려야 한다.'

관표는 잠시 망설였다.

기마대를 상대로 더 이상 도망가는 것은 무리였다. 산속으로 피한다고 해도, 몇 명이나 살아남을지 장담할 수 없었다. 그렇다면 싸워야 하는데, 이들의 실력으론 어림도 없는 일이었다.

문득 관표는 어떤 느낌에 하늘을 보았다.

매 한 마리가 원을 그리고 있었다.

'매가 위치를 알려주고 있는가?'

그렇다면 도망가기도 어렵고, 싸워도 이기기엔 힘들다.

그렇다면 싸우는 것이 낫다. 그리고 그들과 싸울 수 있는 실력을 가진 자는 자신뿐이었다. 이제 자신의 사대신공을 믿어야 한다.

결론이 내려지자 관표는 망설이지 않고 말했다.

"추적자들이 있는 것 같다. 모두 조금만 힘을 내자."

관표는 망설이지 않고 앞장서서 걷기 시작했다. 거의 뛰다시피 걸어서 얼마쯤 가자 일직선으로 곧게 뻗은 길이 나타났다.

길은 갈수록 조금씩 위로 올라가는 오르막길로, 백여 장 정도가 일직선으로 반듯한 길이었다.

그리고 그 위쪽은 오른쪽으로 굽어 있었고, 길 양쪽은 낮은 산이었다.

이는 관표가 원하던 장소였다.

하늘이 자신을 돕는다고 생각한 관표는 힘이 났다.

"모두 길 끝까지 뛰어라!"

관표가 갑자기 서두르자 모두들 죽을힘을 다해 뛰어 길의 끝까지 다다랐다.

관표는 일단 언덕 끝에 다다르자 수하들이 가진 무기 중에 박도 한 자루를 받아 들고 명령을 내렸다.

"모두 길 양쪽에 숨어라!"

관표의 명령이 떨어지자, 그들은 모두 길 양 옆으로 숨어들었다. 관표는 자신의 수하가 된 산적들이 모두 산속으로 숨어들자, 여기저기 돌아다니며 무엇인가를 찾기 시작했다. 그리고 그가 들고 온 것은 사람 머리의 두세 배 정도 되는 큰 돌이었다.

관표는 주먹에 금자결을 끌어 모은 다음 돌의 모서리를 쳐대었다. 그렇게 몇 번을 치고 나자 돌은 제법 동그란 모양이 되었다.

그리고 박도를 들고 산에 들어가, 긴 나무를 잘라와 앞을 뾰족하게 깎아 나무 투창을 만들었다.

그 외에 관표는 몇 가지 물건을 더 준비한 다음 박도를 등에 메었다. 만약을 위한 준비로 이것들 중 어떤 것을 먼저 사용할지는 자신도 몰랐다. 그리고 준비를 하는 사이에 이미 말발굽 소리가 지축을 울리고 있었다.

관표는 둥글게 만들어놓은 돌을 집어 들었다.

철기보의 제이철기대주인 과문은 겨우 산적의 무리를 소탕하기 위해 제이철기대가 전부 움직였다는 사실에 대해서 상당히 기분이 상해 있었다.

처음부터 소보주인 몽여해가 자신의 힘을 과시하기 위해 철기대를 전부 출동시킬 때부터 기분이 좋지 않았다.

녹림의 무리도 아니고 겨우 산적단이었다.

관표가 아무리 녹림왕으로 유명하다고는 하지만 그 말을 믿지 않았다. 그가 강하다면 육 년 동안 숨어 살 리가 없었다. 또한 곡무기를 죽이고 당무영을 해할 수 있었던 것도 이상한 약 때문이라고 들었다.

과문은 이런 저런 이유로 빨리 관표를 생포한 다음 철기보로 돌아가고 싶었다.

굽은 도로를 지나자 직선으로 시원하게 뻗은 길이 나타났다. 그리고 그들의 머리 위에서는 매 한 마리가 빙빙 돌고 있었다.

"멈춰라!"

과문의 고함과 함께 백이십여 명의 기마대가 동시에 멈추었다. 보기에도 멋진 모습이었다.

과문은 길 끝 쪽에 서서 자신을 기다리고 있는 관표를 보았다.

짙은 눈썹과 구레나룻, 사내답게 생긴 남자는 덩치도 자신보다 더욱 장대해 보였다. 하지만 둔해 보이지 않는 모습이었다.

과문은 관표가 들고 있는 돌을 보았다. 상당히 무거워 보이는 돌인데 가볍게 들고 있다.

과문은 얼굴에 미소를 머금고 생각했다.

'힘 하나만은 천하장사군.'

그가 알고 있는 관표란 자는 요상한 약으로 상대를 암격하는 자였다. 화산과 당문은 관표의 무공은 보잘것없겠지만 그가 들고 다니는 약은 조심하라고 했었다. 한데 들고 있는 돌을 보니 아마도 외문무공을 익히고 있을지도 모른다고 생각했다.

일단 관표에 대한 생각을 정리한 과문이 물었다.

"자네가 관표인가?"

"내 이름을 묻는 거 보니 나를 찾아온 것이겠군."

"그럼 관표군. 그런데 우리의 기척을 알고 기다린 것인가?"

"섬서사패의 무리인가? 뭐, 누구든 상관은 없다."

관표의 물음에 과문은 웃으면서 말했다.

"제법 용기가 있군. 순순히 항복하고 나와 함께 간다면 살려는 주겠다."

"내 비록 촌놈이지만, 그 말을 믿을 만큼 바보는 아니다."

"그렇다면 이제 죽어야 한다는 사실도 잘 알겠군."

"누가 죽을지는 아무도 모르지."

과문은 통쾌하게 웃은 다음 말했다. 용기가 가상하다고 생각했던 것이다.

"누가 가서 저자를 잡아와라!"

그의 명령을 기다렸다는 듯 그의 뒤에 있던 한 명의 무사가 말을 달려 앞으로 나가며 고함을 질렀다.

"제이철기대의 함량이다. 이노옴, 당장 목을 내놔라!"

그의 손에 들린 단창이 햇빛을 받아 반짝거렸다.

제이철기대라는 말을 들은 산적들은 얼굴이 창백해졌다.

섬서사패하고는 격이 다른 무리가 나타난 것이다. 실질적인 섬서성의 패자라 할 수 있는 철기보의 위용은 그들이 감당할 수 있는 것이 아니었다.

하지만 관표는 침착했다.

몇 번의 결투로 인해 그의 심장은 튼튼하게 단련이 되어 있었던 것
이다.

함량의 말은 순식간에 몇십 장의 거리를 좁히며 관표를 한발에 짓밟으
려 하였고, 그가 든 창은 단숨에 관표의 심장을 쪼갤 것 같은 기세였다.

관표는 돌을 내려놓고 옆에 놓았던 나무 투창을 집어 들었다. 길이
는 반 장 정도 되었고, 앞은 뾰족하게 다듬어져 있었다.

그 모습을 보고 과문을 비롯한 철기대의 인물들은 웃고 말았다. 나
무창으로 진짜 창을 상대한다는 발상도 우습지만, 나무창을 든 모습을
보니 창을 들어본 자가 아니었다.

철기대의 무기가 창이다 보니 관표가 무기랍시고 나무 투창을 드는
순간 알아볼 수 있었다.

그저 용기가 가상할 뿐이었다.

함량은 이 한심한 산도적을 상대한다는 사실이 자신의 이력에 결코
이롭지 않다는 생각을 하며 단 일 격에 죽이고 돌아가려 결심하였다.

"이 한심한 놈, 나무창으로 철창을 상대하려 하다니."

비웃음을 동반한 고함과 함께 그가 탄 말은 더욱 빨리 달려 관표와
의 거리가 삼 장 정도 되었을 때였다.

관표가 들고 있던 나무 투창을 던졌다.

저 엉성한 자세라니.

그래도 나무창은 제법 정확하게 날아오고 있었다.

함량은 웃으며 날아오는 나무창을 막으려다가 얼굴이 창백해지고
말았다.

다르다.

이건 그가 생각했던 창의 위력하고는 너무 달랐다.

대기를 찢고 날아오는 투창의 힘을 느끼는 순간 함량은 당황하였다. 그러나 그는 제이철기대에서도 알아주는 실력자였다.

침착하게 창으로 반원을 그리며 나무 투창을 내려쳤다.

땅! 하는 소리가 들리며 함량의 창이 관표가 던진 나무 투창을 쳤다. 순간 함량은 '으윽' 하는 소리와 함께 하마터면 손에 든 창을 놓칠 뻔하였다.

나무 투창을 치는 순간 마치 철벽을 친 것처럼 자신의 창이 튕겨 나가는 것을 느끼고 기겁을 하였다. 그러나 그가 놀랐을 때는 이미 늦었다.

당연히 창에 맞은 나무 투창은 방향을 바꾸어 길옆의 산속으로 날아가거나 부러져 버렸어야 했다.

하지만 결과는 그렇지 않았다.

운룡천중기에 금자결의 힘으로 날아온 나무 투창은 함량의 창을 튕겨내고 방향만 조금 틀어진 채 말의 가슴을 찌르고 들어갔다.

대력철마신공의 금자결로 쇠처럼 단단해졌고, 천중기로 인해 엄청난 무게를 지닌 나무 투창이었다. 그리고 던질 땐 대력신기로 던졌다. 비록 던지는 요령은 없지만 대력신기로 인해 창이 지닌 힘은 역발산기개세라.

투창은 말의 가슴을 관통하고 엉덩이로 삐져 나와, 십여 장이나 더 날아간 다음 바닥에 떨어졌다.

철기대의 말들은 말의 머리와 가슴 쪽에 철 조각을 대어 보호받고 있었다. 그런데 나무 투창은 그 철 조각마저 가볍게 뚫고 나간 것이다.

던지는 힘에 무게가 더해지고 금속처럼 단단해진 나무 투창은 이미 단순한 나무가 아니었다.

말이 쓰러졌다.

함량의 얼굴은 백지장처럼 하얗게 질려 있었다.

창질 한 번 하기도 전에 이미 전의를 상실하고 말았다.

어디 함량뿐인가? 과문을 비롯한 철기보의 제이철기대 무사들은 모두 아연한 표정이었다.

대체 저게 무슨 창법인가?

과문은 자신의 눈을 의심했다.

창에 관한 한 나름대로 자신있는 과문이었지만 자신의 창에 아무리 내공을 디해 던져도 지런 위력을 빌 수 있을 깃 같지 않았다.

더욱 놀란 것은 관표가 창을 던질 때 본 동작이었다.

마치 처음 투창을 던지는 것처럼 엉성한 동작이었다. 그런 동작이라면 자신의 힘을 창에 제대로 실어주기 어렵다. 그래서 더욱 이해할 수 없는 일이었다.

"기마병이 말이 없다면 이미 죽은 놈이군. 시체, 넌 빨리 사라져라!"

관표의 말에 함량은 고개를 숙인 채 길옆으로 물러서고 말았다. 입이 백 개라도 할 말이 없었다. 만약 투창이 자신의 가슴을 향해 날아왔다면……

생각만 해도 끔찍한 일이었다.

이제 관표를 보는 눈이 달라졌다.

第二章

꿈을 이루기 위해서는 힘이 있어야 한다

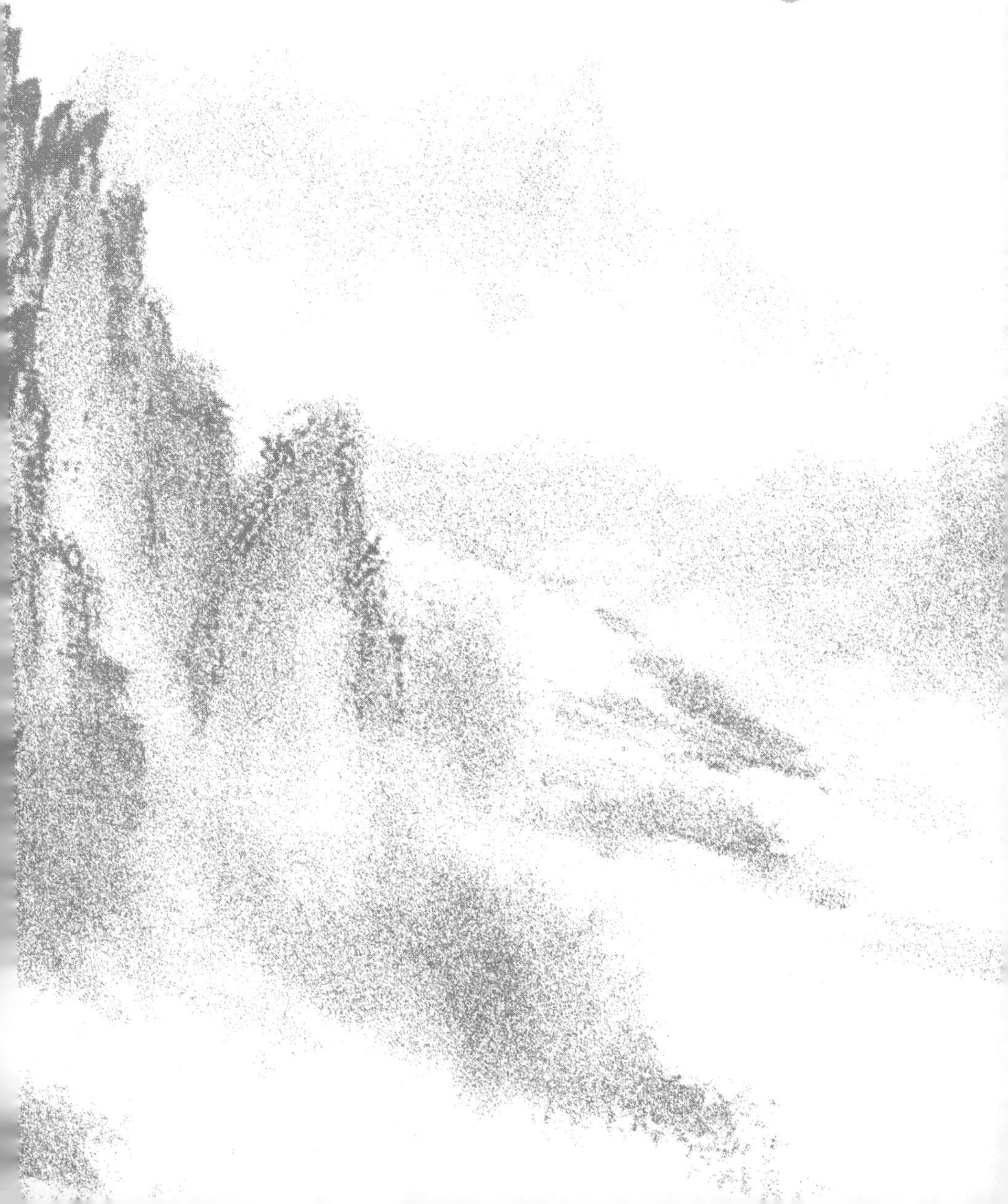

상대는 그들이 생각하는 것처럼 약자가 아니었다.

과문은 간단하게 관표를 제압하기로 하였다.

"풍운진의 대열로 모두 돌격하라!"

고함과 함께 과문이 앞장서서 달리기 시작했다. 순간 백이십여 기의 철갑기마대가 직선 도로를 타고 달리기 시작했다.

철기대풍운진(鐵騎大風雲陣).

지금 제이철기대가 형성하고 있는 진법이었다.

철기대풍운진은 공수 겸용의 기마진이었다.

관표가 나무 투창을 던져도 진이 형성한 강기에 의해 튕겨지든지 힘이 약해져서 쳐내기에 어렵지 않을 것이다. 제이철기대가 형성한 풍운진은 상대의 암기나 화살 공격을 방어하며 돌격할 때 아주 유용한 진법이기도 했다.

삼열 종대로 달려오는 기마대는 마치 폭풍이 밀려오는 것 같은 기세였다.

산 위 숲에서 이를 본 세 명의 두령과 수하들의 얼굴이 창백해졌다. 그들의 기세는 얼마 전에 상대했던 섬서사패의 인물들하고는 기세부터가 달랐다.

자신을 향해 밀려오는 기마대를 보았지만 관표는 침착했다.

그는 둥글게 다듬어놓은 돌을 들고 호흡을 조절하며 잠시 눈을 감았다. 비탈길을 구르며 내려오던 돌의 모습이 떠오른다. 그리고 작은 돌에 걸려 튕겨지던 모습도.

그리고 사대신공 중에 대력철마신공을 연성하기 위해 거대한 돌을 던지며 수련하던 시간을 생각했다.

그때 커다란 돌에 대력신기를 가장 잘 실어 보내는 방법을 알아냈었다. 몸을 낮추고 회전하며 힘을 충분히 실어서 던지는 법.

관표는 달려오는 기마대를 보았다.

거리.

관표는 기마대가 자신이 마음속으로 표시해 둔 거리에 도착하자 돌을 들고 대력신기를 운용하여 몸을 회전하기 시작했다.

서너 바퀴 정도 몸을 회전하며 두 가지의 힘을 실은 다음 회전력까지 이용하여 던졌다. 그러나 지금 던진 돌은 허공으로 던진 것이 아니었다.

과문은 관표가 몸의 회전력을 이용해서 돌을 던지자 조금 긴장했다. 투창을 던질 때의 괴력으로 보아 조심할 필요는 있다고 생각한 것이다.

한데 돌은 던져진 것이 아니라 땅바닥에 깔리며 약간 비탈진 길을 맹렬하게 굴러오는 것이 아닌가?

관표는 돌을 던진 것이 아니고 굴린 것이다.

'말의 다리.'

과문은 웃었다.

관표가 말의 다리를 노리고 돌을 던졌다는 사실을 알았기 때문이다. 그러나 그것은 어리석은 짓이다.

과연 상대가 철기대풍운진의 약점을 알고 한 짓인지 모르고 한 짓인지는 모르지만, 아무리 풍운진이라도 말의 다리 아래까지 보호하지는 못했다. 하지만 저 정도 크기의 돌이라면 기마대의 말들과 그들의 기마술을 너무 우습게 안 것이었다.

더군다나 바닥을 굴러오는 돌이라면 말이 그 돌을 뛰어넘으면 된다. 모두 명마라 할 수 있는 철기대의 말들이었다.

일 장 정도 높이의 울타리도 가볍게 뛰어넘는다. 그런데 땅바닥을 구르는 돌을 못 피할 리가 없었다.

"돌이 굴러온다. 내가 뛰어오르면 돌인 줄 알고 알아서 뛰어넘도록."

뒤에 있는 수하들에게 일단 경고를 준 과문은 돌이 바로 앞까지 굴러오자 말의 고삐를 잡아챘다. 순간 과문의 말이 껑충 뛰어오르며 돌 위로 뛰어 피했다.

사실 거의 어른 머리 두세 개 합친 정도 크기의 돌을 피하기 위해서 한 일치곤 조금 과하다 싶을 정도로 뛰어올랐다.

과문은 그렇게 생각했다.

한데 과문의 말이 뛰어오르는 그 순간 굴러오던 돌은 정확하게 길바닥에 박힌 돌과 충돌하면서 위로 튀어 올랐다.

그때까지 약간의 부운신공으로 구르던 돌은 튕겨짐과 동시에 운룡천중기의 무거움으로 바뀌었다.

관표로서는 처음 시도한 방법이 성공한 셈이었다.

와직, 하는 소리가 나면서 돌은 과문이 탄 말의 다리를 부수고 낮게 비행하면서 그대로 밀고 나갔다.

과문의 뒤에 있던 말들은 과문의 말이 뛰어오르는 순간 돌이 굴러오는 속도를 감으로 잡으며 모두 뛰어올리 피하려고 하였다. 그러나 이 정도 뛰어오르면 피했겠지 생각했던 그들도 돌이 낮게 떠서 날아올 줄은 상상도 못했다.

중자결과 대력신기, 그리고 회전력의 힘으로 굴러온 돌은 저공비행으로 말 다리를 부수며 무려 이십여 장을 날아갔다.

제이철기대의 가운데를 관통한 돌은 무려 삼십여 마리의 말 다리를 부수고 나서야 멈추었다.

삼십여 마리의 말이 다리가 부러지며 무너지자, 달려오던 철기대는 쓰러진 말에 걸려 다시 고꾸라지고 엎어졌다.

과문이 맨 앞장서서 달려왔었기에 뒤이어 오던 철기대의 말들이 한꺼번에 뒤엉키고 말았다.

갑작스런 일로 말에서 떨어진 철기대의 무사들이 그 사이로 엉키며 상당수가 부상을 당하고 말았다.

말이 고꾸라지는 순간 신법으로 말에서 뛰어내린 과문은 이 황당한 사실에 입을 쩍 벌리고 말았다.

무슨 돌 하나가 얼마나 위력이 있다고 삼십여 마리의 말 다리를 부술 수 있단 말인가? 대체 어떤 괴력으로 던져야 가능한 일인가?

관표는 자신의 공격이 성공하자 이번에는 준비해 두었던 나무 몽둥이를 들고 그들에게 돌진해 들어갔다.

아무리 말에서 내렸다지만, 부상을 당한 인물들을 빼고도 경갑옷에 쇠창을 든 백여 명의 무사들이 건재했다. 그런 그들을 향해 나무 몽둥이를 들고 달려드는 관표의 모습은 상당히 이질적이었다.

누가 보면 미친놈이라고 하기 딱 좋은 모습이었다.

제이철기대의 무사들은 말을 포기하고 대열을 갖추었다. 그중에 이십여 명의 무사가 관표를 향해 달리기 시작했다.

"으아아아!"

고함과 함께 관표와 마주 달려온 철기대의 무사들은 거리가 가까워지자 창으로 관표를 찌르려 하였다.

달려온 무사들은 이십여 명이었지만, 길의 넓이 문제로 인해 맨 앞에는 겨우 서너 명이 서 있을 뿐이었다.

그들의 창이 관표를 향해 일제히 찌르는 순간, 관표의 몸은 운룡부운신공으로 가볍게 뛰어오르며 허공에서 수평으로 몸을 누인 채 두 손을 길게 뻗으면서 창과 창 사이로 뛰어들었다.

정확하게 말하면 가볍게 뛰어 몸을 옆으로 길게 만들어서 서너 명의 무사들 가슴으로 안겨든 것이다. 그리고 관표의 몸이 그들의 가슴으로 안기는 순간 부운신공은 천중기로 바뀌었다.

창은 아무리 작아도 칼보다 길고 가까운 적을 상대하기엔 불리하기

마련이었다.

관표가 창 사이로 파고들며 안겨오자 앞에서 그를 공격했던 무사들은 거리 때문에 창으로 공격을 못하고 얼결에 가슴으로 관표를 받아내고 말았다. 한데 가슴에 안겨온 관표의 무게는 집채만한 바위와 맞먹는 무게였다.

무사들은 관표를 안은 채 뒤로 넘어지면서 그 무게로 인해 기절하고 말았다. 그나마 더 이상 살인을 하기 싫은 관표가 천중기의 힘을 마지막에 조절하였기에 다행이었지, 그렇지 않았다면 눌려 죽었으리라.

몸을 날려 네 명의 칠기대 무사를 기질시킨 관표가 벌떡 일어서며 나무 몽둥이를 휘둘렀다.

뒤에 있던 무사들은 앞에 선 무사들이 갑자기 뒤로 넘어지자 놀라서 흠칫하는 순간이었다. 갑자기 관표가 나타나며 몽둥이를 휘두르자 얼결에 창을 들어 막았다. 순간 '따다당' 하는 소리가 들리며 세 명의 창이 몽둥이의 힘을 이기지 못하고 그들의 손아귀를 찢으며 날아가 버렸다.

세 명의 무사들은 멍한 표정으로 관표를 본다.

관표는 금자결로 몽둥이를 단단하게 만든 다음 대력신기를 운용하여 닥치는 대로 몽둥이를 휘둘러 대었다.

힘의 차이가 너무 나면 초식도 필요가 없는 법인가?

막으면 막는 대로 창대가 힘을 견디지 못하고 휘어지거나 창을 잡은 자의 손을 찢어놓았다. 그리고 맞으면 경갑옷도 소용없이 일이 장씩 날아가 바닥에 널브러졌다.

대력신기로 휘두르는 몽둥이가 붕붕 하는 소리를 내며 대기를 당장이라도 찢어놓을 것만 같았다. 아무리 힘이 좋아도 몽둥이는 나무다. 나무가 저 정도의 내구력을 가질 수 있겠는가? 쇠창과 충돌해서 부러지지도 않았고, 창날과 충돌하면 쇳소리를 내면서 창을 튕겨내었다. 보통 사람이 만두 한 개를 먹을 정도의 시간도 안 되서 이십여 명의 철기대 무사가 모두 바닥에 쓰러져 버렸다.

말 사이에 끼고 쓰러진 동료들을 구하고 정리를 한 철기대의 나머지 무사들이 이 광경을 보고 놀라면서 다시 한 번 관표를 공격하려 할 때였다.

"모두 멈추어라!"

과문의 고함에 철기대도 관표도 동작을 멈추었다.

과문은 쓰러진 자신의 수하들을 보고 다시 관표를 보았다.

정말 막싸움도 이런 막싸움이 있을까? 몽둥이를 휘두르는 특별한 초식이 있는 것도 아니다. 단지 힘으로만 몽둥이를 휘둘러서 철기대의 무사 이십여 명을 전부 기절시켜 버렸다면 누가 믿을까?

과문은 한숨이 절로 나왔다.

상대는 자신이 생각한 것보다 더욱 괴물이라고 인정할 수밖에 없었다.

"나하고 일 대 일로 하자. 나를 이기면 우리는 물러서겠다."

과문의 말에 관표는 묵묵히 나무 몽둥이를 들고 과문 앞으로 다가섰다. 과문은 경갑옷을 벗어 던지고 단창 하나만을 들고 관표에게 다가선다.

두 사람은 길 가운데 마주 보고 섰다.

관표는 가슴이 힘차게 두근거리는 기분을 느꼈다.

일 대 일.

그리고 과문은 고수였다.

과연 사대신공이 과문 같은 고수를 만나 얼마나 힘을 쓸지 궁금했다.

과문은 오른손으로 창의 중간 부분을 잡고 관표의 가슴을 겨냥하였다.

관표는 나무 몽둥이를 내려놓고 등에 메고 있던 박도를 뽑아 들었다.

수하에게 받아놓은 ㄱ 박노다.

둔탁한 모양의 박도는 중간에 이가 여기저기 빠져 있었고, 도끝은 약 한 치 정도가 부러져 있었다.

그러나 지금 그 도를 보고 웃는 자들은 아무도 없었다. 이미 관표의 괴력을 본 다음이라 볼품없는 저 박도가 휘둘러지면 얼마나 무서운 힘을 지니게 될지 궁금해할 뿐이었다.

과문은 자신의 절기인 귀령십절창(鬼靈十絶槍)의 기수식인 호령두안(虎令頭眼)으로 창을 겨냥하였지만, 선뜻 공격을 하지 못했다.

도를 들고 있는 관표의 모습이 너무 허술했다.

대충 공격해도 창을 피하지 못할 것 같았다. 그러나 지금까지의 관표를 생각하면 그 허술함을 그냥 그대로 믿을 수도 없었다. 그래서 과문은 망설일 수밖에 없었다.

'유인술인가?'

그렇게 생각하던 과문은 그건 아니라고 생각했다. 그렇게 생각하기엔 너무 심할 정도로 도를 잡은 모습이 어색했다. 마치 처음 도를 잡고 결투를 하는 사람 같았다.

실제 관표는 도를 들고 싸운 것도 처음이거니와 도를 잡고 휘둘러 본 경험도 없었다.

'상대는 엄청난 힘과 물건을 강철처럼 단단하게 만드는 어떤 기공을 익히고 있다.'

과문은 그 점을 단단하게 인지했다. 그리고 조금 전 휘두르던 몽둥이엔 상당한 내공이 실려 있는 듯했다. 그렇지 않다면 단순한 힘만으로 기마대의 무사들을 나무 몽둥이로 이길 순 없었을 것이다.

'힘도 어떤 기공에서 나오는 것이 아닐까?'

과문은 그 점도 예상 범위에 놓기로 했다. 그리고 신중하게 창대를 다시 한 번 고쳐 잡았다.

이제 기다릴 수 없었다.

공격하기로 마음을 먹은 과문은 창을 번개처럼 찔러갔다.

"이엽!"

고함과 함께 단창이 관표의 목을 향해 직선으로 찔러갔다.

창끝이 호랑이의 눈처럼 밝게 빛나고 있었다.

호령두안.

따로 호랑이 눈깔이라고 불리는 초식이었다.

관표는 가슴이 서늘해지는 것을 느꼈다.

'다르다.'

분명히 단순한 찌르기 공격인데 그의 감각은 지금 과문의 창이 자신이 무작정 휘두르는 몽둥이와 다르다는 것을 느꼈다. 그리고 지금까지 상대해 왔던 다른 무사들과도 완전히 달랐다.

그것이 무엇인지 알 수 없었다.

한 가지 확실한 것은 어떻게 막을 기회조차 없이 상대의 창은 벌써 자신의 목까지 다가와 있다는 사실이었다.

박도 한 번 휘두르지 못하고 죽을 판이었다.

팟, 하는 기음과 함께 창끝이 관표의 목을 찌르고 들어갔다. 보는 사람들은 모두 그렇게 생각했다.

'실패.'

과문은 놀라서 빠르게 뒤로 물러섰다.

관표 역시 놀라서 두어 걸음 물러섰다.

서로 놀라서 상대를 바라본다.

창은 분명히 관표의 목을 찌르는 것 같았다. 그런데 그 순간 관표의 몸이 믿을 수 없을 만큼 빠르게 옆으로 기울어지며 창끝을 피해냈다.

너무 순간적인 일이었기에 과문은 자신이 상대의 유인술에 빠졌다고 판단했다. 그래서 빠르게 물러선 것이다.

관표는 속으로 한기가 치미는 것을 느꼈다. 마지막 순간에 태극신공의 초자결이 움직이며 몸이 위험을 알고 저절로 피했다. 만약 그것이 아니었다면 그는 살아남지 못했으리라.

들고 있던 박도가 부르르 떨렸다.

'초식이다.'

관표는 지금까지 제대로 된 초식과 싸워본 적이 없었다.

상대가 방심한 틈에 사대신공으로 이겼었다. 그리고 그의 압도적인 힘 앞에 굴복한 자들은 고수들이 아니었다.

하지만 과문은 달랐다.

관표는 그것을 느꼈다. 그렇다면 그와 제대로 싸워서는 이길 수가 없을 것이다.

'선공이다.'

관표는 결심을 굳히자 그대로 달려들면서 대력신기로 도를 휘둘렀다.

윙, 하는 소리와 함께 관표의 도가 무서운 기세로 과문을 찍어갔다. 과문은 박도에서 느껴져 오는 엄청난 힘에 놀랐지만 그 단순함과 무지함에 다시 놀랐다.

동작이 너무 크고 단순하다. 제이철기대의 누구라도 당황하지만 않으면 피할 수 있는 공격이었다.

'초식을 모르는 자다.'

과문은 그렇게 판단했다.

그렇다면 이 싸움은 어렵지 않은 싸움이 될 것 같았다.

과문은 일단 상대를 알고 나자 자신이 생겼다.

그는 두어 걸음 옆으로 이동하면서 간단하게 관표의 박도를 피해 버렸다. 동시에 그의 창이 무서운 속도로 관표의 복부를 찔러갔다.

관표는 기겁을 해서 피했지만 피가 튀며 창끝에 스치고 말았다. 다시 과문의 창이 그의 가슴을 찔러왔다.

관표의 태극신공이 저절로 발하며 혜자결과 초자결이 관표의 몸을 본능적으로 움직이게 만들었다. 아슬아슬하게 스치고 가는 과문의 창이 계속해서 관표의 몸에 상처를 내었다.

이십여 합.

관표는 공격할 엄두도 내지 못하고 피하기만 하면서 뒤로 물러서고 있었다. 제이철기대 무사들은 환호하며 과문을 응원하였고, 산적들은 놀라서 어쩔 줄 몰라 하고 있었다.

다시 서너 번의 창이 관표의 몸에 상처를 내었다.

꼬리를 물고 이어지는 과문의 창은 분명히 무서웠다.

처음엔 당황했던 관표지만 태극신공의 혜자결을 끌어올렸다.

마음이 평온해지고 당황하던 마음이 가라앉았다. 그러나 여전히 과문의 창은 날카롭다. 한데 혜자결을 끌어올리자 과문의 창에서 뿜어지는 날카로운 예기를 느낄 수 있었다.

그의 시선은 빠르고 변화막측한 창의 변화에 속수무책이었지만, 그의 감각은 상대의 창끝을 아슬아슬하게 피하고 있었다. 움직임이 처음보다 상당히 빨라졌고 상처도 적게 나기 시작했다. 그리고 무엇보다도 과문의 창이 어디를 노리고 오는지 감각적으로 알 수 있었다.

신기했다.

처음보다 무엇인가 발전했다는 생각을 한 관표는 그 이유를 생각해보았고 쉽게 그 원인을 찾을 수 있었다.

'그렇구나. 혜자결과 초자결은 결국 하나였구나.'

관표는 실전에서 두 가지 자결을 한꺼번에 끌어올린 지금에서야 그것을 깨우쳤다.

초자결은 육체를 관장하고 인간에게 육천통과 비슷한 능력을 지니게 해준다. 특히 중요한 것은 초자결로 인해 얻어지는 육감이었다. 관표는 그것이 육체의 단련과 태극신공의 초자결을 통해 얻어지는 부수물로 생각했었다. 그러나 지금 그가 깨우친 것은 혜자결이 바탕이 안 되면 초자결도 소용없다는 사실이었다.

결국 정신과 육체가 함께 단련되고 강해져야 육감이 발달하고 초감각이 생성된다는 사실을 깨우친 것이다.

아주 단순한 것이지만 그것을 깨우치는 순간 관표의 몸은 좀 더 유연해졌고, 조금씩이지만 과문의 창이 찔러오는 순간 어디를 노리는지 알아낼 수 있었다.

'태극신공의 감각이 나를 살리고 있다.'

관표는 자신의 실력이 과문과 많은 차이가 있음을 알았다. 만약 태극신공이 아니라면 벌써 죽었을 것이다.

"제법이구나."

과문은 큰 동작 없이 자신의 창을 이십여 번이나 피해낸 관표에게 감탄한 목소리로 말했다.

"하지만 지금부터는 좀 다를 것이다."

과문의 창이 변했다.

"섬광비룡(閃光飛龍)의 초식이다. 네놈이 이번 초식을 피할 수 있다면 너의 실력을 조금 인정해 주마."

고함과 함께 그의 창이 수십여 개로 늘어났고, 빠르기도 좀 전과 비교할 수 없었다. 번쩍 하는 순간 관표는 옆구리에 다시 한 번 상처를 입고 말았다.

상대의 초식을 보지도 못했다. 그래도 피하긴 피했다. 그러나 섬광비룡의 초식은 이제부터 시작이었다. 과문의 단창은 마치 한 마리의 용처럼 꿈틀거리며 관표의 심장을 노리고 찔러왔다.

관표는 박도를 마구 휘두르며 공격해 오는 창을 쳐내려 하였지만, 과문의 창은 교묘하게 박도를 피하면서 다시 한 번 관표의 심장을 찌르려 하였다.

살기를 느낀 태극신공의 감각이 관표의 허리를 틀었다. 그러면서 만약을 대비해 대력철마신공의 금자결로 심장 부근을 단단하게 만들려 하였다. 그러나 늦다.

과문의 단창은 어깨에 다시 한 번 상처를 내었다.

'금자결.'

관표는 자신이 과문의 창을 피할 수 있는 방법을 생각해 보았다. 현실적으로 쉽지 않은 일이었다. 그렇지만 금자결이면 과문의 창에 상처를 입지 않을 수 있을 것 같았다. 하지만 과문의 창은 변화무쌍했다. 어디를 노리는지 예측할 수 없었고, 알아냈다 해도 금자결이 운용되기도 전에 창이 먼저 들어올 것 같았다.

그래도 방법은 있었다.

'태극신공의 감각에 금자결을 운용할 수 있다면?'

관표는 그렇기만 하다면 과문의 창을 두려워하지 않아도 된다고 생각했다. 태극신공의 감각은 상대의 기를 느끼고 알아서 발동한다. 그렇다면 그 순간 그 감각에 금자결을 실을 수 있다면, 창이 스치는 곳을 태극신공의 감각이 느끼고 순간 그 부위를 금자결로 단단하게 만들 수 있다면.

그렇다면 관표는 더 이상 상처를 입지 않아도 될 것 같았다.

관표가 현재 금자결을 쓰지 못하는 것은 상대의 창이 너무 빠르기 때문이었다. 아무리 시도해도 금자결이 창보다 늦었다. 하지만 태극신공의 감각에 금자결을 실으면 달라질 것이다.

관표는 그렇게 생각했다.

한 번, 두 번, 계속해서 태극신공의 감각에 금자결을 실으려 했지만 쉽지 않았다. 그리고 그 와중에 태극신공은 과문의 창에 조금씩 적응해 가고 있었다.

관표는 태극신공을 끌어올리고 상대의 창이 노리는 부위를 느끼려 하였다. 그러나 몸은 그것을 느끼고 피하는데, 금자결은 그것을 쫓아가지 못했다.

무려 십여 군데나 상처를 더 입고 피가 흐른다.

온몸이 상처투성이가 되고 말았다.

어떻게 보면 과문이 일부러 관표를 죽이지 않고 상처만 입히면서 괴롭히는 것 같았다. 제이철기대의 무사들이나 보고 있던 녹림의 산적들은 모두 그렇게 생각하고 있었다.

그러나 관표를 공격하는 과문은 당황스럽기만 했다. 아무리 공격을 해도 마지막 순간에 미꾸라지처럼 빠져나가는 관표였다. 작은 상처는 수없이 냈지만 결정타를 먹이지 못하고 있었던 것이다.

관표에게 다행이라면 창에 스친 상처들이 크진 않다는 점이었다. 그러나 가랑비에 옷이 젖는다고 했다.

한 방울씩 떨어지는 물방울이 바위를 뚫는다.

그리고 아직 내상이 완전하게 회복된 것도 아니었다.

과문은 섬광비룡의 초식을 서너 번이나 펼치고도 상대를 이기지 못하자 뒤로 물러서서 관표를 보았다.

일방적인 공격을 퍼붓고도 아직 관표를 제압하지 못했다는 사실이 그를 의기소침하게 만들었다.

'결국 살수를 써야 하나.'

과문은 어쩔 수 없이 자신의 창법 중에 실수를 써야 관표를 이길 수 있다는 결론을 내렸다.

　과문은 어지간히 놀라고 있었지만 겉으로 표현하지는 않았다. 관표의 몸은 무섭게 자신의 창에 익숙해져 갔다. 처음에는 겨우 피하면서 제법 큰 상처도 입었었다. 그러나 서너 차례가 지나면서 관표는 점점 쉽게 자신의 창을 피해냈다.

　동작은 빠른 것 같지 않은데 위기의 순간엔 믿을 수 없을 만큼 빠르게 자신의 창을 피해냈다.

　어느 것이 그의 본 실력인지 아직도 과문은 파악하지 못했다.

　과문의 눈에 살기가 어렸다.

　그의 창에 하얀 광채가 어린다.

　내기가 창에 제대로 실렸다는 말이었다.

　광참형(光攙形)은 귀령십절창법의 삼대살수 중 한 가지였다.

　과문의 창이 관표의 심장을 정확하게 노리고 직선으로 세워졌다.

　관표는 과문의 창에서 뿜어지는 창의 기세를 느끼고 바싹 긴장하였다.

　'창을 보고 내가 느껴야 한다.'

　관표는 위험을 직감했다.

　그의 태극신공이 그에게 위험하다고 경고를 내린다. 이번의 공격은 단순하게 태극신공의 감각만으로는 피할 수 없을 것 같았다.

　'상대의 창끝을 볼 수 있다면?'

　관표는 과문의 빠른 창에 대항하기 위해서 그의 창이 지닌 빠르기를 자신의 시선이 쫓아갈 수 있어야 한다고 생각했다.

그의 시선은 과문의 창을 뚫어지게 보고 있었다. 자신도 모르게 태극신공이 그의 눈에 모아진다.

번쩍 하는 광채가 어린다 싶더니 창이 그의 심장을 향해 찔러왔다. 그런데 보였다. 지금까지 창의 그림자만 쫓아다니던 관표의 시선이 정확하게 창끝을 보고 있었다.

오히려 이전의 창법보다도 빠른 창법이었지만, 태극신공을 시선에 모은 그의 눈은 창의 흐름을 잡아 그의 뇌에 전달하고 있었다.

순간 관표의 뇌가 평소보다 몇 배나 빠르게 회전하며 창의 흐름을 읽어내었다.

태극신공의 초자결.

육체를 관장하는 이 감각의 기공신결이 눈에서 제 위력을 발휘한 것이다.

'슈욱' 하는 소리와 함께 과문의 창이 관표의 심장을 그대로 찔렀다. 관표의 시선은 창끝을 쫓아 자신의 심장을 본다.

땅, 하는 소리가 들리며 관표가 뒤로 서너 걸음 물러섰고, 과문 역시 창을 타고 전해오는 반탄력에 뒤로 서너 걸음 물러섰다.

'성공했다.'

비록 뒤로 물러선 관표지만 그의 얼굴은 환하게 웃고 있었다.

상대의 창을 보았고, 상대의 창이 심장을 찌르는 순간 태극신공의 감각에 금자결을 걸어 심장 부위를 철판처럼 단단하게 만들 수 있었다. 아직 완벽하진 않지만 성공했다.

심장 부위에 아릿한 느낌이 든다.

내상이 더욱 심화된 것을 느낄 수 있었다.

그래도 그는 살아 있었다. 창끝에 실린 힘은 태극신공의 부드러움이 분산하고 마지막엔 금자결이 막아내었다. 완벽했다면 지금처럼 아릿한 기운도 없었으리라.

관표는 조금 아쉽지만 그 정도면 일단 만족했다.

무식하면 용감하다고, 지금 관표가 얼마나 위험한 일을 했는지 제 스스로도 모르고 있었다. 그래도 내상은 더욱 도졌지만 참을 만하다고 생각하는 관표였다.

물론 그는 가죽옷 속에 사부가 준 쇠조끼를 껴입고 있었는데, 그것을 믿은 때문이기도 했다. 쇠조끼는 아주 얇은 쇳조각을 덧대어 만들어졌고 가슴 부위만 가릴 수 있었지만, 그 무게는 무려 백이십 근이나 되었다. 그러나 만약 대력철마신공의 금자결이 늦게 운용되었다면 쇠조끼 따위로 과문의 창을 막을 순 없었을 것이다.

그렇게 위험을 감수하고서 관표는 태극신공의 일부 묘용을 깨우쳤고, 대력철마신공과의 조화에도 큰 깨우침을 얻을 수 있었다.

힘을 가지고 있으면서도 아직 완벽하게 활용을 하지 못하던 관표가 한순간에 진일보한 셈이었다.

과문은 다시 멍한 눈으로 관표의 가슴을 보았다가 자신의 창끝을 보았다.

관표의 가죽옷 심장 부위는 분명히 창에 의해 뚫려 있었다. 한데 창이 그것을 뚫지 못하고 튕겨 나왔다.

그것도 쇳소리를 내면서.

과문은 이해할 수가 없었다. 아무리 심장 주위에 쇳조각을 대고 보호한다 해도 그가 들고 있는 창은 나름대로 보물이었고, 광참형이라면 혹여 쇳조각을 뚫지 못해도 그 안에 실린 기의 응집으로 인해 상대의 심장이 터져 버렸어야 옳았다.

한데 상대는 뒤로 몇 발자국 물러선 것이 전부였다.

이걸 어떻게 이해하란 말인가? 그것은 보고 있던 철기대의 무사들이나 녹림의 형제가 된 산적들도 마찬가지였다.

참으로 볼수록, 그리고 알수록 괴물이란 생각이 드는 관표였다.

관표는 이제 자신감이 생겼다.

이전에 섬서사패의 무리와 싸울 때 금자결로 그들의 무기를 막아낸 적이 있었다. 그러나 그들의 무력과 과문의 창은 힘과 날카로움, 그리고 빠르기에서 그 어느 것도 비교할 수 없을 만큼 강했다. 과문의 창을 금자결로 막고 싶어도 초식을 쫓아가지 못하니 전혀 소용이 없었다. 그러나 이젠 가능할 것 같았다.

과문과의 결투는 관표에게 많은 것을 깨우치게 해주었다.

과문은 정신이 번쩍 들었다. 그리고 그 다음에 밀려온 것은 분노였다. 겨우 산적 한 명을 상대로 허우적거리는 자신의 능력에 대한 회한도 몰려온다.

이를 악물었다.

"오냐, 이렇게 된 거 가는 데까지 가보자. 어디 이번에도 막아봐라!"

고함과 함께 과문의 창이 무서운 속도로 관표의 전신을 찔러대었다.

섬전사혼추(閃電死魂錐)의 살초였다.

그의 창법 중에서 가장 무서운 살기 중에 하나였고 그의 비전 중 하나였다.

창이 살아 있는 생명체처럼 꿈틀거리며 관표의 사혈을 노렸다.

관표의 동작도 빨라졌다.

그의 시선은 정확하게 과문의 창을 보고 있었으며, 설혹 과문의 창이 스쳐도 끼기깅 하는 쇳소리만 날 뿐 관표의 몸엔 더 이상 상처를 주지 못했다. 그리고 시간이 지날수록 관표의 태극신공은 과문의 빠르기에 적응하였고, 십여 합이 지나자 관표는 박도의 면으로 과문의 창을 막아낼 수 있었다.

태극신공은 과문의 창에 적응하면서 그렇게 발전하고 있었다.

관표는 과문이 창을 휘두르는 것을 보면서 자신이 박도를 얼마나 무식하게 휘둘렀는지 알았다.

과문의 창법을 보면 동작을 짧고 빠르게 하였고, 힘을 조절하는 데 있어서도 낭비가 없어 보였다.

관표는 그의 동작에서 배우는 점이 많았다. 그리고 그 배운 것은 빠르게 관표의 박도로 이어졌으며, 어느 순간부터 관표의 박도가 과문의 창을 이리저리 쳐내고 있었다.

과문은 관표가 갈수록 무섭게 성장하는 것을 느끼고 기가 막혔다. 아무리 천재라도 지금처럼 생사의 결투를 하면서 관표처럼 성장할 수 있을까? 아니면 처음부터 자신의 실력을 숨기고 있었다는 생각이 들었다.

과문은 자신이 아는 모든 창법을 전부 사용했지만 상대는 막고 피하기만 하면서 자신을 상대하고 있었다.

갑자기 과문이 동작을 멈추었다.

정신없이 과문의 창을 피하고 막아내던 관표는 이젠 어떤 방법으로 공격해 올 것인가 궁금한 표정으로 상대를 본다.

"졌소."

과문은 그 말 한마디를 남기고 돌아섰다.

관표는 멍하니 과문의 등을 보았다.

사실 공격할 틈도 없었고 엄두도 안 나서 공격조차 못했었다. 그리고 원래 있던 내상은 가슴을 창으로 맞았을 때의 충격으로 더욱 심화되어 있었다.

그리고 외상만 해도 거의 이십여 군데가 넘게 찢어지고 갈라져 있었다.

다행이라면 태극신공의 묘용으로 인해 더 이상 악화되지 않고 있었을 것이다. 그런데 졌다고 하니 관표는 어안이 벙벙했다.

"돌아가자."

과문이 자신의 수하들에게 명령을 내리고 천천히 걸어서 왔던 길을 돌아갔다.

싸워보았자 결국 자신이 질 거란 사실엔 변함이 없다고 생각한 과문이었다.

관표는 한동안 그의 등을 보고 있었다.

공격 한번 못해보고 끝난 결투였다. 물론 졌다고는 생각하지 않았다. 그러나 과문의 말처럼 자신이 이겼다는 생각도 들지 않았다.

아무래도 잊을 수 없을 것 같았다.

그와 겨루면서 너무 많은 것을 얻었다.

'나의 사대신공은 다듬어지지 않은 원석이다.'

관표는 사대신공의 위력을 다시 한 번 깨우쳤다. 그리고 자신이 그 신공들을 제대로 사용하지 못하고 있다는 점도 알았다.

'답은 태극신공이다. 태극신공 안에서 나머지 삼대신공을 끌어내면 아무런 부작용도 없고, 그들을 혼용해서 쓰는 데도 지장이 없다. 오히려 그 힘을 극대화시킬 수 있을 것 같다. 그리고 초식이 필요하다. 창을 찌르고 도를 휘두르는 것도 방법이 있다. 힘을 응용하는 방법을 알려면 초식이 있어야 한다. 그것도 사대신공을 제대로 응용할 수 있는 초식이 필요하다.'

관표는 자신이 더욱 보완해야 할 것이 무엇인지도 알았다.

관표에게는 더없이 귀중한 결투가 그렇게 끝을 맺었다.

과문은 터벅터벅 걸어가면서 조금 전의 결투를 생각해 보았다. 생각할수록 관표가 대단하다는 생각을 하지 않을 수 없었다.

'어쩌면 앞으로 십 년 안에 무림에 절대고수 하나가 탄생할지도 모르겠다.'

과문은 앞으로 일 년 정도가 지난 후엔 자신이 관표의 상대가 안 될지도 모른다고 생각했다.

관도를 따라 한참 걷고 있을 때, 앞에서 몽여해와 대과령, 그리고 섬서사준 등이 나타났다.

몽여해는 과문과 그의 수하들의 몰골을 보고 얼굴이 차갑게 굳어졌다. 상태를 보아하니 안 봐도 뻔한 일이었다.

'이런 바보 같은 놈. 그따위 산적 한 명 때문에 이따위 몰골이라니.'

몽여해는 속으로 과문에게 욕을 해대면서 물었다.

"어떻게 된 일인가?"

"당했습니다. 제가 그와 일 대 일로 겨루어 졌습니다."

과문의 말에 몽여해의 표정이 더욱 차가워졌다. 섬서사준은 그거 보라는 표정으로 몽여해를 보았다.

대과령은 묵묵히 서 있을 뿐이었다.

"이런 멍청한 새끼, 그걸 말이라고 하느냐!"

고함과 함께 몽여해의 주먹이 과문의 얼굴을 갈겼다.

퍽, 하는 소리와 함께 뒤로 주루룩 밀려난 과문이 싸늘한 눈으로 몽여해를 바라보았다.

"저는 최선을 다했습니다."

"뭐가 어째! 그걸 말이라고 하는 거냐? 이 식충이 같은 놈이!"

몽여해가 고함을 치면서 과문에게 달려들려고 하자 대과령이 그 앞을 가로막으며 말했다.

"소보주, 여기서 이럴 때가 아니라 빨리 가지 않으면 놓치고 말 거요."

대과령의 저지에 몽여해는 화가 난 표정으로 과문을 쏘아보며 말했다.

"멍청한 새끼. 당장 돌아가라. 내가 알아서 처리하겠다."

과문은 아무런 말도 없이 돌아섰다.

"모두 돌아가자."

제이철기대의 수하들이 그의 뒤를 따라 사라져 갔다.

산속으로 들어간 관표는 산돼지 한 마리를 잡아서 굽기 시작했다. 배가 고팠던 산적들이 옹기종기 모여들었다. 그리고 익기도 전에 고기는 바닥이 나고 말았다.

몇 명의 산적들이 다시 사냥을 하기 위해 숲으로 들어갔고, 관표는 한쪽에 앉아서 태극신공으로 내상을 치료하기 시작했다.

일단 과문이 물러갔다는 사실이 그로 하여금 조금씩 여유를 주고 있었다. 그리고 과문과 싸우면서 얻은 것들을 정리하기 시작했다.

그의 모든 정신이 과문과의 결투로 모아져 갔다. 그렇게 약 이각의 시간이 지났을까? 갑자기 퍽 하는 소리와 함께 무엇인가가 날아와 그들이 쉬고 있는 한가운데로 떨어졌다.

모두 놀라서 떨어진 물체를 본 세 명의 두령과 수하들이 기겁을 하였다. 물체는 사람이었고, 그들도 아는 자였다.

바로 사냥을 나갔던 수하들 중에 한 명이었던 것이다.

"적이다! 무기를 들어라!"

두령들이 고함을 치자 산적들은 빠르게 무기를 들고 자리를 잡은 채, 동료가 죽어서 날아온 숲을 바라보았다. 관표도 자리에서 일어선다. 그리고 잠시 후, 숲을 보고 있던 산적들의 눈이 등잔만해졌다.

거인.

정말 그렇게밖에 말할 수 없는 인간이 양손에 사냥을 나갔던 산적 두 명을 들고 나타났다.

축 늘어져 있는 것으로 보아 그들은 이미 죽었을 것이다.

무려 팔 척의 키, 그리고 우람한 몸.

덩치가 대단히 큰 편인 관표의 두 배는 될 것 같은 인간이었다.

덩치의 거인은 손에 들었던 두 명을 바닥에 내던졌다. 그런데 그 동작에 전혀 무게감이 느껴지지 않았다.

"이놈! 죽어라!"

동료가 죽었다는 사실에 분노한 몇 명의 산적들이 무기를 휘두르며 거인에게 달려들었다.

거인의 입가에 잔인한 미소가 떠올랐다.

박도를 들고 달려드는 산적을 향해 거인이 주먹을 내질렀다. 산적은 어이없는 웃음을 지었다. 도를 향해 주먹을 뻗다니.

꽝, 하는 소리와 함께 도와 주먹이 충돌하였다. 그리고 꽈직, 하는 소리가 한꺼번에 들리며 달려들었던 산적이 삼 장이나 뒤로 날아와 내동댕이쳐졌다.

들고 있던 박도는 박살이 나버렸고, 동시에 그의 머리는 터져 날아간 다음이었다. 모두 다리가 후들거리는 느낌이었다.

주먹질 한 번으로 박도와 사람을 박살 낼 수도 있다는 사실이 신기하고 두려웠다.

"모두 뒤로 물러서라!"

관표가 고함을 지르며 앞으로 뛰쳐나왔다.

그사이에 거인은 서너 명의 산적들을 주먹으로 뭉개놓았다.

기겁을 한 산적들이 허겁지겁 뒤로 물러섰다.

관표는 머리가 깨져 죽어 있는 수하들을 보면서 가슴이 터져 나갈 것 같은 분노를 느꼈다.

'나를 의지했던 사람들인데 내가 지켜주지 못했다.'

자책감이 그를 괴롭힌다. 하지만 그가 지켜줄 방법이 없었다.

눈앞에 있어도 지켜줄 수 있을지 말지인데, 안 보이는 곳에 있는 사람을 돌볼 수는 없는 노릇이었다.

'힘이 있어야 한다. 최소한 자신을 지킬 수 있을 정도의 힘은 가지

고 있어야 한다.'

관표는 산적이 아닌 자신이 생각하는 진정한 녹림의 길을 걷기 위해서 시급한 것은 힘이라고 생각했다.

자신뿐이 아니라 수하들 역시 마찬가지였다.

하다못해 도망을 치려고 해도 어느 정도 힘이 있어야 가능했다.

무림에서 힘은 곧 법이고 진리였다. 그렇다면 자신이 원하는 것을 이루기 위해서 필요한 것 역시 힘이었다. 힘이란 여러 가지가 있겠지만, 자신뿐 아니라 수하들의 힘도 강해야 한다는 사실이었다.

관표는 그 점을 가슴속 깊이 새기며 물었다.

"누구냐?"

"대과령."

관표의 물음에 대답은 딱 그 한마디였다. 그러나 그 대답의 파장은 적지 않았다. 우선 녹림을 지향하는 산적들이 대과령이란 이름을 듣는 순간 얼굴이 하얗게 질려 버렸다.

상대는 과문과는 또 다른 차원의 고수였다. 명성으로 따져도 과문은 대과령의 상대가 될 수 없었다.

절망.

그러나 관표만은 의연했다.

그럴 수밖에 없는 것이, 그는 금강마인 대과령이 누구인지 전혀 모르고 있었다.

무식하면 용감하다는 말이 지금의 관표를 두고 하는 말이리라.

관표는 대과령을 노려보면서 말했다.

"네놈이 누구인지 모르지만, 사람을 죽였으니 반드시 그 대가를 치러야 할 것이다."

관표의 냉랭한 말에 대과령의 입가에 차가운 미소가 감돌았다.

그러나 대답을 한 것은 대과령이 아니었다.

"용기가 아주 가상하군. 금강마인 대과령 앞에서 그런 말을 할 수 있다니."

갑자기 들려온 목소리에 관표가 고개를 돌렸다.

한 명의 청년이 철검을 어깨에 메고 느긋한 표정으로 나타나 있었고, 그 주변엔 섬서사준이 나란히 서 있었다.

한눈에 보아도 섬서사준이 청년의 눈치를 보는 것 같았다.

'아차, 내가 모든 정신을 무공에 몰두하느라 이들의 기척을 느끼지 못했구나.'

관표는 자신의 방심을 한탄했다. 한두 명도 아니고 여섯 명이나 나타났는데 태극신공의 감각으로도 이들을 느끼지 못한 것은 자신의 실책이라고 생각했다. 또한 나타난 자들이 그만큼 강하다는 뜻이기도 했지만, 관표의 집중력이 그만큼 높았다는 증거이기도 했다.

第三章
땅도 놀라고 하늘도 놀라고

관표가 침중한 표정으로 물었다.

"너는 누구냐?"

나현탁은 관표의 물음에 얼굴을 붉히면서 고함을 질렀다.

"이분이 바로 철기보의 소보주이신 철검 몽여해님이시다!"

그 말은 산적들에게 있어서 사형 선고나 마찬가지였다.

세 명의 두령들 얼굴엔 체념의 빛이 나타났다. 그 외 수하들은 몸을 부들거리고 겁에 질린 얼굴로 관표만 바라보았다.

그러나 관표는 여전히 무표정이었다. 그로서는 경중쌍괴에게 들어서 철기보는 알지만 몽여해에 대해서는 전혀 모르고 있었다. 경중쌍괴가 관표에게 가르친 강호의 지식은 너무 오래전 것들이 거의 전부였다. 그러다 보니 현 무림 정세에 대해서는 거의 무지한 편이라고 할 수 있었다.

그가 지금 알고 있는 것은 단 한 가지였다. 그들로 인해 자신의 수하가 죽었다는 사실이다.

자신을 믿고 자신에게 몸을 의지했던 수하들이었다. 세상에 나와서 처음으로 거둔 자신의 사람들이었다. 그런데 그들이 죽었다.

관표는 그 점이 못 견딜 정도로 가슴 아팠다.

산촌에서 화전을 일구며 살았던 마을 사람들 생각이 났다. 처음 관표가 이들을 보고 느낀 점도 비슷했다. 막다른 골목으로 몰린 사냥감처럼, 정말이지 어쩔 수 없어서 산적을 택한 사람들.

세상에 대한 마지막 몸부림으로 살기 위해 산적이 된 사람들이 그들이었다.

이들이 자신에게 몸을 의탁해 왔을 때, 관표는 가슴으로 이들을 돌봐줄 것을 다짐했었다. 상대가 누구든 그의 의지는 변하지 않을 것이다.

"몽여해인지 모요해인지 그건 내가 알 거 없다. 중요한 것은 저놈이 내 수하를 죽였고, 난 그 복수를 하겠다고 다짐했다. 네놈들도 한 패라면 절대 용서하지 않겠다."

관표의 선언에 산적들은 가슴이 뭉클해지는 것을 느꼈다.

그의 말에 의기가 느껴진다.

진정으로 자신의 수하를 위해 복수를 하고자 하는 결심이 엿보였다. 더군다나 철기보의 소보주 앞에서 당당하게 복수를 선언하는 관표의 모습이야말로 그들이 바라는 녹림의 산대왕, 바로 그 모습이었다.

강철의 의지와 맹호의 용맹, 그리고 천 년 바위처럼 변하지 않는 의리.

이것이 있어야 진정한 산대왕이라고 할 수 있었다. 그런데 지금 관표의 모습에서 그것을 볼 수 있었던 것이다.

세 명의 두령은 감격하였다.

힘이 없어서 도망만 다니던 그들이 대철기보 앞에서 당당하게 복수를 선언하는 관표의 모습을 보며 대리 만족을 느끼고 있었다.

잃어버렸던 웅심이 다시 한 번 가슴을 차고 올라오는 느낌이었다. 그들에게 있어서 관표는 진정한 대형이 아니었다. 그저 살아남기 위해서 어쩔 수 없이 그를 이용하려는 마음이 없지 않았었다. 그러나 지금 관표의 모습을 보면서 그들은 조금이지만 관표에게 승복하고 있었다.

특히 인상이 험하기로 유명한 장칠고의 경우는 더 더욱 감격하고 있었다. 원래 산적이었던 그의 부모가 바로 철기보의 보주에게 죽음을 당했기 때문이었다.

'정말 멋지십니다. 오늘부터 당신은 영원한 나의 대형이십니다.'

장칠고의 결심이었다.

몽여해는 어이없는 얼굴로 웃으며 말했다.

"네놈이 과문과 겨루어 이겼다고 들었다. 하지만 과문 따위를 대과령과 비교하지 마라."

몽여해의 말에 관표의 얼굴이 굳어졌다.

그 표정을 보고 몽여해는 입가에 미소를 띠었다.

'놈, 겁나겠지. 겨우 과문과 동수를 이루었으니.'

하지만 그것은 그의 착각이었다.

"나는 무식해서 잘 모르지만, 네놈은 한 무리의 수장으로서 자격이 없다."

관표의 말에 몽여해가 어리둥절한 표정으로 관표를 보았다.

관표의 표정이 진지하게 변했다.

"과문을 모욕하지 마라. 그 사람은 정말 용감하고 정정당당하게 겨루었다. 그리고 승부에서 그는 지지 않았다. 단지 한발 양보하고 물러섰을 뿐이다. 하지만 그는 진정한 무사였다. 네놈은 보아하니 과문이란 무사를 거느릴 만한 그릇이 아닌 것 같다. 설혹 그것이 아니라도 자신의 수하를 그렇게 함부로 말하는 것으로 보아 네놈은 개잡종이 분명하구나."

관표의 말에 항상 여유있게 웃던 몽여해의 얼굴이 일그러졌다. 반대로 녹림의 산적들은 자신도 모르게 얼굴이 밝아진다.

통쾌했다.

이름만 들어도 오금을 펴지 못하던 몽여해의 표정이 일그러지는 모습은 그들로 하여금 죽음의 공포마저도 이기게 해주고 있었다.

그중에서도 장칠고의 통쾌함은 다른 사람의 열 배 이상이었다.

"과연 대형님이십니다!"

언제 관표가 동생으로 삼았다고 제멋대로 형님이라 부르며 감탄하는 장칠고였다.

몽여해는 빠르게 마음을 진정시키고 차갑게 웃으면서 말했다.

"이 촌놈이 정말 죽으려고 환장을 했구나."

그러나 관표의 표정은 더욱 진지해졌다.

"촌놈이 화나면 얼마나 무서운지 이제 알게 될 것이다."

"흐흐. 그래, 그럼 내 칼에 죽어봐라!"

몽여해가 철검을 뽑으려 하자 대과령이 돌아서서 몽여해를 바라보며 말했다.

"소보주님, 제가 먼저입니다."

그 말에 흠칫하던 몽여해는 철검을 다시 집어넣고 그 자리에 털썩 주저앉았다.

"그렇지, 저놈을 잡는 데 나까지 낄 필요는 없겠지."

몽여해의 허락이 떨어지자 대과령이 목에 힘을 주고 얼굴을 양 옆으로 흔들었다.

으드득, 하는 기음이 들려오면서 그는 웃옷을 벗어 던졌다. 마치 거대한 나무뿌리 같은 근육이 똬리를 틀고 꿈틀거리며 아래위로 오르내린다.

보고 있는 사람들은 그 근육만 보고도 기가 질려 버렸다.

대과령은 관표가 무기를 들고 있지 않다는 것을 알자 자신의 무기인 철봉을 내던지고 천천히 관표에게 다가왔다.

관표는 한 발자국도 물러서지 않고 대과령을 기다렸다.

대과령이 삼 척 정도의 거리까지 다가섰다.

바로 코앞이다.

대과령이 입가에 잔인한 웃음을 머금고 말했다.

"만약에 네놈이 나를 이기면 여기 있는 그 누구도 더 이상 너희를 쫓지 않으마."

관표가 코웃음을 치며 대과령이 아닌 몽여해를 보고 말했다.

"네가 그럴 만한 결정권이 있나?"

대과령이 대답 대신 몽여해를 보자 몽여해는 비웃음을 머금고 말했다.

"약속한다. 네가 대과령을 이기면 앞으로 보름 안에는 절대 너를 쫓지 않겠다."

"좋아, 그럼 시작이다."

고함 소리와 함께 관표의 주먹이 대과령의 가슴으로 파고들었다.

대과령은 웃었다.

금강혈마공을 십성까지 터득한 자신에게 주먹질이라니. 하지만 그의 비웃음은 관표의 주먹이 가슴에 작렬하는 순간 사라졌다.

꽝, 하는 소리와 함께 금강마인의 육중한 몸이 무려 삼 장이나 날아가 땅바닥에 엉덩방아를 찧고 말았다.

그 모습을 본 몽여해의 표정에서 웃음이 사라졌다.

대력신기와 중자결을 겸한 관표의 주먹은 제아무리 금강마인 대과령이라고 해도 간단하게 받아넘길 수 있는 것이 아니었다.

관표는 일단 자신의 공격이 성공하자 그대로 뛰어가며 발로 대과령의 턱을 걷어찼다. 그러나 한 번의 방심으로 정신이 번쩍 든 대과령이었다.

그 충격 속에서도 정확하게 몸을 뒤로 젖혀 피하면서 한 손으로 관표의 발을 잡아챘다. 그리고 몸을 일으키며 회전하기 시작했다.

그 덩치로는 상상하기 어려울 만큼 빠른 동작이었다.

서너 바퀴를 돈 대과령이 관표의 발을 놓았다. 그러자 관표의 몸은 회전하던 힘에 의해 무려 십여 장이나 날아가 숲 속으로 떨어졌다.

관표를 던진 대과령이 고함을 치며 말했다.

"그래, 그냥 주먹과 힘으로 치고 받는 싸움이라면 내가 바라던 바다. 네 방식대로 싸워서 죽여주마."

대과령의 입가에 잔인한 미소가 감돌았다.

주먹, 힘, 이거야말로 대과령이 제일 좋아하는 결투 방식이었다. 치사하게 도검을 들고 설치는 것보다 뼈와 살이 부딪치고 충돌하는 근접 박투야말로 결투의 진정한 미학이라 생각하는 그였고, 그의 금강혈마공은 바로 그런 점에서 최고의 무공 중 하나였다.

대과령은 그 무공을 익히고 제대로 사용해 본 적이 없던 터였다.

신이 났다.

그는 관표를 집어 던지고 무서운 속도로 쫓아갔다.

그 자세 그대로 깔아뭉개 버릴 기세였다.

한편 던져진 관표는 날아가면서 운룡부운신공을 일으켰고 그의 몸은 마치 깃털처럼 가벼워졌다.

숲으로 떨어지면서 나무에 충돌하였지만 충돌하는 순간 그곳은 대력철마신공의 금자결로 충격을 최소화할 수 있었다.

대과령이 숲으로 뛰어들 찰나 벌떡 일어선 관표가 숲에서 화살처럼 튕겨 나오며 대과령의 품 안으로 뛰어들었다.

운룡천중기의 무게와 금자결로 단단해진 어깨가 대과령의 가슴을 강타하면서 대과령은 그대로 삼 장이나 빌려나고 말았다.

대과령은 충격으로 인해 숨이 막히는 것을 느끼며 바닥에 누워버리고 말았다.

금강혈마공을 익히고 지금 같은 고통을 느껴본 것은 처음이었다. 그것도 몸통 박치기에 당하고서 말이다.

대과령은 피가 끓어오르는 것을 느꼈다.

무서운 투지가 그의 가슴을 치고 올라왔다. 그리고 그 순간 대과령의 가슴에서 떨어져 나온 관표가 부운신공으로 뛰어올랐다.

무려 삼 장이나 공중으로 뜬 관표가 다시 한 번 운룡천중기를 운용하고 팔꿈치에 금자결을 운용한 채 대과령의 명치 부근으로 떨어져 내렸다.

관표의 팔꿈치가 대과령의 명치를 치려는 순간이었다.

대과령의 몸이 옆으로 한 바퀴 구름과 동시에 관표의 팔꿈치는 그대로 땅바닥을 찍어버리고 말았다.

퍽, 하는 소리와 함께 팔꿈치에 찍힌 땅이 푹 파여들었다.

그 위력에 보는 사람들이 끔찍한 표정으로 고개를 흔들었다.

관표가 실패를 한 그 순간 대과령이 일어서며 팔로 땅을 짚고 발로 관표의 얼굴을 걷어찼다. 정말 덩치와는 비교할 수 없는 빠르고 순발력있는 동작이었다.

관표는 얼굴에 금자결을 운용했지만 골이 흔들리는 것을 느끼고 뒤로 서너 걸음 물러섰다.

그러나 빠르게 천중기로 무게 중심을 잡으며 멈추었다. 그리고 그 순간 대과령의 주먹이 금강혈마공의 힘으로 뻗어왔다. 덩치와 힘에 비해 별로 강해 보이지 않는 주먹이었다. 그러나 빠르다.

관표는 두 손에 금자결을 모으고 얼굴을 가렸다.

그 위로 대과령의 주먹이 떨어졌다.

퍽, 하는 소리와 함께 관표의 몸이 뒤로 밀려났다. 금자결을 운용한 팔이 욱신거린다. 마치 철퇴로 맞은 듯한 느낌이었다.

금자결을 쓰고도 팔이 아파오자 관표는 대과령의 억센 주먹에 놀랐다. 그러나 놀라기는 대과령도 마찬가지였다.

사람의 팔을 쳤을 뿐인데 마치 쇠기둥을 친 것처럼 주먹이 찌르르했다.

금강혈마공은 여타 외문기공하고는 차원이 다른 무공이었다.

단순하게 가죽만 튼튼하게 하는 것이 아니라 내외공을 골고루 터득하지 않으면 입문하기도 어려운 무공이었다. 특히 금강혈마공을 바탕으로 펼치는 공격용 초식 중에서 금강팔기권(金剛八氣拳)은 강호에서도 일절로 알려진 무공이었다. 그런데 그런 금강팔기권으로 치고도 주먹이 아프다.

그러나 대과령은 내색하지 않고 다시 달려들었다.

이번에는 금강팔기권의 주먹 중에서도 가장 무서운 초식인 혈광섬(血光閃)의 주먹이었다.

관표는 받아치려고 주먹을 들었다. 그것이 실수였다. 단순하게 주먹질을 하려고 드는 순간 은은한 혈기를 머금고 섬광처럼 날아온 대과령의 주먹이 관표의 안면에 들어가 박혔다.

퍽, 소리와 함께 관표의 몸이 활처럼 뒤로 휘어지며 이 장이나 허공으로 떴다가 땅바닥에 처박혔다.

금자결을 운용했기에 안면 함몰은 모면했지만 얼굴에 전해지는 고통은 필설로 형용하기 어려웠다.

지금 대과령이 친 주먹은 단순한 주먹이 아니었다. 금강혈마공의 내력이 깃들어 있었기에 보통 무림의 고수였다면 얼굴이 터져 나갔을 것이다. 설혹 금종조 같은 외문기공을 극성으로 익혔다 해도 내력에 의해 얼굴 안쪽이 조각조각 깨져 나갔을 것이다.

다행히도 관표의 경우는 태극신공이 얼굴 안쪽을 보호했고, 대력철마신공의 금자결 역시 외부만이 아니라 내부까지 보호하는 신공이었기에 그나마 살아남을 수 있었다.

모두 관표가 죽었을 것이라고 생각했다. 그나마 머리가 안 깨져 죽은 것만으로도 다행이라고 생각했다.

세 명의 두령을 비롯한 수하들의 표정이 비통함으로 일그러졌다. 특히 장칠고는 그 자리에 털썩 주저앉아 울음을 터뜨리며 말했다.

"형님, 처음으로 내가 형님이라고 부르고 싶었던 분입니다. 내 비록 힘은 없지만 기필코 형님의 복수를 하고 말겠습니다."

장칠고의 말에 대과령이나 몽여해는 어이없는 표정을 지었다.

"정말 병신이 꼴값을 하는군. 네놈이 무슨 힘으로 복수를 한단 말이냐?"

몽여해가 이죽거리며 말하자 장칠고가 벌떡 일어서서 웃옷을 벗어젖히고 두 손을 들어 올리며 고함을 질렀다.

"이 씨팔놈들아! 다 덤벼, 다. 죽으면 한 번 죽지, 두 번 죽냐? 이 쌍!"

거의 발광에 가까운 장칠고의 고함에 몽여해조차 멍한 표정을 지었다.

"죽여주지."

대과령이 간단하게 말하고 장칠고에게 다가설 때였다.

"나… 난 아직 지지 않았다."

관표가 겨우 말을 하며 후둘거리는 다리로 일어섰다.

금방이라도 무너질 것 같은 모습이었지만 그의 두 주먹만은 굳건하게 쥐어져 있었다.

대과령이 어이없는 표정을 지으며 자신의 주먹을 내려다보았다. 조금 전 그가 관표를 친 주먹은 혈광섬의 초식이었고, 혈광섬에 정통으로 맞고 살아난 사람은 관표가 처음이었다. 제아무리 호신기공을 익히고 있다 해도 혈광섬을 이겨낼 순 없다고 생각했었다.

더군다나 그는 전력을 다했었다.

"맷집 하나는 쓸 만하구나."

대과령이 감탄한 표정으로 말하며 그대로 관표를 향해 달려갔다. 이번에는 죽일 자신이 있었다.

금강팔기권의 마지막 초식인 금강마경(金剛魔勁)이었다. 제아무리 훌륭한 호신공부라도 이것만은 견디지 못하리라 믿었다.

관표는 일어서면서도 이해할 수 없는 것이 있었다.

대력신기를 운용하면 힘도 자신이 강했다. 그리고 금자결로 치자면 주먹도 자신이 강할 것 같았다. 내공도 절대 뒤지지 않을 것 같았다. 그렇지만 자신의 주먹으로는 조금 전 대과령이 펼친 것 같은 주먹의 위력은 내지 못할 것 같았다.

그가 느낀 것은 붉은 섬광뿐이었고 얼굴에 전해오는 충격으로 보아 그 무지막지한 위력을 짐작할 뿐이었다.

'왜지? 무엇 때문이지? 뭐가 다른 것인가? 역시 이것도 초식의 문제인가?'

많은 의문이 빠르게 그의 머리를 스치고 갔다. 아직도 골이 흔들리며 그 충격으로 인해 어질어질한 상태였다. 그리고 자신을 향해 달려오는 대과령의 모습이 보였다.

대과령의 주먹이 다시 자신의 안면을 향해 날아온다.

태극신공이 그의 시선에 모아지며 상대의 주먹에서 눈을 돌리지 않았다. 주먹이 보인다.

관표는 이를 악물었다.

"이야야야!"

괴상한 고함과 함께 관표 역시 주먹을 내질렀다. 대과령의 몸이 아니라 자신을 향해 날아오는 주먹을 향해 주먹을 지른 것이다.

정면 승부.

관표는 정말 대과령의 주먹이 자신의 주먹보다 강한지 확인하고 싶었다. 그리고 그 차이가 있다면 무엇 때문인지도 알고 싶었다.

자신이 익힌 사대신공이라면 최소한 주먹이 박살나진 않을 것이라고 믿었다.

천중기에 대력신기, 금자결까지 겸한 주먹이었다.

깡, 하는 이상한 소리가 들리며 주먹과 주먹이 충돌하였다.

끄으윽, 하는 비명 소리가 들리며 관표의 주먹이 축 늘어졌다.

주먹이 깨지거나 팔이 부러진 것이 아니었다.

주먹을 타고 올라온 충격이 그의 심장과 전신을 압박해 왔었다. 만약 태극신공과 대력철마신공이 아니었으면 오장육부가 모조리 터져 버렸을 것 같았다.

그러나 내상이 심하게 도지는 것을 면할 순 없었다.

그의 입과 코로 죽은 피가 흘러나오고 있었다. 충격으로 인해 팔에 힘이 들어가지 않았다.

관표는 맥없이 그 자리에 털썩 주저앉고 말았다.

그러나 그의 머리 속엔 오로지 한 가지만 맴돌고 있었다.

'다르다. 주먹의 힘이 아니라 다른 무엇인가가 있다.'

관표는 그것을 느꼈다.

대과령은 주먹과 주먹이 충돌하는 순간 큭, 하는 신음을 억지로 삼켜야 했다. 그는 주먹의 뼈가 부러졌다는 사실을 알았지만 겉으로는 전혀 내색하지 않았다. 그리고 아직도 살아 있는 관표를 보면서 좀 질린 표정을 지었다.

"정말 질긴 놈이군. 하지만 이번에도 사나 보자."

망설이지 않고 관표에게 달려간 대과령은 두 팔로 관표의 머리를 끌어안고 신법을 펼쳤다.

빠르다.

보고 있던 사람들은 대과령의 신법에 혀를 내둘렀다.

위험을 감지한 관표는 대력신기를 이용해서 대과령의 팔을 젖히려고 했지만 금강혈마공의 완력은 부상으로 인해 제대로 운용되지 못하는 대력신기보다 나았다.

금강마경의 기운은 그의 팔을 타고 그의 내부를 흔들어놓은 상태였다. 살아난 것만으로도 대단한데 몸이 정상일 리가 없었다.

꼼짝도 안 한다. 그리고 무서운 살기가 그의 머리를 향해 밀려오는 것을 감각으로 느꼈다. 관표는 대력신기를 포기하고 마지막 남은 진기까지 전부 끌어내어 머리로 모았다.

대과령은 달리면서 그 탄력을 이용해 거대한 노송에 관표의 머리를 박아버렸다.

퍽!

소리와 함께 한 아름은 될 것 같았던 노송이 '우지직' 소리와 함께 부러져 버렸다.

산적들과 몽여해, 그리고 섭서사준은 입을 딱 벌리고 말았다. 대체 얼마나 무서운 힘으로 머리를 박았으면, 저 우람한 노송이 부러질 수가 있을까? 그들은 혹시 노송이 썩은 나무가 아닌가 하고 바라보았지만 이파리가 파릇파릇했다.

모두 관표의 머리가 박살났을 것이라고 생각했다.

그러나 그의 머리는 충격으로 인해 혼미하긴 했지만 멀쩡했다. 철마신공의 금자결을 머리에 운용하였고 태극신공이 뇌를 보호했기 때문에 무사할 수 있었던 것이다.

대과령은 이번에야말로 죽었겠지 하고 팔을 놓았다가 아직도 고개를 흔드는 관표를 보고 일순 멍한 표정을 지었다. 그가 그러니 다른 사람들의 놀라움은 또 어떠했으랴.

대체 어떤 무공을 연성하였기에 보통 조문으로 통하는 머리 위까지 강철처럼 단단하단 말인가? 그야말로 철두가 따로 없다는 생각이 들었다.

그 모습을 본 장칠고가 감격한 표정으로 말했다.

"여… 역시 형님은… 정말 대단하십니다."

그 다음 말은 목이 메어서 잇지 못했다.

자신도 모르게 감탄하며 한 말이었다. 그 안에는 진한 안타까움도 포함되어 있었다.

대과령은 관표가 아직 안 죽었다는 사실을 알자 이번에는 관표의 머리를 잡으면서 무릎으로 관표의 가슴을 차버렸다.

픽, 하는 소리와 함께 관표의 몸이 삼 장이나 솟구쳤다가 땅바닥에 떨어지면서 다시 한 번 입으로 피를 토해내었다.

"흐흐……."

대과령의 입가에 잔인한 미소가 감돌더니 관표의 머리와 충돌하면서 부러진 노송 앞으로 다가갔다.

그는 노송의 가지가 있는 부분을 두 손으로 잡은 다음 그대로 꺾어 버렸다.

우지직.

소리와 함께 그 굵은 노송이 너무 쉽게 부러져 나갔다.

대과령은 가지가 있는 부분을 버리고 통나무가 된 노송을 들어 올렸다. 한 아름이나 되는 노송은 그 크기가 약 일 장 오 척 정도 되었다. 그 거대한 통나무가 아주 가볍게 들어진다.

대과령은 통나무 뒤쪽을 겨드랑이에 끼었다. 그리고 그대로 달리기 시작했다. 들어 올린 노송의 앞부분은 정확하게 관표의 가슴을 겨냥하고 있었다. 겨우 자리에서 일어서던 관표를 통나무 기둥이 그대로 박아버렸다.

관표는 자신의 가슴을 격타한 통나무를 잡은 채 뒤로 주루룩 밀려나고 있었다.

그 앞으로 두 개의 깊은 고랑이 생겨나고 있었다.

나무가 박은 충격으로 인해 컥, 하는 소리와 함께 관표는 다시 한 번 울혈을 토해내었다. 그러자 갑자기 가슴이 시원해지면서 정신이 번쩍 들었다.

운이라면 운일까? 우선 일차로 가슴에 댄 쇳조각이 그를 보호했고, 사대신공이 그 안에서 관표를 보호한 덕에 통나무가 가슴을 파괴하진 못했다. 대신 그의 미세혈관에 잠자고 있던 공령석수가 녹으면서 그의 몸 안으로 퍼져 갔다.

조금 전 나무에 머리를 박히면서 충격으로 조금씩 혈도를 돌던 공령석수가 이번의 충격으로 몸에 녹아든 것이다.

관표는 정신이 번쩍 들자 대력신기를 운용하여 밀고 들어오는 통나무에 대항하였다.

밀리던 관표가 멈추었다.

둘이 통나무를 가운데 두고 힘 대결을 하기 시작했다. 직선으로 밀어대는 두 사람의 완력 앞에 통나무가 견디지 못하고 끼긱거린다.

그 모습을 본 몽여해는 어이없다는 표정으로 중얼거렸다.

"힘으로 대과령과 대등하게 싸우다니."

그의 말이 아니라도 보고 있던 사람들은 자신보다 두 배나 큰 덩치의 대과령과 힘 대결에서 밀리지 않는 관표에게 놀라움을 감추지 못했다.

장칠고가 멍한 표정으로 중얼거렸다.

"역시, 형님은… 정말……."

힘으로 대항하던 관표가 갑자기 통나무를 위로 들어 올렸다. 너무 가볍게 들어 올려 보는 사람들이 다 어리둥절할 정도였다.

통나무를 잡은 채 밀고 있던 대과령이 통나무와 함께 들어 올려지며 황당한 표정으로 관표를 내려다보았다.

관표는 운룡부운신공으로 통나무와 대과령을 가볍게 만들어서 들어 올린 것이다. 통나무가 일자로 하늘을 향해 섰다. 그리고 그 위에 대과령이 올려진 상황이 되었다.

대과령은 일단 관표의 무지막지한 힘과 어이없을 정도로 강한 맷집을 인정하고 피식 웃으며 통나무를 잡았던 손을 놓았다. 그리고 그대로 관표의 머리 위로 떨어져 내렸다.

관표는 태극신공을 모조리 끌어올리고 자신의 내장을 보호하려 하였다. 그리고 내려오면서 두 무릎으로 자신을 타격하려는 대과령에게 정면 승부를 걸었다.

통나무를 옆으로 밀어내면서 막 자신의 머리를 강타하려는 대과령의 발을 잡아갔다.

떨어지는 힘에 의해 관표가 그대로 깔리면서 대과령의 무릎은 그대로 관표의 어깨와 가슴을 내리찍을 것 같았다. 그런데 바로 그때였다.

관표의 몸이 마치 연체동물처럼 뒤로 젖혀졌다가 부드럽게 대과령의 옆으로 흐르면서 그의 뒤쪽으로 돌아갔다. 동시에 관표가 뛰어오르며 대과령의 턱 사이에 팔을 끼어넣고 대력신기로 목을 조르기 시작했다.

대과령이 자신의 공격이 실패한 것을 알고 발을 펴 땅에 착지함과 동시에 일어난 일이었다.

실로 눈 깜짝할 사이였다.

이는 태극신공의 유연함을 그대로 살린 방어법으로, 강하게 치고 들어오는 대과령을 부드러움으로 제압한 것이다. 물론 생각하고 한 일이 아니었다.

피하며 대과령의 등을 주먹으로 치려다가 너무 가까운 거리라 목을 조른 것이다.

하지만 그것이야말로 가장 완벽한 공격이었다.

설마 관표가 아직도 자신을 공격할 힘이 있다고 생각하지 않았던 대과령이었기에 어이없이 목을 내주고 말았다. 관표의 피 속에 공령석수가 녹아 있다는 사실을 모르니 어쩔 수 없는 일이었다.

일단 뒤에서 목을 조르기 시작하자 대과령으로선 방법이 없었다. 등에 착 달라붙은 관표는 두 발로 대과령의 배를 강하게 조르면서 목을 잡은 손을 놓지 않았다.

관표는 무의식적으로 여기서 끝을 보지 않으면 기회가 없다는 것을 알았기에 필사적이었다. 통나무가 가슴을 치면서 공령석수가 녹아 풀어졌고, 그걸로 인해 내상이 어느 정도 치유된 상황이 아니라면 꿈도 꾸지 못할 일이었다. 또한 계속되는 결투와 충격으로 인해 공령석수가 격발되어 있었기에 그 운도 작용한 것이다.

대과령이 금강혈마공을 운용하여 관표의 팔을 잡고 당겼지만, 대력신기는 금강혈마공에 전혀 뒤질 이유가 없는 무공이었다.

대과령은 일단 한 손으로 관표의 팔을 잡고 당기면서 다른 한 손으로는 관표의 팔에 있는 혈도를 쳐서 팔의 관절을 깨려 하였다.

그러자 관표는 태극신공의 이자결로 혈도를 옮겨 버렸다. 그리고 팔에 금자결까지 운용하여 강철처럼 단단하게 만들었다. 아무리 발버둥을 쳐도 대과령은 관표를 떨칠 수 없게 되자 점차 힘이 빠지고 말았다. 또한 목이 졸려지면서 호흡이 곤란해졌고 정신마저 아른거렸다. 이 상태라면 곧 목이 부러질 판이었다.

관표의 팔은 정확하게 대과령의 턱 안으로 들어가 있었다. 완벽한 조르기라 빠져나갈 방법이 없었다. 제아무리 금강혈마공이라 해도 이런 상황이라면 어쩔 도리가 없다.

"끄르륵……."

신음을 내며 대과령은 한 손을 들어 보였다.

"졌는가? 졌다면 고개를 끄덕여라!"

관표의 말에 대과령이 겨우 고개를 끄덕였다. 관표가 손을 놓고 뒤로 물러섰다.

녹림의 산적들은 모두 경탄한 표정으로 관표를 보고 있었다.

감격한 장칠고가 손으로 눈물을 훔치며 말했다.

"역시 형님은……. 흑흑……."

모두 꿈을 꾸고 있다고 생각했다. 그들로서는 평생 다시 볼 수 없는 무식하고 엄청난 박투였다. 그리고 거짓말처럼 관표가 이겼다. 그 누구도 관표가 이기리라 생각한 사람은 없었다.

몽여해마저 멍한 표정이었다.

관표는 이겼지만 얼굴이 밝지 않았다. 이번 대결을 통해 자신의 한계를 절실하게 깨달은 것이다.

第四章

나는 당신을 사랑할 수밖에 없습니다

봄이란 항상 사람을 설레게 만드는 힘이 있었다.

세상이 새로 시작하는 것처럼 싱그럽고, 녹색의 나무들은 사람으로 하여금 상쾌한 기분을 느끼게 만든다.

창문을 열어놓으면 향긋한 바람이 불어 들어온다.

소녀는 그렇게 문을 열고 하늘과 푸른 나무와 정원에 가득한 봄꽃을 보고 있었다. 그러나 그녀의 아름다운 얼굴엔 조금도 행복한 표정이 없었다.

나비 머문 꽃잎에 바람 일고,
단비 내린 인연에 옷깃 젖는다.
오는 사람 많아도 다 헛것.

스쳐 간 사람 잊지 못하는데.
사주지로(비단길)에 내 님은
맴을 돌다 사라진다.

조그만 목소리로 중얼거리듯이 말하는 소리는 한 편의 시였다. 그 안에는 누군가를 그리워하는 그녀의 마음이 녹아 있는 듯했다. 아마도 마음의 격정을 이기지 못하고 스스로 지은 시 같았다.

"어디서 무엇을 하고 계실까?"

신녀라 불리는 그녀가 누군가를 그리워한다는 사실을 강호무림이 안다면 일대 폭풍이 일 것이다.

"청승맞게 뭘 하고 있느냐?"

날카로운 목소리가 들리며 한 명의 여자가 안으로 들어왔다.

소녀는 그녀를 보고 얼굴이 굳어졌다.

"언니."

"홍, 이 계집애야, 이젠 네가 나의 말도 무시하는구나. 대체 몇 번을 불러야 대답을 하는 것이냐?"

"미안해요, 언니. 듣지를 못했어요."

들어온 여자의 눈에 새파란 독기가 뿜어졌다.

'소소 조 계집애를 그때 죽였어야 하는데.'

그녀는 그것이 못내 아쉬웠다.

제법 똑똑한 놈들을 풀었다고 생각했는데 어디서 엉뚱한 놈을 만나 전부 죽고 말았다.

그리고 나타난 동생은 고질적인 병까지 다 나아 있었다.

듣기로는 그녀를 구해준 인간이 영약을 주어서 나았다고 했지만 백리청은 그 말을 믿지 않았다.

아무리 생각해도 조부인 백리장천이 숨겨놓았던 영약을 백리소소에게만 주었을 거란 생각이 강하게 들었다.

더 더욱 그녀가 미워진다.

할아버지가 원망스럽다.

백리세가의 첫째 딸인 자신을 제치고 세상 남자들의 모든 관심을 그녀가 다 가져가는 것도 싫었고, 세상에서 두 번째로 예쁜 여자란 말도 정말 듣기 싫었다.

재질도 여자 중 두 번째, 미모도 두 번째, 아버지와 할아버지의 사랑마저도 두 번째 같아서 생각하기도 싫었다.

그리고 무엇보다도 백리소소는 정부인에게서 난 딸이고, 자신은 두 번째 부인에게서 난 딸이었다.

그것도 그녀의 열등감에 기름을 붓는 결과가 되었다.

"나가보아라! 묵 공자가 와 계시다."

말을 하는 백리청의 눈엔 질투가 가득했다.

묵 공자가 왔다는 말에 백리소소의 얼굴엔 더욱 수심이 깊어졌다. 그 모습을 보면서 백리청의 눈에 불이 난다.

"흥! 이 계집애야, 좋으면 좋다고 해! 그렇게 아닌 척 내숭 떨지 말고. 정말 꼴 보기 싫다."

백리청의 말에 백리소소는 쓴웃음을 머금고 밖으로 걸어나갔다. 그 뒤를 백리청의 눈이 살기를 품고 쫓아간다.

백리소소가 밖으로 나가서 손님이 있는 취운각으로 걸어갈 때였다.

"이거 소소 아니냐? 묵 공자를 만나러 가는 것이냐?"

소소는 나타난 청년을 보고 가볍게 인사를 하며 반겼다.

"큰오빠, 오랜만이에요."

"네 녀석이 항상 방에만 틀어박혀 보이질 않으니 한 집에 살면서도 보기가 힘들구나. 이제 병도 다 나았는데 뭐가 그리 궁상이냐?"

백리소소가 가볍게 웃었다.

소군자(小君子) 백리현(百里炫).

나타난 청년의 이름이었다.

십이대고수 중 가장 강하다는 천군삼성.

그중 한 명인 천검(天劍) 백리장천(百里匠天)의 장손이자 강호무림의 오대천 중 하나인 백리세가의 소가주.

그는 백리소소와는 배다른 이복 오빠였다.

백리청은 바로 그의 친동생이었다.

성정이 군자의 풍도를 지니고 있을 뿐만 아니라 무공에도 천재라 알려진 인물이었다. 후기지수 중에서 가장 강한 무공을 지닌 사람 중에 한 명이라고 할 수 있었다. 그리고 그와 쌍벽을 이루는 후기지수가 바로 뇌정권(雷霆拳) 묵호(墨虎)였다.

묵호는 강호 오대천 중 한곳인 백호궁의 소궁주였고, 신녀인 백리소소와는 양가의 합의 하에 혼담이 오고 가는 중이었다.

특히 백리소소의 조부인 천검 백리장천은 반드시 그녀를 묵호에게 시집보내겠다는 결심이었다.

강호에서는 백호궁과 백리세가를 일컬어 북궁남가라고 칭했다.

하긴 지금 신녀라 불리는 백리소소를 탐하는 무림세가의 공자들은 묵호를 제외하고도 그 수를 헤아리기 어려울 정도로 많았다.

문을 열고 백리소소가 들어오자 묵호는 자리에서 일어섰다. 순간 넓은 방 안이 그의 기세로 꽉 차는 느낌이었다. 수려한 얼굴에 뚜렷한 이목구비, 그리고 날카로운 검미가 인상 깊은 청년이었다.

육 척에 달하는 키와 유난히 커 보이는 그의 두 손을 보면 그가 뇌정권 묵호라는 것을 짐작할 수 있으리라.

묵호의 눈이 아련해진다.

강호의 풍류검객이자 시인으로 유명한 낭인검(狼人劍) 호치백(昊治白)은 다음과 같은 말을 남겼었다.

"백리가에 세 송이 꽃이 있는데, 무림오미의 아름다움은 그녀들 다음이다. 그중 제일은 밝고 환한 미소라. 세상에 아무리 예쁜 꽃이 있어도 신녀보다는 못하더라!"

여기서 밝고 환한 미소란 백리소소(百里昭笑)의 이름을 풀이한 것이다. 소소(昭笑)란 이름을 풀이하면 밝고 환한 미소란 뜻이 된다.

수십 년 동안 강호를 떠돌며 예쁘다는 여자는 다 만나본 호치백이 한 말이라면 가장 믿을 만한 정보였다.

그때부터 강호무림 최고 미녀는 신녀가 되었고 그녀의 이름은 오호사해에서 모르는 사람이 없게 되었다. 그러나 신녀의 얼굴을 직접 본 사람은 많지 않았다.

지금만 해도 들어오는 신녀는 얇은 면사로 얼굴을 가리고 있었다.

그러나 그런다고 그녀의 미모가 숨겨지진 않았다.

가늘고 잘록한 허리, 약간 후리후리한 키에 풍만하면서도 여린 선을 가진 그녀의 몸매는 누가 봐도 정신없이 빨려 들어가는 흡인력까지 지니고 있었다.

둘 사이에 혼담이 오가면서 몇 번째 보는 모습이지만 볼 적마다 묵호는 정신을 차릴 수가 없었다. 그녀에게 끌리는 마음을 주체할 수 없었다. 비록 면사로 가렸다고는 하지만 내공이 심후한 묵호는 어느 정도 그녀의 미모를 볼 수 있었다.

그녀의 유려하고 사려 깊은 성정과 정숙함은 어느 남자라도 싫어하지 않을 것이다. 세상에 두려울 것이 없다는 묵호가 긴장하고 있었다. 그의 몸에서 뿜어지는 기세가 신녀의 아름다움 속에 점차 중화되어 가는 느낌이었다.

그녀를 보는 묵호의 눈에 안타까움이 배어 나왔다.

면사로 얼굴을 가렸다는 것은 마음을 열지 않았다는 뜻으로 보였다. 하지만 언제고 자신에게 마음을 열 것이라고 그는 믿었다.

"백리 소저, 어서 오십시오. 기다리고 있었습니다."

묵호가 정중하게 인사를 하자 신녀는 가볍게 한숨을 내쉬었다. 참으로 그녀는 난감했다. 자신을 가장 사랑하는 할아버지가 나선 혼담이었다. 강호에서 제일가는 신랑감이라고 한 말도 맞을지 모른다. 그러나 그녀의 마음엔 묵호가 들어올 자리가 없었다.

"묵 공자님, 오랜만입니다."

묵호가 쓴웃음을 지으며 말했다.

"여전히 감정이 없는 말투입니다."

"그렇게 들렸다면 죄송합니다."

묵호는 가볍게 한숨을 쉬었다.

언제나 이런 식이었다.

"제가 마음에 안 드십니까?"

"세상의 여자들 중에 묵 공자님을 싫어할 여자는 없을 것입니다."

"그런데 신녀의 마음은 그 면사 속에 숨어 있는 것 같습니다."

"세상의 모든 여자가 다 같지는 않습니다. 소녀는 공자님을 싫어하는 것이 아니라 사랑하지 않을 뿐입니다."

담담하지만 정확하게 자신의 마음을 전달하는 그녀였다. 그런데 이상하게 기분이 나쁘지 않았다. 그것도 신녀의 장점일지 모른다.

잠시 동안 그녀를 바라보던 묵호의 표정이 단호하게 변했다.

무엇인가 결심을 한 모습이었다.

"나 묵호는 그 이유를 묻지 않겠습니다. 하지만 제 이름과 명예를 걸고 무슨 수를 쓰든, 소저를 저의 아내로 맞이할 것입니다. 왜냐하면."

백리소소가 묵호를 본다.

참으로 아름다운 눈이었다.

"제가 진심으로 소저를 사랑하고 있다는 것을 지금 다시 깨달았기 때문입니다. 백번을 죽었다 깨어나도 저는 소저를 사랑할 수밖에 없을 것 같습니다."

백리소소는 가볍게 한숨을 내쉬었다.

참으로 쉽지 않은 상대였다.

"그것이 묵 공자님이 가야 할 길이라면 저도 어쩔 수 없습니다. 하지만 저 역시 저의 길을 갈 권리가 있답니다. 저는 이만 실례하겠습니다."

신녀의 모습이 사라지고 반 각이 지날 때까지 묵호의 시선은 그녀의 흔적을 쫓고 있었다. 그의 얼굴에 무서운 집념이 타오른다.

그는 미치도록 궁금했다.

'무엇인가? 무엇이 그녀의 마음을 가로막고 있는가? 혹시 다른 남자를 사랑하고 있는 것인가? 그렇다면 그가 누굴까? 누구라도 좋다. 나는 기꺼이 그와 상대해 주겠다. 결코 그녀를 양보할 수 없다.'

묵호의 결심이었다.

두 남녀가 이야기를 주고받은 거각의 뒷문 쪽에 백리청이 서 있었다.

그녀는 거각을 바라보면서 손을 꼬옥 쥐고 부들거리며 분노와 타오르는 질투를 삼키고 있었다.

'저 계집만 아니라면 묵 공자는 나랑 맺어지는 것인데.'

억울했다. 그리고 화가 났다.

분명히 언니인 자신이 있는데 둘째도 아니고 셋째가 먼저 시집을 간다는 것은 옳지 않은 일이었다.

그녀를 묵호와 맺어주려는 할아버지도 싫었다.

왜 자신은 안 되는가? 자신의 미모는 능히 천하절색이라고 할 만했다. 그리고 무공도 강했다.

할아버지가 말한 묵호가 소소를 선택했다는 말도 그녀는 믿을 수 없었다. 그녀가 알기로 동생인 소소는 무공을 하지 못한다. 그녀는 그렇게 알고 있었다. 그렇기 때문에 더 더욱 납득할 수 없었다.

강호에서 가장 강한 무가의 공자가 무공을 전혀 모르는 여자를 사랑할 리 없다고 생각했다. 단지 일시적인 마음 때문이라고 그렇게 생각했다. 그리고 조부인 백리장천이 소소를 묵호와 맺어주기 위해 한 거짓말이라고 생각했다.

무가의 공자에겐 무공이 뛰어난 자신이 어울린다고 생각하는 그녀였다.

그녀보다 조금 더 먼 거리에서 그녀의 오빠인 백리현이 그녀를 바라보고 있었다. 그의 눈은 잠잠해서 무슨 생각을 하고 있는지 전혀 알 수 없는 그런 눈빛이었다.

관표의 사나운 눈이 몽여해를 쏘아보았다.

"약속대로 우리는 지금 여기를 떠난다. 네가 남자라면 약속을 지키리라 믿겠다."

몽여해의 얼굴이 일그러졌다.

"이놈이……."

몽여해가 검을 뽑아 들려고 할 때였다.

"가라! 오늘은 네가 이겼다."

겨우 일어선 대과령이 관표를 보며 한 말이었다.

몽여해가 찔끔하며 뽑아 들려던 검을 멈추었다.

그것을 보고서야 관표는 몽여해와 대과령이 수직 관계가 아니라는 사실을 알았다.

둘 사이의 관계가 무척 모호했다.

한 가지는 확실한 것 같았다.

몽여해가 감히 대과령의 말을 거스르지 못할 거란 사실이었다.

대과령이 관표를 보고 차갑게 웃으면서 말했다.

"나의 실력이 이것뿐이라고 생각하지 말아라! 다음에 만나면 결코 살려두지 않겠다."

아직도 목소리가 온전하지 못했지만 대과령의 말뜻이야 충분히 알아들었다.

"나 역시 마찬가지다. 그리고 나를 찾을 필요 없다. 반드시 내가 철기보를 찾아가겠다. 그때는 지금처럼 뒤를 보이고 가지 않을 것이다."

몽여해의 검미가 꿈틀거렸다.

당장이라도 때려죽이고 싶은 심정이었지만 겨우 억눌러 참았다.

관표는 전혀 아랑곳하지 않고 자신의 수하들에게 말했다.

"모두 가자."

관표가 앞장을 서고 세 명의 두령과 이제 이십오 명 정도 남은 수하들이 그 뒤를 쫓아 걷기 시작했다.

삼 일 동안 산속으로 흔적을 지우며 숨어든 관표와 그 일행은 조금 안심할 수 있었다. 일단 적당한 공터를 발견하고 휴식을 취한 후 관표는 사냥을 해와 자신의 수하들이 된 산적들을 배불리 먹였다.

그리고 운기를 하여 자신의 내외상을 완전히 치료한 후 세 명의 두령을 불러 모았다.

관표는 두령들의 얼굴을 보면서 말했다.

"나와 너희들이 원하는 녹림의 길을 가기 위해 우리는 힘이 있어야 한다는 것을 알았다. 그리고 세상의 많은 것들을 배워야 한다는 사실도 알았다. 거기에 대해서 좋은 의견이 있으면 말해 봐라."

세 명의 두령은 새삼스럽게 관표를 바라보았다. 그의 기도가 달라졌음이 느껴졌다.

몇 번의 생사를 가름하는 결투를 치르면서 관표의 기도가 달라져 있었던 것이다.

죽음을 건너온 자의 여유와 자신감이 우러나왔고, 세상을 보는 시선도 넓어진 것 같았다. 그리고 자연스럽게 하대를 하면서도 어색해 보이지 않았다.

성장한 것이다.

세 명의 두령은 갑자기 커 보이는 관표 앞에서 조금 당황했지만 곧 그에게 적응하기 시작했다.

먼저 나이가 가장 많은 막사야가 자신의 의견을 말했다.

"강해지려면 무공이 있어야 합니다. 그리고 내공도 필요합니다. 특히 제가 보기에 주군께 가장 필요한 것은 초식인 것 같습니다. 문제는 좋은 무공도 구하기 어렵지만, 있어도 좋은 무공일수록 익히기 어렵고 시간이 너무 걸린다는 것입니다. 빨라야 십 년, 그 정도는 되어야 소성을 이룰 수 있을 정도입니다."

"너무 늦어. 속성법은 없는가?"

막사야가 쓸쓸하게 웃었다.

"영약을 구해서 먹는 것인데, 그것은 더욱 어렵습니다. 있다고 해도 우리한테까지 돌아오긴 불가능합니다."

답답한 관표는 자신의 피를 전부 뽑아 수하들에게 나누어 줄까도 생각해 보았지만 그것도 불가능한 일이었다. 우선 그의 피에 녹은 공령석수가 이제는 내기가 흐르는 단전 속으로 숨어들었기에 더 이상 자신의 피도 영약이 아니란 사실을 알기 때문이다.

설혹 그렇지 않더라도 피를 전부 뽑아주면 자신인들 살 수 있겠는가?

'만약 태극신공이 조금 더 경지에 올라 정자결을 사용할 수 있다면 큰 도움이 될 텐데.'

관표가 아쉬워하는 부분이었다.

정자결은 불문의 개정대법과 비슷한 효능을 발휘할 수 있는 비법으로 오히려 개정대법보다 더욱 쉽고 효과도 좋았다. 그러고 보니 우선은 자신이 먼저 강해져야 할 필요가 있었다.

잠시 동안 생각을 정리한 후 관표가 일어서며 말했다.

"우선 가볼 곳이 있다. 아니, 만나야 할 사람이 있다. 그는 경험이 많고 지혜로운 사람이라고 들었다. 어쩌면 우리에게 해답을 줄지도 모른다. 그리고 그곳은 철기보나 여타 문파의 눈을 피하기도 좋은 곳이니 일단 그곳으로 가자."

모두 어리둥절한 표정으로 그를 바라보았다.

관표가 벌떡 일어서서 걷자 모든 사람들이 그의 뒤를 쫓았다.

第五章

관표, 맹룡의 무공을 수련하다

　칠십 평생 동안 안 해본 것이 없다가 이십 년 전부터 산도적이 되어 반가채라는 이름을 걸고 영업을 해온 반고충은 자신의 앞에 앉아 있는 관표를 바라보았다.

　한때 자신의 밑에서 삼 년 동안이나 함께 일한 조공의 소개로 왔다고 하였으니 결코 홀대를 할 순 없었다. 그래서 수하들을 전부 물리고 그의 부탁대로 독대를 하고 있는 중이었다.

　이리저리 물어본 결과, 그는 분명 조공이 보낸 사람이 맞았다.

　조공과는 서로 생명의 구함을 주고받은 사이로 나이를 떠나 지기로 지내던 사이였다.

　"그래, 조 동생은 잘 있나?"

　"항상 호걸의 시절을 그리워하고 계십니다."

"허허."

반고충은 조금 맥없이 웃었다.

그 쌩쌩하던 조공이 사람 한번 잘못 만나 다리가 부러지고 말았었다. 당시 반고충은 끝까지 그의 하산을 말렸지만, 그는 고집을 꺾지 않고 자신의 고향으로 돌아갔다. 만약 지금까지 함께 있었다면 반골인 막고란 놈에게 부채주 자리를 주지 않아도 되었을 것이다.

녹림의 호걸이 걸음조차 제대로 걷지 못한다면 퇴물이 된 것이라 다른 동료들에게 피해만 줄 뿐이니, 당당하게 물러섬이 옳은 일이라 말하며 눈물을 흘렸었다.

그때 일이 바로 어제 같은데 벌써 십 년이란 세월이 흘렀다. 그리고 그의 고향 후배가 나타난 것이다.

"조공 동생은 참으로 몇 안 되는 진정한 녹림의 호걸이었다."

반고충의 말을 들으며 관표는 그의 얼굴을 살펴보았다.

세월의 흔적이 가득한 얼굴엔 꼬장꼬장한 노인네의 고집스러움이 숨겨져 있는 것 같았다.

생각해 보면 반고충이야말로 살아 있는 산도적의 역사였다.

조공이 반고충에 대해서 이야기할 때, 그의 말을 들으며 관표도 감탄할 수밖에 없었던 이유가 있었다.

나이 일곱 살이 되어 고아가 된 반고충은 세상에서 안 해본 것이 없는 인물이었다.

사기, 도박, 그리고 고리대금에서 지금의 산도적질까지 세상의 일에 그보다 더 많이 아는 사람은 결코 없을 것이라고 조공이 장담을 했었다.

그렇게 험한 생활을 하고도 칠십까지 살면서 남에게 맞아 죽지 않은 것을 보면 그가 얼마나 뛰어난 인물인지 알 만한 일이었다. 그리고 어떤 이유에서인지 이십여 년 전 갑자기 산적이 된 반고충이었다. 그 연유를 아는 사람은 세상에 아무도 없었다.

조공조차도 그 이유를 모른다고 들었다.

무엇보다도 놀라운 것은 반가채가 이십 년이나 존재하고 있다는 사실이었다.

조공은 만약 그가 무공만 조금 받쳐 주었으면 한 지방의 패주가 되는 것도 어렵지 않았을 것이라고 장담했었다. 그래서 정말 쥐꼬리만한 칼질 하나만 가지고도 산도적의 두목이 되어 이십 년을 생존하고 있었던 것이다.

인근 산적 두목들 중에 반고충의 무공 실력이 가장 낮았다. 나이도 가장 많았다.

끈질긴 생존력이기도 했지만 그에게 남다른 면이 있다는 증거이기도 했다.

조공은 세상 물정 모르고 산적이 되려는 관표에게 반고충을 찾아가 많은 것을 배우라고 했었다. 물론 갈 때 예물은 첫 도적질로 빼앗은 돈이라야 격식이 맞는다고 했었고, 그때 관표는 바로 검선을 만났었다.

"그래 자네도 산사람이 되고 싶은 것인가?"

"녹림의 밥을 먹겠지만, 산도적은 되지 않겠습니다."

반고충의 눈이 커졌다.

"그게 무슨 말인가? 그게 그 말 아닌가?"

"그렇지 않습니다. 나는 녹림의 도를 새로 세우려 합니다. 그리고 내 의지대로 커 나가려 합니다."

반고충은 새삼스런 눈으로 관표를 보았다. 그리고 보니 그의 기도가 결코 가볍지 않았다. 또한 그의 재질을 살펴보니 무공을 익히기에도 더없이 좋은 근골이었다.

반고충이 살아오면서 수많은 무인들을 보았지만 관표처럼 무공을 익히기에 적합한 근골은 처음이었다. 그리고 그의 근육으로 보아 이미 상당한 무공을 수련했다는 것을 알 수 있었다.

다시 한 번 찬찬히 관표를 살펴본 반고충이 씁쓸한 미소를 지었다.

"내 나이 칠십이 되도록 큰 실수를 한 적이 없었는데, 오늘은 정말 사람을 잘못 보았군. 자네는 크군. 내 잣대로 잴 수 있는 사람이 아닐세. 그런 사람이 내게 온 이유가 무엇인가?"

"세상을 배우고 싶어서입니다."

"허, 세상을 말이지?"

"그렇습니다. 제가 무지하다는 것을 알았고, 그래서 배우려 합니다. 책에 있는 공자 왈 맹자 왈이 아니라, 정말 세상을 살아가는 데 필요한 지식을 배우고자 합니다. 그리고 그것을 배운 후에 녹림의 도를 생각하려 합니다. 그리고 힘을 키우려 합니다."

반고충은 한동안 관표를 바라보았다.

너무 나이가 들어 이제 산적질도 그만두고 조용히 여생을 보내려 했었다. 그런데 늘그막에 할 일이 생길 것 같은 기분이 들었다.

"그러고 보니 아직 이름도 물어보지 못했군. 자네의 이름이 무엇인가?"

"관표라고 합니다."

"좋은 이름이군. 근데 관표, 관표라고… 설마 녹림왕 관표란 말인가?"

반고충의 얼굴에 놀란 빛이 떠올랐다.

설마 관표라니.

한동안 얼떨떨한 표정으로 관표를 보던 반고충이 마음을 진정하고 물었다.

"어떻게 된 사연인가?"

관표는 담담하게 지금까지 자신이 지내온 이야기를 풀어놓았다. 이야기를 듣는 반고충의 표정은 그야말로 다양하고 변화무쌍하게 변하고 있었다. 그러나 관표는 자신이 어떤 무공을 익혔는지에 대해서는 함부로 발설하지 않았다. 단지 경중쌍괴 사부에게 배운 두 가지 무공만 이야기했고, 검선과 패천흉마를 만난 것도 말하지 않았다. 단지 우연한 기회에 신공과 음양접을 얻을 수 있었다고만 하였다. 이는 관표가 숨기고 싶어서가 아니라 사부인 경중쌍괴의 당부 때문이었다.

두 사부는 건곤태극신공과 대력철마신공에 관한 것만은 반드시 비밀로 하라고 몇 번에 걸쳐 강조했었다.

이야기를 다 듣고 난 반고충은 가볍게 한숨을 쉬었다.

관표에게 그런 사연이 있을 줄은 생각하지 못했다.

반고충은 이야기를 듣고 고민하기 시작했다.

그는 살아온 경험과 눈치로 관표가 어떤 사람인지 그리고 지금 이야기한 것이 진실인지 아닌지 정도는 충분히 파악하고 있었다.

'이것도 하늘의 안배인가?'

반고충은 혀를 찼다. 어떻게 보면 자신이 관표를 만난 것이 자신의 살아생전 마지막 희망일지도 모른다는 생각이 들었다.

그에게는 무덤까지 가져가려던 비밀이 있었다. 그러나 관표를 보면서 그 생각이 흔들리고 있었다.

'그래, 일단 가르쳐 보자. 그리고 판단하자.'

반고충은 관표를 바라보았다.

"자네가 내게 얻으려는 것이 정확하게 무엇인가?"

"알고 있는 모든 것입니다. 살아가는 데 필요하다고 생각하는 것은 뭐든지 다 배우고 싶습니다."

이는 관표의 진실이었다. 세상에 대해서 자신이 너무 모른다는 것을 뼈저리게 깨우친 다음이었다. 그는 싸우면서도 상대를 몰랐고, 상대가 무슨 무공을 사용하는지도 몰랐다.

녹림에 뜻을 두었지만, 세상을 모르니 뭘 해야 할지 생각이 나지 않았다. 도적질은 하고 싶지 않았다. 그렇다면 무엇인가 대안이 있어야 하는데 그 또한 뭘 알아야 한다.

관표는 세상에서의 일이라면 좋은 것이든 나쁜 것이든 다 알고 싶었다. 그러다 보면 길이 생기고 뜻이 세워질 것이라 생각했다.

반고충은 묵묵히 관표를 바라보았다.

관표 역시 반고충을 마주 바라보았다.

관표가 본 반고충의 눈은 지혜로웠다.

반대로 반고충이 본 관표의 눈은 깊고 믿음직했다.

무엇보다도 힘이 있어 보여 보기 좋았다.

결심을 굳힌 반고충이 먼저 말을 꺼냈다.

"자네의 동료들은 어디에 있는가?"

"십 리 밖에서 기다리고 있습니다."

"모두 데려오게."

"가르침을 주시려는 것입니까?"

"내가 얼마나 아는지 모르지만 아는 만큼은 가르쳐 주겠네."

관표가 그 말을 듣고 벌떡 일어섰다.

"관표가 삼사부님을 뵙습니다."

반고충이 당황해서 관표를 바라보았다.

관표가 절을 하기 시작했다.

설마 정식으로 사부의 예를 다해 구배지례를 할 줄은 생각도 하지 못했다.

단지 자신이 아는 세상 사는 이야기만 해주면 될 줄 알았다.

"이보게, 그렇게까지 안 해도 된다네."

그러나 관표의 의지는 확고했다.

"세상을 아는 것은 아주 중요한 것입니다. 그것을 가르침받는데 당연히 사부의 예를 받으셔야 합니다. 지금부터 삼사부님으로 모시겠습니다."

"허……."

어색하면서도 기분은 나쁘지 않았다.

아니, 살아생전 자신이 저렇게 믿음직한 제자를 둘 줄은 상상도 못했던 반고충의 기쁨은 이루 말할 수 없었다.

지금까지 살아온 보람을 느끼고도 남았다.

그의 눈에 물기가 고여온다.

"허허, 이 기쁜 날에 눈물이 나다니. 나도 좀 늙었나 보이."

관표는 이 늙은 사부가 맘에 들었다.

조공을 믿었기에 반고충도 믿을 수 있었다.

관표는 구배지례를 다 하고 나서 물었다.

"사부님께 원한을 가진 자들이 있습니까?"

반고충이 정색을 하고 말했다.

"나 말인가? 이제 다 죽어가는 늙은이일세. 무슨 원한 관계가 있겠는가?"

말하던 반고충이 무엇인가 느낀 듯 안색이 굳어졌다.

"막고, 이놈이 기어코 일을 저지르고 마는구나."

"막고가 누구입니까?"

"휴, 내가 데리고 있는 부채주인 놈일세. 놈이 어떻게 알았는지 내 비밀 창고에 대해서 묻더군. 그때부터 한 번은 일이 벌어질 줄 알고 있었네. 그런데 하필이면 오늘이라니."

반고충의 얼굴에 씁쓸한 표정이 떠올랐다.

관표가 의아한 표정으로 물었다.

"비밀 창고가 있었습니까?"

너무 솔직한 물음이었다. 그러나 그 물음에 악의가 없다는 것을 알고 있는 반고충이 굳은 표정으로 말했다.

"그런 것이 있네. 하지만 막고란 놈이 아는 것처럼 금은보화는 아닐세. 아주 위험한 물건이기에 감추어놓고 있었을 뿐이지."

부채주가 강도로 변해서 목숨을 노리고 있었지만 결코 겁먹은 모습이 아니었다. 관표는 궁금한 표정으로 반고충을 보며 물었다.

"지금 그들은 문 바로 밖까지 와 있습니다. 하지만 사부님은 여유가 있어 보이시니 무엇인가 대책이 있으신가 봅니다?"

반고충이 웃으면서 말했다.

"자네가 있지 않은가? 숨어서 다가오는 자들의 살기를 느꼈다면 최소한 저들보다야 강할 것 같은데 내가 왜 겁을 먹겠나."

그 말을 듣고 관표가 웃었다.

과연 늙은 구렁이다운 말이었다.

"잠시만 기다리십시오, 사부님."

관표가 밖으로 나갔다.

그리고 잠시 후 툭탁거리는 소리가 들리는가 하더니 반고충을 부르는 관표의 목소리가 들린다.

"나와서 보십시오."

반고충이 나와 보니 반가채 마당에 이십여 명의 사내들이 피떡이 되어 쓰러져 있었다.

무공도 보잘것없는 일반 산적들이 관표의 상대가 될 순 없었다.

시끄러운 소리에 놀라서 밖으로 나온 반가채의 수하들은 관표의 싸우는 모습을 보고 나서 아직도 멍한 표정을 짓고 있었다.

도검으로 쳐도 끄덕 안 하고, 맨손으로 무기를 든 이십여 명의 장정을 추풍낙엽으로 쓰러뜨리는 관표의 위력은 그들에게 있어서 엄청난 충격이었다.

반고충은 쓰러져 있는 인물들을 살펴보고 고개를 흔들었다.

"막고란 놈이 인근 용호채의 두목을 끌어들여 습격을 한 것일세. 다행히 내 수하들 중에 가담한 자는 별로 없어 보이네."

말은 그렇게 했지만 반고충의 눈꺼풀이 파르르 떨리는 것을 관표는 보았다.

관표는 못 본 척 고개를 돌리고 말했다.

"그나마 다행입니다."

반고충은 수하들에게 그들을 전부 묶어서 창고에 가두어놓으라고 한 다음 관표를 데리고 다시 방으로 들어갔다.

"자네가 아니었으면 나는 오늘 죽었겠군."

관표가 고개를 흔들었다.

"이미 눈치채고 있었으니 당하시진 않았으리라 생각합니다."

반고충이 고개를 흔들었다.

"아니야, 나도 늙었지. 벌써 칠십일세. 사실 그놈이 항상 두려웠네. 어쩔 수 없이 부채주 자리를 주었고, 반골인 것을 알면서도 힘이 없어 어쩔 수가 없었네."

관표는 아무 말도 못하고 반고충을 바라만 보았다.

"자네, 내가 숨겨둔 물건이 무엇인지 궁금하지 않은가?"

"궁금합니다."

"나를 따라오게."

반고충이 일어서서 방 한쪽으로 갔다. 그리고 침대를 밀어낸 다음 고리를 당기자 방바닥이 일어서며 작은 입구가 나타났다.

반고충이 망설이지 않고 그 안으로 들어가자 관표도 그 뒤를 따랐다. 관표가 문 밑으로 들어가자 반고충이 문을 당겨 안에서 입구를 막았다.

일단 안으로 들어가자 어두컴컴한 좁은 통로가 나타났다. 반고충의 인도로 통로를 따라 오 장 정도 걸어가자 다시 철문 하나가 나타났다.

반고충이 열쇠를 꺼내 철문을 열고 안으로 들어갔다.

관표도 안으로 들어갔다.

철문 안은 사방 삼 장 정도 되는 꽤 큰 방이었다. 그리고 그 방에는 나무 탁자 하나와 나무 의자 하나가 놓여 있었고, 제법 큰 철상자 하나가 탁자 위에 놓여 있었다.

그리고 천장엔 희미한 빛을 내는 야광주 하나가 박혀 있었다.

반고충은 열쇠를 꺼내 철상자를 열었다.

관표가 궁금함을 참지 못하고 다가와서 상자 안을 들여다보았다.

상자 안에는 양피로 만든 책자가 가득 들어 있을 뿐이었다.

"이것이 무엇입니까?"

"직접 보게."

관표가 맨 위에 있는 책자를 꺼내 보았다. 겉장을 본 관표의 안색이 일변했다.

맹룡십팔투.

언뜻 보아도 무공비급 같았다.

"무공비급입니까?"

"맞네. 그것도 아주 무서운 무공이지."

관표의 표정이 흥분으로 상기되었다.

"사부가 제자에게 주는 선물일세."

관표가 놀란 표정으로 반고충을 보았다.

"감격할 거 없다. 이건 내가 익히고 싶어도 나이 때문에 불가능하고,

이것이 여기 있다는 사실이 알려지기라도 한다면 나 역시 살아남을 수 없기에 그저 감춰만 놓고 있었던 것이다. 버리기엔 너무 아깝고 내가 익힐 순 없고 참으로 아까운 계륵이었지."

반고충의 말투가 자연스럽게 바뀌어 있었다.

"아주 오래전이었지, 내가 돈놀이를 하고 있을 때였네. 당시 나는 도둑질부터 사기에 이르기까지 안 하는 짓이 없이 다 하면서 악착같이 무공을 익히려고 했었네. 당시의 나는 자네처럼 강해져야만 하는 절박한 이유가 있었지. 흠, 그 이야기는 나중에 하기로 하고. 그러다가 우연한 기회에 투귀(鬪鬼) 두삼(頭三)이 그린 산수화 하나를 얻게 되었네. 사실 투귀 두삼은 싸움질뿐 아니라 그림에도 일가견이 있었던 사람으로, 그의 그림을 아는 무림인들에게 비싼 값을 받을 수 있던 물건이었네. 그 그림은 잘 아는 무가의 손님 중에 하나가 맡기고 돈을 빌려갔던 것이지. 한데 그는 돈을 빌려가서 도박을 하다가 결국 패가망신하고 저잣거리에서 도박꾼들에게 맞아 죽고 말았네. 결국 그림은 내 차지가 되어버렸지. 나는 그 그림을 어떻게 처리할까 고민하다가 우연한 기회에 그림이 이중으로 된 비단에 그려져 있다는 비밀을 찾게 되었네. 알고 보았더니, 그 그림은 두삼이 말년에 마지막으로 그린 그림이었고, 그림 속에 자신이 마지막으로 은거하는 장소를 그려놓았던 것일세."

반고충은 마른침을 삼키고 심호흡을 한 다음 다시 말을 이었다.

"그래서 찾아낸 곳이 여길세. 나는 너무 흥분해서 한달음에 여기까지 달려왔지. 한데 와서 이곳을 찾아내고 절망했네."

관표가 의아한 시선으로 반고충을 바라보았다.

"뭐가 잘못되었습니까?"

관표의 물음에 반고충이 가벼운 한숨을 내쉬고 말했다.

"이 무공은 익히기가 너무 난해한 무공일세. 특히 이 무공을 익히기 위해 만들어놓은 맹룡십팔관(猛龍十八關)은 나처럼 나이 많은 노인이 통과하기란 거의 불가능한 곳일세. 아니, 그 이전에 맹룡십팔투를 배울 엄두도 나지 않았다네. 그 당시 나는 오십이 다 된 나이였네. 새롭게 어떤 무공을 익히기란 불가능하다는 것을 알았지. 그래서 절망하고, 포기하였네. 하지만 버리거나 누구에게 주기에는 너무 아까운 무공이었고, 자칫하면 이걸로 인해 내가 화를 당할까 봐 두려웠네. 결국 나는 여기다가 반가채를 세우고 약간 아는 칼질과 머리를 바탕으로 산적질을 하게 되었네. 물론 여기 있는 무공 중에 아주 쉬운 무공 한 가지를 배우고는 있지만 이십 년이 지나도록 별 성과를 얻지 못하고 있었네. 이젠 그마저도 포기했지. 자네를 만나지 않으면 내가 죽을 때 이 무공을 전부 불태워 버리려고 했었네."

"그럼 막고는 여기를 어떻게 알았습니까?"

"나는 가끔 이 안에 들어와서 이 무공비급을 들여다보곤 했었네. 그러다가 막고에게 들키고 말았지. 막고는 이 안에 내가 보물을 감추어 두었다고 생각한 모양일세."

관표는 한숨을 내쉬고 그가 경중쌍괴에게 들은 투귀 두삼에 대해서 생각해 보았다.

이백 년 전 무림에 한 명의 괴인이 나타났다. 그는 싸우는 것을 밥 먹는 것보다 더 좋아했고, 특히 박투 무공은 강호일절이었다. 당시 그와 안 싸워본 무인이 없을 정도로 그는 만나는 사람마다 싸움을 걸었다. 이십 년 강호행을 하는 동안 그는 수천 번을 싸웠다.

처음 싸울 땐 질 때가 이길 때보다 많았다. 그리고 시간이 지날수록 그는 강자들을 찾아 싸웠고, 지는 일은 점점 적어졌다. 그리고 마지막 삼 년 동안의 수십 번 결투에서는 거의 진 적이 없었다고 한다.

그리고 그는 그림을 좋아해서 평생 동안 싸움질이 아니면 그림만 그렸다고 한다. 비록 무적의 고수는 아니었지만 당시 그와 겨루어보았던 사람은 투귀 두삼처럼 싸움을 잘하는 무림고수는 다시 찾기 어려울 것이라고 입을 모았다고 한다.

만약 내공만 깊었다면 당대에 그를 이길 자가 없었을 것이라고 말하는 사람들도 많았다고 했었다.

또한 그의 기행으로 인해 강호에서는 아직도 가장 많이 거론되는 강호 명사 중 한 명이라고 했었다.

"이제 자네가 이것을 물려받았으니 반드시 이 무공을 익혀 고수가 되어주게. 그래서 내 부탁도 하나 들어주게."

관표는 그 부탁이란 것이 반고충의 은원과 관련있으리라 짐작했다. 무엇인가 응어리가 있어서 무공을 익히려 했을 것이다.

"말씀하십시오, 사부님. 제자로서 사부의 은원을 해결하는 것은 당연한 것입니다."

"고맙네."

"편하게 말씀하십시오."

"간단하네. 자네가 무공을 익혀 녹림철마(綠林鐵魔) 사무심(思無心)을 꺾어주게. 그가 바로 나의 처자식을 죽인 불구대천의 원수일세."

녹림철마 사무심은 현 녹림칠십이채의 총표파자였다.

"반드시 그렇게 하겠습니다. 어차피 제가 가는 길에 한 번은 겨루어야 할 자입니다."

반고충은 이제야 가슴에 멍으로 남았던 응어리가 풀어지는 느낌이었다.

"살펴보게. 나도 그 안에 있는 무공 중 가장 쉬운 것을 골라 익히고 있지만, 너무 나이가 들어 이제 삼성의 경지에 이르렀네."

관표는 상자 안의 책들을 전부 끄집어내었다. 모두 삼십 권에 이르는 책들은 각 권마다 이름이 붙어 있었다. 그중 열여덟 권이 맹룡십팔투의 비급이었고, 나머지 열두 권은 그 외 비급들이었다.

관표는 우선 맹룡십팔투의 비급 중에 일(一)이라고 쓰여진 책을 집어 장을 넘겨보았다.

맹룡의 무예는 단 일인전승이다.

그렇게 쓰여 있는 글자 옆에는 두삼이라고 적혀 있었다.

다음 장을 넘겼다.

수천 번을 싸우고 나서야 진정한 투로의 길을 보았다. 나는 그 모든 것을 하나로 묶고, 다시 수십 년을 연구하여 맹룡십팔투를 만들었다. 만약 이 무공을 완전하게 터득한다면 그대는 세상의 그 누구와 싸워도 이길 수 있을 것이다. 무공에 최고가 어디 있냐고 하지만 나는 이 맹룡십팔투야말로 최고라고 자신한다. 나는 그 후 맹룡의 무공을 제대로 터득할 수 있게 맹룡십팔관을 설치해 놓았다. 연자는 나의 후예임을 잊지 말고 반드시 맹룡십팔관을 다 통과한 후에 하산하기 바란다. 맹룡십팔투 외의 무공기서는 내가 강호를 떠돌면서 구한 열두 권의 무경이다. 이는 연자의 마음대로 사용해도 좋다. 단 맹룡십팔투는 살기가 강한 무공이니 함부로 사용하지 말라!

그리고 아래에는 다음과 같은 말이 덧붙어 있었다.

연자는 맹룡의 무공을 완전히 터득하지 못했다면, 절대 맹룡십팔관에는 들어가지 말라. 내가 만들었지만, 너무 위험한 곳이다.

자부심이 넘치는 글들이었다.

관표는 그 말투가 더욱 마음에 들었다.

그중 자신의 능력을 알고 가장 적당한 무공을 고른 반고충은 확실히 지혜로운 자였다.

관표는 책의 내용을 대충 훑어보기 시작했다.

'이것이다!'

관표는 흥분되는 마음을 감추기 어려웠다.

열여덟 권의 맹룡무공은 내공을 운용하는 방법부터 실제로 결투와 생사대전에서 사용할 수 있는 열여덟 가지의 기술을 차례대로 저술한 책이었다.

관표는 정신없이 책들을 훑어보기 시작했다.

읽을수록 맹룡십팔투는 놀라운 무공이었다.

맹룡십팔투의 무공 중에서도 가장 놀라운 무공은 삼절황(三絶皇)이라고 불리는 무공들이었다. 만약 삼절황을 제대로 터득한다면 그 위력에서 능히 대력철마신공과 겨룰 수 있을 정도였다. 그러나 삼절황 중에 잠룡보법을 제외한 공격용 무공 두 가지는 투귀가 만들어놓은 이론상의 무공이었다.

투귀는 자신도 그 무공을 터득하지 못했다고 했다. 그리고 잠룡보법도 완벽하게 연성하진 못했다고 했다. 투귀의 말대로라면 잠룡보법은 세상에서 가장 뛰어난 보법 중 하나라고 했다.

관표는 가슴이 뛰는 것을 느꼈다.

이제 완벽한 초식까지 얻었다.

일단 내용을 읽고 느낀 것은 맹룡십팔투의 무공은 정말 강하고 무섭다는 것이다. 하지만 평생을 가도 제대로 터득하기 어려운 점이 있었다. 그만큼 어려운 무공이었다.

그러나 관표는 이야말로 자신을 위한 무공이라고 생각했다. 그리고 자신은 속성으로 이 무공을 익힐 자신이 있었다.

관표가 그렇게 생각한 이유는 여러 가지가 있지만 맹룡십팔투의 근간을 이루는 용형진기 부분을 보고 나서 더욱 자신있게 내린 결론이었다.

용형진기는 뛰어난 기공이었지만, 관표가 보았을 때 이 무공은 대력철마신공이나 건곤태극신공에 비해서는 그 위력이 겨우 삼 분의 일 정도에 지나지 않았다. 그리고 용형진기는 건곤태극신공이나 대력철마신공의 일부분과 비슷한 점이 있었다.

용형진기를 훑어본 관표는 용형진기는 버리기로 했다. 단지 충분히 이해해 둘 필요는 있었다. 그래야만 사대신공에 맹룡십팔투를 응용할 수 있을 것이다.

용형진기를 보고 나서야 관표는 자신이 익힌 무공들이 얼마나 뛰어난 무공들인지 새삼 깨우쳤다.

우선 용형진기를 바탕으로 초식을 펼치는 방법만 알면 관표는 그보다 더 큰 위력으로 주먹을 내칠 수 있다. 즉 맹룡십팔투에서 원하는 모든 것을 사대신공으로 인해 관표는 이미 다 갖추고 있었던 것이다. 오히려 차고 넘친다. 결국 초식 운용과 초식을 펼칠 때의 진기 조절, 그리고 진기의 흐름만 파악하면 사대신공을 이용해서 즉각적으로 맹룡십팔투를 펼칠 수 있는 것이다.

오히려 더욱 막강하게.

물론 이는 바다 같은 묘용으로 어떤 내공이든 함께 운용할 수 있게 만들어주는 건곤태극신공이 있었기에 가능한 일이었다.

'맹룡십팔투에 사대신공의 장점을 잘 섞어놓으면?'

관표는 생각만 해도 가슴이 벅차올랐다.

반가채는 섬서성 북부에 위치한 작은 산악 지대에 있었다.

근처에는 특별히 큰길이나 관도도 없었고, 관청이 있는 마을도 아주 멀리 떨어져 있었기에 항상 한가한 편이었다.

반고충이 이런 외진 곳에다 소굴을 만든 이유는 아주 간단했다. 물론 투귀 때문이기도 했지만 비급을 찾은 후 장소를 옮기지 않은 이유는 또 달랐다.

큰 마을이 멀다 보니 관가가 별로 관심을 가지지 않을 것이고, 무림의 대문파와도 떨어져 있어 혹여라도 재수없게 무공의 고수를 만날 일도 없었다. 그리고 경쟁도 치열하지 않아 제법 한다 하는 녹림채나 대규모 산적들은 이곳을 거들떠보지도 않았다.

한마디로 안전한 곳이라고 할 수 있었다. 그러나 반대로 산적으로서 영업하기가 조금 힘이 들기도 했다.

그래도 안전한 데다가 밥을 굶을 정도는 아니라서 그런대로 근근이 생계는 유지하고 있었다. 그러나 그것은 반가채 식구만 있을 때 이야 기였다.

관표가 데려온 인원은 세 명의 두령을 합해서 모두 이십팔 명이었 다. 그리고 반가채의 원래 식구가 열두 명이었는데, 막고에게 가담했 다가 잡힌 무리가 넷이었다. 결국 막고까지 합해 다섯을 제하고 나면 반고충까지 일곱이 남는다.

이렇게 관표까지 합해서 총 삼십육 명의 산적이 반가채의 마당에 모 였다.

막고가 반란을 일으키려다가 생포된 그 다음, 다음날이었다. 일단 반고충은 용호채의 두목이 쓰러지자 그곳 산채를 통째로 접수하고 수 하들은 해체시켜 버렸다.

다행히 욕심이 많았던 용호채 두목 조가의 비밀 창고엔 제법 많은 돈이 숨겨져 있었기에 당분간은 견딜 수 있을 것 같았다.

반고충은 많은 산적들 앞에서 자신이 물러나고 새로운 반가채의 채 주 자리를 관표에게 맡긴다고 선포하였다. 이미 관표의 실력을 보았던 반가채의 수하들도 불만이 있을 수 없었다. 그리고 그들은 반고충을 중심으로 따르던 수하들이라 반고충의 말에 일말의 감정도 가지지 않 았다.

"오늘부터 반가채의 이름을 녹림도원(綠林桃園)이라고 개칭하며,

그 외 제자들은 나를 포함한 서른여섯 명으로 한다. 이후 추가로 문의 제자들을 받아들이겠지만, 총 인원은 무사 오백 명을 넘지 않는다. 대신 오백 명의 제자는 모두 일당백의 용사가 되도록 훈련시킬 것이다. 그 모든 것은 여기 있는 서른여섯 명을 중심으로 이루어질 것이다. 그리고 공식석상에서 나를 부를 땐 촌장이라고 불러라. 그 외 사석에선 대형이라고 하면 된다. 왜냐하면 우리는 한 가족이기 때문이다!"

관표의 선포가 끝나자 녹림도원의 제자들은 환성을 지르며 좋아했다. 녹림도원이란 어감도 좋았고, 촌장이란 말도 친근감이 있어서 좋았던 것이다. 또한 채라는 말을 안 쓰니 도적 집단 같지 않아서 좋았다.

그 외 반고충은 태상장로의 신분이 되었고, 세 명의 두령은 세 개로 나누어진 대의 대주가 되었다.

천검대 대주는 단혼검 막사야가, 천궁대 대주는 귀영철궁 연자심이, 그리고 풍운대 대주는 낭아곤 철우가 각각 임명되었다. 그리고 수하들은 각자의 무기에 걸맞는 대로 헤쳐 모임으로, 네 무리의 도적이었던 자들을 각 대 아래로 섞어놓았다.

그 외에 인상은 험하지만 발이 빠르고 말 잘하기로 소문난 장칠고가 촌장의 친위대인 청룡단 단주를 맡았다.

그의 밑으로는 발빠르고 날랜 수하 네 명이 배속되었다.

청룡단의 단주는 대주 아래의 직급으로 놓아 원래 신분에 대한 형평을 고려하였다.

이렇게 일단 녹림도원의 배속을 마친 관표는 크게 잔치를 하고 수하들로 하여금 하루를 푹 쉬게 하였다.

녹림도원은 무릉도원에서 따온 말이었다.

관표는 자신의 고향을 무릉도원 같은 낙원으로 만들고 싶었다. 그리고 그곳에서 가족과 마을 사람들이 어울려 행복하게 사는 것이 그의 꿈이었다. 그는 그 꿈을 실현하기 위해 세상에 나왔다.

녹림도원은·바로 그 꿈을 위한 시발점이었다.

관표는 투귀가 모아놓은 열두 권의 비급을 두 가지로 분류하였다. 그중 네 권의 비급을 세 명의 대주와 장칠고에게 익히게 하였고, 그들로 하여금 수하들을 지도하게 하였다.

처음 네 권의 비급을 본 세 명의 대주와 장칠고는 놀란 눈으로 관표를 바라보았다.

"반 사부님이 우연히 구한 비급이다. 너희들은 오늘부터 이것을 익힌다. 지금까지 익히고 있던 무공과 가장 흡사한 무공으로 골라왔다."

관표가 말은 그렇게 했지만 가져온 비급은 그렇게 쉽게 말할 수 있는 것들이 아니었다. 강호에서도 한때 풍운을 일으켰던 무공들이었고, 네 명의 인물도 한번쯤은 들어본 것들이었다.

네 쌍의 눈이 각자의 앞에 있는 비급들을 보았다.

유성검법십삼식(流星劍法十三式), 대풍산도법(大風山刀法), 무영철궁기(無影鐵弓氣), 섬광삼절검(閃光三絶劍). 이름만 들어도 강호무인이라면 누구나 다 아는 무공들이었다. 비록 무적이니 최강이니 하는 최상급 무공들은 아니었지만 능히 한 세대를 풍미했던 무공들이었다. 물론 아직 관표는 이 무공들의 가치를 잘 알지 못했다.

감히 비급을 집지 못하고 서로 눈치를 보는 네 명의 수하를 보고 관표가 다시 말을 이었다.

"철 대주의 경우 곤법이 없어서 대신 도법을 가져왔으니 이 기회에 낭아곤 대신 도법을 익혀보는 것이 어떤가? 어차피 대풍산도법도 중병기라 배우기가 쉬울 것 같은데."

관표의 말을 들으면서 네 명의 눈에 물기가 고여들었다. 이들이야말로 얼마나 제대로 된 무공을 배우고 싶었는지 모른다. 나름대로 사연이 있는 사람들이라 더욱 무공에 대한 열망이 깊었다.

이젠 포기하고 있었는데 갑자기 무공을 배울 수 있는 기회가 왔다. 마치 꿈만 같았다.

특히 자신들의 특성에 딱 맞는 무공들이었다.

철우의 경우 낭아곤을 사용하는 것은 배울 무공이 없어서 익힌 것이지 그 자신의 선택이 아니었다. 현재 자신이 배운 낭아곤법은 이 무공저 무공을 조금씩 짜깁기해서 만들어놓은 것으로, 무림의 절기라고 말하기는 조금 손색이 있는 무공이었다.

특히 도라면 그도 관심을 가지고 있는 무기라 표현을 못해서 그렇지 배우고 싶은 마음이야 더 말해 무엇 하리.

관표는 이들의 마음을 능히 이해할 수 있을 것 같았다.

"싫은가?"

관표의 조금 짓궂은 질문에 네 명은 자신도 모르게 이구동성으로 고함을 질렀다.

"절대로 아닙니다!"

말해 놓고 나서 서로 얼굴을 보던 네 사람은 실소를 하고 말았다. 속

마음을 들킨 것 같아 은은하게 얼굴이 붉어지고 말았다. 그러나 그것은 잠시 그들은 일제히 일어서서 관표에게 큰절을 하였다.

"막사야는 촌장님의 은혜를 절대 잊지 않겠습니다."

"철우가 살아 있는 한 촌장님에게 절대 충성할 것을 맹세합니다."

"연자심은 반드시 촌장님의 기대를 저버리지 않겠습니다."

"역시 형님은… 크흐흑!"

험한 인상의 장칠고가 감격해서 흐느끼는 것으로 그들의 인사는 끝났다.

"내가 주는 것이 아니라 반 사부님이 주는 것일세. 차후 알아서 인사들 하게나. 그리고 내가 물어볼 말이 있네."

관표의 말에 막사야가 대표로 말했다.

"촌장님, 뭐든지 물어보십시오. 우리가 아는 것이라면 절대로 숨기지 않고 말씀드리겠습니다."

"철 대주가 무공을 지니고 있다가 전폐되었다는 것은 알고 있지만, 막 대주도 이미 무공을 익히고 있다가 강제로 폐지되었던 것 같은데 어찌 된 사연인가?"

관표의 말에 철우와 연자심이 놀라서 막사야를 바라보았다.

막사야의 얼굴이 굳어졌다. 무엇인가 사연이 있는 것 같았다.

"지금은 말하지 말게. 나중에 듣기로 하지. 중요한 것은 막 대주도 무공을 폐지당했다는 것이군. 그것으로 되었네."

관표는 단호하게 말하고 나서 네 명의 수하를 보면서 말했다.

"누구든지 능력있는 사람은 우대를 할 것일세. 각자 열심히 익혀서 자신의 수하들에게도 잘 지도해 주게. 앞으로 육 개월마다 비무 시합을 벌여 각 대의 부대주를 두 명씩 뽑기로 할 테니 그렇게들 알고 있게."

"명대로 하겠습니다."

관표는 그 말을 끝으로 자리에서 일어섰다.

'이제 시작이다.'

관표는 이제부터 시작이라고 생각했다. 그리고 이젠 자신도 맹룡십팔투를 익혀야만 한다. 내일부터는 바쁠 것이다.

관표는 오늘 하루만큼은 편안하게 자기로 했다.

그렇게 시작한 무공 수련 속에서 육 개월이란 시간이 화살처럼 지나가고 있었다.

맹룡십팔투를 익히면서 관표는 자신이 사대신공을 얼마나 무식하게 사용했는지 알게 되었다.

힘을 집중하지 못했고, 필요없는 진기의 남발로 인해 가지고 있는 힘마저도 제대로 사용하지 못했다는 것을 알았다.

힘을 과도하게 사용하면서 부드러움이 배제되었고, 빠르게 치지 못했다. 또한 몸에 부드러움을 잃으면 쉬이 피곤해진다는 사실도 알았다. 쓸데없이 힘이 낭비되어 버리는 것이다.

주먹을 끊어 치는 법, 송곳처럼 찔러 치는 법, 타격하는 순간에 힘을 집중하는 법, 느리고 빠르게 치는 법, 뿐만 아니라 주먹을 지를 때 발의 중심을 잡거나 움직이면서 상대를 가격하는 법에 이르기까지.

주먹질 하나만으로도 이렇게 많은 방법이 있고 다양할 줄은 생각하지도 못했다. 특히 진기를 유용하게 사용하면 눈에 보이지 않을 정도로 빠르게 움직일 수 있다는 사실도 처음 알았다.

무엇보다도 태극신공의 부드러움이 결투에서 얼마나 중요한 몫을 할 수 있는지 알았다는 사실이다. 실제 사대신공 자체는 초식을 가지고 있지 않지만, 어떤 초식에도 응용해서 사용할 수 있다는 점이었다.

상대의 목을 꺾고 팔을 분지르는 관절기. 혈을 쳐서 상대를 제압하는 법, 고통을 주는 법, 각법은 물론이고 상대와 엉켰을 때 그 상태에서 상대를 제압하는 법, 무기를 든 자를 상대하는 법 등등.

관표가 무공을 배우는 속도는 마치 솜이 물을 먹는 것처럼 빨랐다.

태극신공으로 인해 무공을 익히기에 완벽한 몸 만들기가 되어 있었고, 내공도 충분했다.

어떤 무공도 방법만 알면 금방 배워 쓸 수가 있었다. 특히 어떤 내가진기도 수용하는 태극신공의 해자결은 말 그대로 바다였다.

어떤 무공도 전부 수용하고 융합해 준다.

그렇게 그의 사대신공은 맹룡십팔투와 함께 발전하면서 큰 진전을 이룰 수 있었다. 그리고 이전에 있었던 몇 번의 생사대결은 관표의 발전을 더욱 당겨주었다.

맹룡십팔투는 용형진기와는 비교할 수 없이 강한 대력철마신공과 건곤태극신공으로 인해 비약적으로 강해졌다.

특히 맹룡십팔투에 사대신공의 특성을 가미하자, 그 위력은 더욱 무서워졌고 거의 새로운 무공으로 재탄생하는 계기가 되었다. 무엇보다도 이론상의 무공이라고 생각했던 맹룡삼절황의 무공을 완성하였다는 사실이었다.

완전히 터득한 것은 아니지만 그중 일부는 충분히 사용할 수 있었다. 나머지는 시간이 해결해 줄 문제였다.

관표는 앉아서 찬찬히 자신의 무공을 점검해 보았다. 우선 건곤태극신공은 칠단공 중에서 육단공의 경지에 다다라 있었다.

각 단계별로 십성의 경지가 끝인데, 지금 관표는 육단공의 구성 경지에 다다라 있었다. 이는 태극신공을 대성했다고 할 수 있는 경지로 육 개월 동안 비약적인 발전을 했다고 할 수 있었다.

관표가 모든 무공을 관장하고 응용하는 중심 무공으로 건곤태극신공이 가장 이상적이라는 사실을 알고 이를 집중적으로 연성했기에 가능한 일이었다. 그리고 태극신공이 발전하면서 다른 무공들도 함께 발전할 수 있었다.

운룡부운신공과 운룡천중기는 각 십단공 중 구단공을 완성한 상황이었고, 가장 패도적이면서도 맹룡십팔투와 가장 잘 어울리는 대력철마신공은 십성의 경지까지 끌어올리는 데 성공하였다.

만약 대력철마신공의 진천무적강기가 아니었다면 맹룡삼절황의 완성은 불가능했으리라. 맹룡십팔투를 이루는 용형진기는 완벽하게 사대신공을 끌어다 쓸 수 있게 그의 몸속으로 녹아들었다. 이젠 용형진기를 끌어 모으면 사대신공도 함께 발현하는 단계가 되었다.

하지만 육 개월 동안 관표가 얻은 가장 큰 수확은 세상을 알았다는 사실이었다.

관표는 묘시(새벽 다섯 시)부터 저녁을 먹기 전까지 무공에만 매달렸고, 그 이후부터 자시말경까지는 반고충에게 세상의 모든 지식을 배워야 했다.

반고충은 관표에게 자신의 지식을 전달하면서 하루에도 몇 번씩 놀라곤 했는데, 자신이 한 번 한 말을 관표는 절대 잊지 않았다. 그리고 하나를 가르치면 열을 이해하는 그의 능력도 능력이지만 그의 성실성은 더욱 반고충을 흡족하게 만들어주었다.

사실 이는 태극신공의 혜자결이 해결해 준 덕분이라 하겠다.

정신을 관장하는 혜자결은 그의 이해력과 암기력을 최상으로 만들어주었던 것이다.

그는 그동안 도박과 사람 심리, 그리고 고리대금 같은 지식에서부터 사기술과 강호에 대한 수많은 잡식들까지 머리 속에 정리해 놓을 수 있었다.

반고충이 알고 있는 잡다한 지식은 실로 끝이 없을 정도라 육 개월이 지난 지금도 계속 이어지고 있었다. 그리고 그 지식들은 모두 이론상 배운 것이고, 그것을 어떻게 자신의 것으로 만드느냐 하는 것은 관표에게 달려 있다고 할 수 있었다.

그리고 시간이 지나면서 관표는 무섭게 달라지고 있었다. 한 단체의 수장으로서, 그리고 한 명의 무인으로서 점점 완성되어 가는 모습은 보는 사람들에게 믿음을 주기에 충분했다.

그리고 그의 무공을 완성하는 덴 맹룡십팔관도 큰 역할을 하였다. 하지만 그곳은 벌써 몇 번이나 통과를 하였고, 이제는 시시해진 상황이었다.

'이제는 이론상 완벽해진 삼절황을 익혀야 한다.'

관표는 결심을 굳혔다. 지금이 아니면 언제 다시 무공에만 정진할 수 있을지 모른다. 배울 때 확실하게 해놓는 것이 좋다는 생각이었다.

다시 육 개월의 시간이 흘렀다.

관표는 전면을 바라보았다.

나무판이 하나 있었고, 그 바로 뒤에는 사방 일 장, 두께 오 척 정도 크기의 반듯한 바위가 놓여 있었다.

관표는 손에 진기를 주입하고 나무판을 향해 쳐 나갔다.

바람 소리조차 없이 뻗어나간 그의 손이 나무판 바로 앞에서 멈추었다. 거리는 약 일 척 정도.

관표가 손을 내렸다.

잠시 후 바위 일부가 먼지로 날아가면서 손바닥 모양의 자국이 음각으로 생겨났다. 그러나 앞에 있는 나무판자는 전혀 이상이 없었다. 움직이지도 않았다.

격산타우의 내가중수법.

관표는 만족한 표정으로 판자를 치웠다.

'이제 마지막으로 광룡삼절부법(光龍三絶斧法)을 시험해 보자.'

광룡삼절부법은 삼절황 중에서도 가장 무서운 무공으로 관표조차 완벽하게 터득하지 못한 무공이었다.

갑자기 그의 등에서 거대한 기운이 뿜어지더니 서서히 갈라지면서 두 마리의 금룡이 뚜렷하게 몸체를 드러냈다. 마치 쌍룡의 문신을 한 것처럼 보였다.

그리고 그 용의 기운은 살아서 꿈틀거리며 관표의 몸을 타고 오르더니, 오른팔을 타고 내려가 오른손에 모아지며 하나의 형상으로 구체화되어 갔다.

그 모습은 마치 두 마리의 용이 서로 다투며 몸을 타고 오르다가 그의 손에 똬리를 틀며 모여드는 것 같아서 황홀하기까지 하였다. 그리고 어느 사이엔가 그의 손에는 거대한 도끼 하나가 들려져 있었다.

도끼의 날에는 한 마리의 혈룡이 금방이라도 살아 움직일 것처럼 새겨져 있었다.

이것이 바로 내가진기를 이용해서 만들어진 광룡천부(光龍天斧)였다. 무형의 진기를 형상화해서 만든 도끼. 이 도끼가 바로 삼절황의 최후 무공인 광룡삼절부법을 펼치는 무기였다.

원래 이 무공은 투귀 두삼이 이론상으로만 만들어놓은 무공이었다. 만들었지만 용형진기의 한계로 사실상 터득하기 불가능한 무공이었다. 실제 광룡천부만 해도 무자비한 무기라고 할 수 있었다.

용형진기로는 이 광룡천부를 만들기 위해서만 꼬박 백 년은 걸리리라. 그러나 이것을 쉽게 가능하도록 만든 것은 대력철마신공의 진자결인 진천무적강기였다.

강기무공의 최고봉인 이 무공을 용형진기에 합해서 관표는 광룡천부를 더욱 무섭고 더욱 날카로운 무기로 만들어내었다. 물론 두 무공을 합치는 것은 태극신공의 몫이었다.

원칙적으로 광룡천부 자체가 강기로 만들어내는 것이라 진천무적강기와 일맥상통하는 점이 많았다.

관표는 이 광룡천부와 광룡부법을 비롯한 삼절황의 무공에만 지난 육 개월을 전부 쏟아 부었다.

관표는 광룡천부를 들고 바위가 있는 곳에서 일 장 밖에 섰다. 그리고 광룡삼절부법의 제일식인 광룡참(光龍斬)을 펼칠 준비를 하였다. 일순간에 뿜어진 부강(斧罡)으로 자르지 못할 것이 없다는 광룡참.

관표의 도끼가 허공을 베고 지나갔다. 순간 번쩍 하는 광채가 일며 한 마리의 용이 하늘에서 꿈틀거리다가 천천히 사라졌다.

바위는 그대로 있었다.

관표가 다가가서 손으로 바위를 밀자 바위가 두 쪽으로 쪼개져 갈라졌다.

어떤 보검으로 잘라낸 것보다 더욱 예리하게 잘라진 바위를 보며 관표는 조금 만족한 표정을 지었다.

'이 정도면 누구와 싸워도 지지 않을 것이다.'

아쉬운 것이 있다면 아직은 광룡천부나 광룡부법이나 완전하지 않다는 점이었다. 그러나 그것도 언제고 빠른 시간에 완성할 것이라고 자신했다.

반가채의 대청에 반고충과 관표가 앉아 있고 그 앞에는 막사야를 비롯한 네 명의 두령이 앉았다. 육 개월 만의 첫 회동이었다. 그동안은 서로 무공을 익히느라 얼굴 볼 사이도 없었다.

"모두 얼마나 진전이 있었는가?"

관표의 물음에 모두들 얼굴이 굳어졌다. 그러나 관표는 그들의 표정을 보지 않아도 짐작하고 있었다.

"역시 내공이 문제인가?"

막사야가 대답하였다.

"그렇습니다. 초식은 이해할 수 있어도 내공 문제는 어떻게 할 도리가 없습니다. 물론 지금 우리가 터득하는 무공들은 각자 훌륭한 내공 심법을 대동하고 있지만, 내공이란 것이 하루아침에 되는 것이 아니라서 문제입니다."

"그러리라 짐작은 했다. 하지만 초식에 대한 이해는 어느 정도 했는지 궁금하다."

역시 가장 연장자인 막사야가 먼저 대답하였다.

"초식은 이해를 하였습니다."

"저 역시 대풍산도법의 초식은 내공만 있다면 어느 정도 펼칠 수 있을 것 같습니다."

두 사람의 대답을 들은 관표가 손을 들어 일단 말을 중단시켰다.

"내일부터 한 사람씩 나를 찾아오라. 막 대주와 철 대주의 내공을 찾아줄 생각이다. 그리고 연 대주와 장 단주는 개정대법으로 내공을 높인다."

관표의 말을 들은 네 명의 두령은 모두 믿을 수 없다는 표정이었다. 반고충조차 믿을 수 없다는 표정이었다. 그도 지금 관표의 경지를 전혀 알지 못했다. 하지만 일 년 동안 맹룡십팔투를 익혀보았자 얼마나 익혔겠는가?

그가 알기로 무공의 재질이 천재적이라면 삼십 년 정도가 걸려야 완성할 수 있는 무공이 맹룡십팔투였다. 물론 거기엔 삼절황은 제외하고였다. 그리고 그 무공을 배웠다고 해서 개정대법을 펼칠 수 있는 것은 아니었다. 한데 관표가 자신있게 말하고 있으니 모두 놀라는 것은 당연했다.

일단 상식적으로도 개정대법을 알고 있다손 쳐도, 그것을 펼칠 수 있는 사람이 몇이나 되겠는가? 모두 의아한 표정으로 관표를 보자 관표는 담담한 표정으로 그 의문에 대답을 주었다.

"우연한 기회에 아주 쉬운 개정대법을 배울 수 있었다. 또한 기연을 얻어 영약을 먹었기에 무공을 쉽게 배울 수 있었을 뿐이다."

관표의 말에 네 명의 수하는 어느 정도 인정을 하였다.

그들은 관표의 비상식적인 무공을 보았었기에 그것이 영약으로 인한 내공의 과용 때문인가 하고 생각했다. 그래도 의문점이 많았지만, 그것까지 물을 순 없었다. 하지만 중요한 것은 자신들이 무공을 찾고 단시일에 내공을 높일 수 있다는 점이었다.

거기에 생각이 미치자 그들은 다시 한 번 감격했다.

그 다음날부터 관표는 네 명의 수하를 번갈아 불러 태극신공의 정자결로 개정대법을 실시하였다. 그리고 약속한 대로 비무 시합을 하여 각 대의 부대주를 뽑았다.

비무 시합은 육 개월 전에도 했었다. 거기서 한 명씩의 부대주를 뽑고 이번에 다시 해서 한 명씩을 더 뽑았다.

이번의 비무 시합은 육 개월 전보다 더욱 치열하였고, 결국 열전 끝에 각 대의 부대주들이 뽑혔다.

비무 시합을 본 관표는 수하들의 무공 수위를 짐작할 수 있었다. 비록 내공의 진전은 느렸지만, 그들의 초식은 제법 틀을 갖추고 있었다.

이전의 산도적이었을 때와는 완전히 달라져 있었다. 그리고 무엇보다도 열성적이었다.

관표는 이들에게 정말 배우고 싶었던 무공을 익힌다는 것 외에, 이 무공을 바탕으로 도적이 아니라 진정한 무인으로 신분 상승을 할 수 있다는 동기 부여를 만들어주었고, 그 점을 강조해 나름대로 소기의 성과를 거둘 수 있었던 것이다.

그러나 그들의 무공은 아직도 무림에서 보았을 때는 삼류에 불과했다.

관표는 무엇인가 특단의 조치가 필요하다고 생각했다.

내공이 가장 큰 문제였다.

지금 같은 방법으로는 십 년이 가도 이들이 일류 수준의 무인으로 재탄생하는 것은 힘들 거라는 판단이었다.

너무 늦은 나이에 무공을 접한 것도 가장 큰 장애 요인이었다. 그러나 생각뿐, 지금은 그로서도 어떻게 할 방법이 없었다.

내공은 속성이 불가능했다. 설사 있다 해도 반드시 부작용이 있게 마련이다. 그렇다고 영약이 있는 것도 아니었다.

또한 수하들에게 일일이 개정대법을 펼치는 것도 불가능했다.

태극신공의 정자결은 따로 태극개정대법(太極開頂大法)이라고 불렀다. 그 어떤 종류의 개정대법보다도 탁월한 효능이 있는 개정대법으로, 이는 도가무공의 정수라고 할 수 있었다.

정자결로 개정대법을 받은 사람은 그 지닌 무공 수준에 따라 효능이 다르겠지만, 기초 무공을 터득한 무사라면 임독이맥이 뚫리고 내공이 한꺼번에 일 갑자에 다다를 수 있을 뿐만 아니라 무공을 익히기에도 적합한 체질이 된다. 하지만 시간이 걸리고 진원진기가 손상을 입는다. 그것을 회복하려면 제법 시간이 걸린다는 단점도 있었다.

대신 부작용이 전혀 없고, 시전을 하다가 주화입마에 걸릴 염려도 없었다. 또한 하다가 문제가 생기면 중간에 중단할 수도 있었다. 또한 정자결은 사람을 치료하고 독을 몰아내거나 주화입마에 걸린 무인, 그리고 폐지된 무공을 회복시키는 데도 탁월했다.

다시 이 개월이 흘렀다.

운공을 하고 있던 네 명의 두령이 차례대로 눈을 떴다.

관표가 몹시 피로한 표정으로 물었다.

"어떤가?"

그들은 피곤에 지쳐 있는 관표의 얼굴을 보면서 가슴이 뭉클한 기분이었다.

생면부지에 만나 단순한 주종 관계를 이룬 것치고는 자신들이 얻는 것은 너무 많고 해줄 수 있는 것은 한계가 있었다.

이제 개정대법이 끝나고 운기를 한 그들은 하늘을 날아갈 것 같은 기분을 느꼈다. 몸에 충만한 내공도 내공이지만, 운기의 소통이 원활하고 막히는 곳이 없었다.

막사야나 철우는 무공이 회복된 것은 물론이고 이전보다 더욱 고강해진 내공을 느낄 수 있었다. 그리고 연자심과 장칠고 역시 자신들이 반 갑자 이상의 내공을 지니게 되었다는 사실을 알고 감격했다.

"네 명을 한꺼번에 하느라 임독이맥까지 뚫지는 못했다. 그러나 그 정도라면 능히 어디 가서도 무시당하지는 않을 것이라 생각한다. 영약만 있었다면 임독이맥까지 뚫어주었을 텐데 아쉽군."

철우가 허리를 숙이며 말했다.

"과합니다, 주군. 은혜가 너무 커서 감히 말로 다할 수 없음이 안타깝습니다."

"됐다. 지금부터 운기를 해야 하니 모두 나가도록."

그 말을 끝으로 관표는 눈을 감고 운공을 시작했다.

그제야 네 사람은 관표가 자신들을 끝까지 돌보느라 운공을 못하고 있었다는 사실을 알았다.

다시 열흘이 지났다.

열흘이 지나서야 관표는 네 사람에게 개정대법을 펼치느라 잃어버린 진원진기를 회복할 수 있었다.

완전히 몸을 회복한 관표는 이제 더 이상 반가채에 있을 수 없다는 결론을 내렸다.

우선 고향에도 가봐야 했다. 겨울이 다가오고 있으니 더 추워지기 전에 수유촌에 돌아가 부모 형제를 보고 싶었다. 그리고 마을 어른들과 조공 형님의 얼굴도 생각이 난다.

벌써 칠 년이 되었고, 자신은 스물다섯의 나이가 되었다.

어차피 양식과 돈도 떨어졌기에 더 이상 이곳에 있을 수도 없었고, 무엇이든 돈이 되는 일을 해야만 할 시기였다. 하지만 무엇을 하기엔 반가채가 너무 외지다.

수하들을 대동하고 먹을 양식과 선물을 한 아름 가지고 마을로 입성할 생각을 하며 관표는 입가에 미소를 지었다.

생각만 해도 기분 좋은 일이었다.

결심을 굳힌 관표는 맹룡십팔투의 비급을 전부 태워 버렸다.

지니고 있을 수 없는 물건이었다.

자칫하면 화가 될 물건이고, 자신이 완벽하게 기억하고 있는 무공이

라 더 이상 비급이 필요없다는 생각이었다. 하지만 열두 권의 비급은
챙겨서 보따리에 쌌다. 그리고 처음 하산할 때 가지고 온 곰 가죽도 소
중하게 보따리에 쌌다.

　아버지께 드릴 선물이었다.

第六章
여자의 내숭은 죄가 아니다 (1)

　천검 백리장천.

　십이대고수 중 천군삼성의 일인으로 천하에서 검의 일인자라고 불리는 인물. 세상에 자신의 뜻대로 되지 않는 일은 없다고 생각하는 인물이 바로 백리장천이었다.

　그러나 그런 그도 자신의 뜻대로 안 되는 일이 있었다.

　백리장천은 조금 화가 난 표정으로 백리소소를 바라보았다.

　강호에서 신녀로 불리는 손녀가 언제나 사랑스럽고 자랑스러웠던 그였다. 그리고 백리소소를 비롯한 그의 손녀들은 그에게 있어서 가장 큰 무기 중에 하나였다.

　"왜 싫은 것이냐?"

　"마음이 가지 않습니다."

"세상에 그보다 나은 신랑감은 없다."

"저는 아닙니다."

"내 뜻을 거역하는 것이냐?"

백리소소는 아무 말도 못했다. 그러나 결심을 한 듯 말을 이었다.

"저에게는 마음을 준 사람이 있습니다."

백리장천의 안색이 굳어졌다.

"너를 구해준 그 산사람 말이냐?"

"그렇습니다."

"근본도 모르는 청년이다. 너를 구한 것도 이야기를 들어보면 정말 투박한 방법이더군. 그 정도 무공으로는 이 험한 강호에서 살아남지 못한다. 그가 너를 지켜줄 수 있으리라 믿느냐?"

백리소소의 얼굴은 수척했고 여려 보이지만 그녀의 표정은 굳건했다.

"그가 저를 지키지 못하면 제가 그를 지킬 것입니다."

백리장천은 눈썹을 꿈틀거렸다.

결코 과장된 말이 아닐지도 모른다고 생각했다.

그녀의 무공 수위는 백리장천도 모르고 있었다. 알고 있는 것은 한 가지, 그녀의 무공이 젊은 층에서는 적수가 없을 것이란 거다.

어려서부터 뛰어난 재질을 지니고 있었고, 병을 고치기 위해 수많은 영약을 먹었었다. 그게 어떤 이유로인지 병이 고쳐지면서 그녀는 완벽하게 환골탈태하였다.

그녀의 말에 따르면 자신을 구해준 산사람이 먹인 피 때문이라고 했다. 물론 그 사실을 아는 사람은 그녀와 백리장천, 그리고 그녀의 외조부이자 십이대고수 중 투괴(鬪怪) 철두룡(鐵頭龍) 하후금(夏候吟)뿐이었다.

강호의 역사를 말하는 사람들은 투귀 두삼과 함께 쌍투(雙鬪)라고 칭했고, 현 무림의 쌍괴 중 한 명인 하후금. 그 괴물이 백리소소의 외조부란 사실은 강호에서 아무도 모르는 비밀이었다. 또한 그녀와 백리장천 외에는 백리가의 식구들도 모른다.

물론 거기에는 그럴만한 사연이 있었다.

백리소소가 무공을 한다는 사실도 아는 사람이 백리장천과 하후금, 그리고 그녀 자신뿐이었다.

백리현이나 백리청 등 그녀의 이복 오빠와 동생들조차 모르고 있었다. 어떤 이유로 그녀는 자신이 무공을 배웠다는 사실이 알려지는 것을 아주 싫어했다.

어쩌면 있으나 없으나인지도 모른다.

절대로 남들 앞에서는 무공을 펼칠 수 없기 때문이었다.

멈칫했던 백리장천이 화를 내면서 말했다.

"그걸 말이라고 하느냐? 남자가 여자에게 의지하면서 산다는 것은 수치다."

"강하게 만들면 됩니다. 그리고 그것도 안 되면 산속으로 들어가 사냥을 하면서 살겠습니다."

백리장천의 입가가 실룩거렸다.

많이 화가 났다는 표시였다. 실로 백리소소의 고집은 그녀의 아버지이자 자신의 아들을 꼭 닮았다.

가볍게 한숨을 쉰 백리장천이 단호한 목소리로 말했다.

"이만 가봐라! 그리고 더 이상 고집 부리지 말아라! 묵호와의 혼인은 내일을 기해서 세상에 발표하겠다."

"할아버님!"

"이만 물러가라!"

백리장천이 싸늘하게 말하자, 백리소소는 어쩔 수 없다는 듯 자리에서 일어섰다.

돌아서는 그녀의 얼굴이 창백하게 굳어 있었다.

"너를 위해서다. 너는 최고의 여자니까, 최고의 남자에게 시집가는 것이 당연하다. 너는 너무 뛰어나고 너무 아름답다. 그것을 지켜줄 수 있는 남자가 아니라면 너는 불행해진다. 그리고 너를 차지한 남자도 불행해진다."

백리장천의 말이 그녀의 등에 더욱 무거운 짐으로 남는다.

백리소소가 나가고 나자 백리장천이 나직한 목소리로 말했다.

"환우."

잠시 후 그의 곁에는 차가운 인상의 사십대 남자가 나타났다. 마치 환영처럼 나타나는 그의 모습은 얼추 보아도 하나의 귀영 같았다.

"말씀하십시오."

"소소를 잘 감시해라! 고집이 강해서 무슨 짓을 할지 모른다."

"명대로 하겠습니다."

환우의 모습이 막 사라져 갈 때였다.

"환우."

환우의 모습이 거짓말처럼 멈추었다.

"네가 남아 있어서 항상 고맙게 생각하고 있다."

"그런 말씀 마십시오. 저는 가장 친한 친구를 대신할 뿐입니다."

환우의 모습이 안개처럼 사라졌다.

백리소소는 자신의 방으로 들어오자 빠르게 옷을 갈아입기 시작했다. 편한 경장으로 갈아입은 그녀는 준비해 놓았던 보따리를 등에 메고 방 한쪽을 밀어내었다.

그러자 어두컴컴한 비밀 통로가 생겨났다.

아주 어렸을 때 아버지가 알려준 말이 떠오른다.

"이 방엔 비밀 통로가 있단다. 혹시라도 네가 필요할 때 사용하렴. 이 통로는 너의 할아버지도 모르고 있단다. 내가 몰래 세상을 나갈 때 사용하려고 만든 곳이거든."

그리고 얼마 후 아버지는 실종되었다. 아직도 그의 소식을 모른다.

백리소소는 아버지를 더 생각하면 눈물이 나올 것 같았다.

빠르게 그녀의 모습이 사라지고 방은 원상태로 돌아왔다.

비밀 통로는 백리세가의 동쪽 숲 속까지 이어져 있었다.

거대한 나무 밑에 존재하는 입구는 누구도 찾기 어렵게 작은 진법으로 둘러싸였고 풀이 무성했다.

막 입구를 나온 백리소소는 그 자리에 굳은 표정을 짓고 서버렸다. 그녀의 시선은 앞에 있는 큰 나무를 바라보고 있었다. 나무 뒤에서 백리청이 나타났다. 그녀는 묘한 웃음을 머금고 그녀를 보며 말했다.

"호호, 네가 결국 이리로 도망쳐 나왔구나."

"언니가 여긴 웬일이죠? 아니, 여길 어떻게 알았죠?"

"내가 그걸 가르쳐 줄 것 같니? 그보다도 내가 널 위해 준비한 것이 있단다."

그녀가 묘하게 웃으면서 말하자 기다렸다는 듯이 숲에서 세 명의 청년이 걸어나왔다.

"너도 잘 알지. 모두들 너를 사랑했던 남자들이니."

백리소소가 질린 얼굴로 나타난 청년들을 바라보았다. 그들의 표정은 아주 묘했다.

"어차피 백리가를 떠날 거면 한 가지는 남겨놓고 가거라! 그래야 다시는 못 돌아오지."

"대체……?"

백리청의 표정이 차갑게 변하며 말했다.

"나는 여기 이분들에게 오늘 너를 주기로 했단다."

백리소소가 이해할 수 없다는 표정으로 그들을 바라보았다.

주다니? 사람을 줄 수 있단 말인가?

이런 표정이었다.

백리청이 백리소소의 표정을 보고 깔깔거리며 웃었다.

"멍청한 년. 오늘 이분들이 너랑 합방을 할 거란 말이다."

백리청의 말을 들은 백리소소의 안색이 창백해졌다.

"나는 싫어요."

백리소소가 고개를 살래살래 저었다.

세 명의 청년 중에 아주 준수하게 생긴 청년이 앞으로 나서며 말했다.

"소저, 너무 걱정하지 마시오. 내가 잘 알아서 해줄 테니 그저 눈 딱 감고 누워만 있으시오. 곧 황홀함의 극치를 볼 수 있을 거라 내 감히 장담하리라."

음흉한 웃음이 아니라도 그의 표정은 기름기가 너무 가득했다.

백리소소가 겁먹은 표정으로 청년을 보면서 말했다.

"남궁 공자님은 후환이 두렵지 않나요? 이 사실을 할아버님이 아신다면 어쩔 거죠? 그렇게 된다면 아무리 남궁세가라도 무사하지 못할걸요."

남궁 공자라 불린 청년의 안색이 창백해졌다.

천검 백리장천의 생각만 해도 오금이 저려온다.

남궁 공자가 겁을 먹자 백리청이 한심하다는 표정으로 말했다.

"별 걱정을 다하는군요, 남궁 공자. 용기를 내세요. 저년을 탐하고 죽여 없애면 아무도 모를 겁니다. 그리고 내가 남궁 공자의 무죄를 증명하면 됩니다. 호호, 이번이 절호의 기회란 것을 알고 있으시죠?"

남궁명은 백리청의 지독함에 몸을 부르르 떨었다.

그러나 그녀의 설득에 다시 마음이 동한 듯 백리소소를 바라보았다. 아무리 보아도 아름다운 모습이었다.

침을 꿀꺽 삼킨 남궁 공자가 자신의 양 옆에 있는 두 명의 청년을 보면서 명령을 내렸다.

"어서 백리 소저를 잡아……. 아니, 모셔라!"

멈칫거리던 두 명의 청년은 어쩔 수 없다는 듯 백리소소에게 다가서기 시작했다.

백리소소는 조금 주춤거리다가 백리청을 보면서 애절한 표정으로 물었다.

"언니, 꼭 이래야 되나요?"

백리청의 얼굴이 차갑게 굳어졌다.

"내가 가는 길에 네년은 언제나 걸림돌이었다. 이제 그 돌을 치우려는 것뿐이다. 오늘 네가 나가면 이제 두고두고 후환이 될 텐데, 내가 왜 너를 살려놓겠느냐?"

"휴, 정말 어쩔 수 없군요. 그런데 여기를 가르쳐 준 사람이 누구죠? 어차피 당할 거면 그거나 알고 죽고 싶어요."

"호호, 그건… 당연히 말할 수 없다."

백리청은 하마터면 말을 할 뻔했다가 겨우 멈추었다.

말을 멈춘 그녀는 차가운 시선으로 백리소소를 바라보며 말했다.

"네년의 어미 때문에 우리 엄마는 첩이란 말을 들어야 했다. 그리고 네년 때문에 내가 가야 하는 길이 막히고 있다. 흥, 내 기어코 백리가를 내 것으로 만들어 무림의 최고 여걸이 되고 말 것이다. 그 꿈을 너 따위 때문에 빼앗기고 싶지 않다."

그 말을 들은 백리소소가 배시시 웃으며 백리청을 보았다.

백리청은 백리소소가 오히려 웃자 쟤가 드디어 미쳤나 하는 표정으로 바라보았다.

두 명의 청년도 백리소소에게 가까이 다가섰다가 주춤하고 말았다.

"그거 알아?"

갑작스런 반말이었다.

백리청이 놀란 눈으로 백리소소를 바라보았다.

"네년의 어미가 나의 어머니를 얼마나 괴롭혔는지 너도 잘 알 것이다. 그런데 이제 와서 감히 내 어머니를 욕해? 그리고 내가 아플 때 네년이 얼마나 나를 괴롭혔는지 지금도 잊지 않고 있다. 그렇지 않아도 떠나기 전에 네년의 버릇을 가르치려 했는데 네가 감히 먼저 나타나?"

백리소소의 말에 백리청은 아연해 버렸다.

세상에 요조숙녀로 이름 높은 백리소소였다.

오죽했으면 신녀라고 불리겠는가? 그런데 지금 모습은 뭐란 말인가?

백리소소는 품 안에서 붉은색의 영웅건을 꺼내어 머리에 둘렀다. 영웅건을 두른 백리소소의 모습은 또 다른 매력을 풍기고 있었다.

싱싱하고 발랄한 모습. 마치 유리알 같은 아름다움이었다.

남궁명과 두 청년이 멍한 표정으로 백리소소를 바라보았다.

백리소소가 씨익 웃으며 두 명의 청년과 남궁명을 바라보며 말했다.

"감히 너희들 따위가 나를 넘봐? 그리고 싫다는 여자를 강제로 욕보이려 하다니, 그러고도 네 녀석들이 남자라고 할 수 있느냐? 어서 오너라. 내가 네놈들의 비르장머리를 제대로 고쳐 주마."

백리소소의 말을 들은 백리청이 놀란 표정을 풀며 어이없다는 목소리로 말했다.

"이젠 제대로 미쳐 가는구나. 뭐 해요! 저년은 무공을 모른다고요!"

백리청의 말을 듣고서야 정신을 차린 두 명의 청년이 백리소소에게 달려들었다.

두 청년이 막 백리소소를 잡으려는 순간이었다.

갑자기 백리소소의 모습이 흐릿해지더니 두 청년의 정면에 나타났다. 그리고 그녀의 가녀린 몸체가 허공으로 튀어 오르며 그대로 한 청년 무사의 머리를 들이받았다.

머리로.

퍽, 하는 소리와 함께 청년은 머리가 깨지는 충격을 받으며 그 자리에 고꾸라졌다. 모두 멍한 표정으로 백리소소를 볼 때, 백리소소가 얼굴이 붉어진 채 묘한 표정을 지으며 말했다.

"내 외할아버지에게 용각철두신공을 익히고, 써먹기가 창피해서 함부로 내보이지 않으려 했지만, 오늘은 도저히 참을 수 없다."

그녀의 몸이 빙글 돌며 그대로 환상처럼 또 한 명의 뒤로 돌아갔다. 그 다음엔 그의 뒤통수를 이마로 받아버렸다.

퍽, 하는 소리와 함께 입에서 거품을 물고 쓰러지는 청년의 모습을 보면서 남궁명과 백리청은 정신이 번쩍 들었다.

"저… 저년이……!"

백리청은 놀라서 말도 나오지 않았다.

무공도 모르는 년이라고 얼마나 그녀를 무시했는데, 그럼 지금까지 무공을 익히고 있었으면서도 그렇게 감쪽같이 속이고 있었다는 말 아닌가?

'무서운 년.'

백리청은 가슴이 서늘해지는 기분이 들었다.

남궁명이 허리에 차고 있던 검을 뽑아 들었다.

그러나 검 앞에 선 백리소소는 당당했다.

"검을 뽑았으니 이제 준비는 되었겠지. 그럼 간다!"

고함과 함께 그녀의 신형이 쏜살같이 달려왔다.

기겁을 한 남궁명의 검이 호선을 그리며 백리소소의 목을 긋고 지나 갔다. 그러나 감촉이 없다. 마치 잔상처럼 그녀의 모습이 사라지는가 하더니 갑자기 그녀의 얼굴이 눈에 확 들어온다고 생각하는 순간, 남궁 명은 정신이 아득해지는 것을 느꼈다.

백리소소의 이마에 머리를 정면으로 얻어맞은 남궁명은 정신이 아 득해지는 것을 느끼며 그 자리에 검을 떨어뜨리고 말았다. 바로 용각 철두신공의 무서운 점 중 하나로, 일단 한 번 격타당하고 나면 뇌가 흔 들리면서 눈이 빠지는 고통과 함께 정신이 몽롱해지고 전신에 힘이 빠 져 버린다.

정신이 가물거릴 때, 백리소소의 손바닥이 바람을 가르고 날아왔다. 쾌영십삼타(快影十三打)라는 무공으로 이는 손바닥으로 상대의 뺨을 치는 수법인데, 백리소소는 이 무공을 죽은 그녀의 엄마에게서 물려받 았다.

여자가 자신을 지킬 순 있어야 하고, 사람을 죽일 순 없지만 반드시 혼을 내줘야 할 상대에게 사용하리고 했던 수법이었다.

백리소소는 여기에 외조부인 투괴에게 배운 수법을 가미해서 자신 만의 절기로 재창조해 냈었다.

따다닥, 하는 경쾌한 소리가 좌우로 들리면서 남궁명의 양 뺨이 벌 겋게 달아올랐다. 이어 그의 이빨이 몽땅 쏟아져 나왔다.

백리청은 어이없는 얼굴로 백리소소를 보고만 있었다.

그녀의 재질이 천재적이란 말은 들었지만 무공을 익히고 있다는 것도 처음 알았고, 더군다나 이렇게 강할 줄은 상상도 하지 못했다. 그리고 그녀가 사용하는 보법, 신법, 수법, 하다못해 박치기 신공까지 전혀 보도 듣도 못한 무공들뿐이었다.

한 가지는 확실했다.

백리가의 무공이 아니란 것이다.

대체 누구에게 배운 무공이란 말인가?

이때 무려 열세 방의 따귀를 맞은 남궁명이 통나무처럼 뒤로 넘어져서 부들거렸다.

말도 못하고 그저 공포에 질린 얼굴로 백리소소를 올려다보고만 있었다. 백리소소가 그에게 다가가 생긋 웃어주자 남궁명은 온몸을 부르르 떨었다.

퍽, 하는 소리와 함께 백리소소는 사정없이 발길질을 하였다. 그녀의 아름다운 발이 남궁명의 사타구니를 걷어차 버린 것이다.

뭔가 터져 나가는 고통과 함께 남궁명은 그 자리에서 정신을 잃고 말았다.

"터지진 않았을 것이다."

백리소소는 그 말을 남기고 백리청에게 다가서며 그녀를 바라보았다.

백리청의 안색이 굳어졌다.

"제법이구나."

"그런대로 쓸 만하지. 뭐, 주공격 초식이 여자인 내가 쓰기에 좀 뭐하지만."

"여우 같은 년. 지금까지 잘도 속이고 있었구나."

"호호, 내가 여우라면 넌 개 같은 년이다."

신녀의 말에 백리청은 멍한 표정으로 그녀를 바라보았다. 너무 그녀답지 않은 말이고, 평소의 그녀라면 상상도 할 수 없는 험한 말이었다. 그러나 그녀가 놀라든 말든 백리소소의 말은 계속 이어졌다.

"아무리 배다른 동생이지만 다른 남자들을 시켜 동생을 간살하려 하다니, 그리고도 네년이 사람이라고 할 수 있느냐?"

백리청이 이를 갈며 대답했다.

"백리가가 내 엄마를 죽였다. 네년뿐이 아니라 백리가는 누구도 살려놓지 않겠다!"

백리청의 말에 백리소소가 냉정한 눈으로 그녀를 보면서 말했다.

"바람을 피웠다고 들었다."

그 말을 들은 백리청의 눈이 붉게 물들어갔다.

"으아아악, 거짓말이다! 거짓말이야! 이년, 내가 오늘 너를 반드시 죽이고 말겠다!"

백리청이 비명에 가까운 고함과 함께 백리가의 절기 중 하나인 태환장권십이식(太幻掌拳十二式)의 압정구환(壓政拘幻)의 초식으로 백리소소를 공격해 왔다.

태환장권십이식은 검법이 주 무기인 백리가에서 장권초식으로는 가장 강한 무공이었다.

그녀의 손이 화려하게 변환하면서 백리소소의 얼굴과 가슴을 쳐왔다. 과연 일대의 재녀라는 말이 거짓은 아닌 듯 그녀의 화후는 벌써 십성의 경지에 달해 있었다. 그러나 백리소소는 그녀가 생각하는 범주를 넘어선 고수였다.

백리소소의 발이 교묘하게 교차하는 듯하더니 그녀의 공격을 무력화시켰다. 실로 보고도 믿기지 않는 신묘한 보법이었다.

그러나 백리청은 당황하지 않고, 초식을 변환하며 붕권의 식으로 백리소소의 얼굴을 강타하려 하였다. 그리고 그녀의 주먹이 막 백리소소의 얼굴에 닿으려는 찰나였다.

백리소소는 갑자기 자세를 낮추며 자신의 이마를 백리청의 주먹에 들이대었다.

빠각, 하는 이상한 소리가 들리며 백리청의 주먹과 백리소소의 이마가 충돌하였다.

끄윽, 하는 신음이 들리며 백리청의 손이 축 늘어졌다.

촌경이고 뭐고 그녀의 손이 으깨져 버린 것 같았다.

백리소소가 생글거리며 백리청을 본다.

그녀의 웃는 모습을 본 백리청은 온몸에 한기가 드는 것을 느꼈다.

볼수록, 그리고 알수록 백리소소는 커져만 보인다.

왠지 위축되는 기분을 떨치려 할 때, 그녀의 모습이 갑자기 커져 보이면서 자신의 시선으로 확 들어왔다.

퍽, 하는 소리와 함께 백리소소의 박치기가 그대로 백리청의 백회혈을 쳐버렸다.

컥, 하는 소리가 들리며 백리청은 그 자리에 주저앉고 말았다. 골이 흔들리고 힘이 빠져 서 있을 수가 없었다.

백리소소가 다가와 그녀의 양 뺨을 잡고 속삭였다.

"아주 오래전에 외조부가 나에게 용각의 신공을 전수하며 말씀하셨다. 철두는 쉽게 쓰면 안 되지만 쓸 땐 오지게 써라. 상대가 다시는 나를 볼 수도 없게 박아놔야 한다. 나는 그 말을 내 신조로 삼기로 했었다. 너무 화끈한 말이잖아!"

말을 다 한 백리소소가 다정하게 웃으며 백리청의 머리카락을 움켜쥐었다. 그리고 그대로 들이받아 버렸다.

픽, 하는 소리와 함께 백리청은 두개골이 쪼개지는 고통을 느끼며 뒤로 넘어지려 했지만 그럴 수가 없었다.

백리소소가 그녀의 머리카락을 움켜쥐고 있었기 때문이다.

픽, 하는 소리가 다시 들리며 백리청의 고개가 다시 뒤로 돌아갔지만 여전히 쓰러지진 못했다.

평생 동안 상상도 해보지 못한 고통으로 인해 백리청은 전신이 마비되는 것을 느꼈다.

공포.

백리청은 정말 미칠 것 같은 공포와 두려움으로 인해 정신을 차릴 수가 없었다.

"사… 살려줘."

백리소소는 들은 척도 안 하고 그녀의 머리카락을 놓으며 무릎으로 그녀의 턱을 올려쳐 버렸다.

뻐걱 하는 소리와 함께 그녀는 뒤로 넘어져 큰대 자로 뻗어버렸다. 백리소소가 다가와 그녀에게 다정한 목소리로 소곤거렸다.

"네가 뭔 짓거리를 하든 그냥 모른 척할게. 하지만 다시는 나를 건드리지 마라. 알.았.지."

백리청은 공포에 질린 얼굴로 정신없이 고개를 끄덕였다.

"그럼 나, 갈게."

백리소소의 그림자가 숲 속으로 사라져 갔다.

백리청은 몸을 벌벌 떨다가 축 늘어져 버렸다.

백리소소가 갔다는 안도감에 그녀의 긴장이 풀어져 기절한 것이다.

백리소소가 가출한 첫날의 일이었다.

第七章
관표, 신위를 보이다

철마방의 정문을 지키던 선위무사들은 천천히 다가오는 두 사람을
보고 얼굴을 찌푸렸다.

우선 한 명은 단정하게 머리를 뒤로 묶은 육 척 장신의 남자였는데,
입고 있는 가죽옷과 어울려 야성적인 냄새가 물씬 풍기는 기남아였다.
그러나 그 옆의 인물이 좀 고약하다.

허리에 검 한 자루를 차고 있는데 인상이 실로 영 아니었다. 누가 봐
도 딱 산적의 모습이다.

이윽고 두 사람이 그들에게 다가왔다.

선위무사들 중에 한 명이 그들을 막아서며 물었다.

"무슨 일로 왔는가?"

인상 고약하게 생긴 남자가 앞으로 나서며 말했다.

"가서 나현탁에게 전해라, 손님이 왔다고."

거침없이 튀어나오는 반말에 선위무사는 기겁을 했다.

나현탁은 철마방의 소방주가 아닌가? 그런데 소방주의 손님이라고 하면서 당당한 모습을 보니 보통 손님 같지는 않았다.

"잠시만 기다리십시오."

갑자기 태도가 바뀐 선위무사가 안으로 뛰어들어 갔다.

잠시 후 선위무사는 한 명의 무사와 함께 나타났다. 나타난 무사는 관표와 장칠고를 보더니 무엇인가 짐작한 듯, 관표에게 다가와 포권지 례를 하고 물었다.

"철마방의 총당주인 진위걸이라고 합니다. 어디서 오신 누구신지 알 려주시면 안으로 전달하겠습니다."

장칠고가 관표를 바라보았다.

"관표다. 가서 내가 왔다고 전해라. 그러면 알 것이다."

"관표?"

어디서 많이 들어본 이름이었다. 잠시 생각에 잠기던 총당주의 얼굴 이 굳어졌다.

"녹림왕이라는 관표?"

"그렇다."

"뭐 하느냐? 이놈들을 잡아라!"

총당주의 고함과 함께 철마방의 선위무사들은 들고 있던 삼지창으 로 관표와 장칠고를 공격하려고 하였다.

그러나 그들보다 먼저 움직인 것은 장칠고였다.

무공을 익히고 처음 하는 실전이라 장칠고는 조금 긴장했지만, 산적

시절에 나름대로 생사를 걸고 몇 번의 결투를 경험한 그였다. 그때는 정말 죽기 아니면 까무러치기란 심정으로 박도를 휘둘렀었다.

이젠 다르다. 그도 정식으로 상승검법을 배웠다. 그리고 그 절박했던 시절의 경험은 장칠고의 긴장을 부드럽게 풀어주는 역할을 해주었다.

그의 손이 검을 잡는다 싶은 순간, 장칠고가 손에 쥔 검끝은 정확하게 수문조장의 목젖에 멈추어 있었다.

빠르다.

총당주는 물론이고 그 자리에 있던 선위무사들은 몸이 굳어지고 말았다. 총당주조차도 장칠고가 검을 뽑는 것을 보지 못했다.

한줄기 섬광만을 보았을 뿐이다.

그들뿐 아니라 장칠고 스스로도 놀랐다.

얼결에 펼친 무공으로 상대 수문조장을 제압하고 나자, 그제야 자신의 무공이 실감나는 그였다.

손에 물집이 생기고 갈라진 것이 몇 번인지 기억도 나지 않았다. 그래도 멈추지 않고 죽어라 연습했던 섬광삼절검의 결과는 그의 가슴을 두근거리게 만들고도 남았다.

물론 관표에게 개정대법을 받은 것으로 인해 비약적으로 늘어난 내공과 신체적 조건이 없었다면 불가능한 일이다. 아무리 그래도 일 년 만에 이 정도의 검법을 펼친다는 것은 장칠고가 대단한 무재였음을 증명해 주는 일이었다.

철마방의 인물들이 굳은 표정으로 장칠고를 볼 때 관표가 총당주를 향해 걸어갔다. 이미 놀란 선위무사들이 주춤거리며 물러서자 총당주는 허리에 차고 있는 장검을 뽑아 들고 고함을 쳤다.

"빨리 안에 알려라!"

선위무사들 중 한 명이 문안으로 뛰어갔지만, 관표는 전혀 신경 쓰지 않았다.

그의 시선은 총당주를 주시하고 있을 뿐이었다.

주춤거리던 총당주는 관표가 자신을 주시하고 점점 다가오자 그의 위세에 눌려 주춤거리며 뒷걸음질을 쳤다.

그러다가 뒤에서 사람들이 달려오는 소리를 듣자 갑자기 용기를 낸 듯 검을 휘두르며 관표에게 달려들었다. 그리고 그 순간이었다.

관표의 신형이 앞으로 일보 전진하면서 편안하게 늘어져 있던 관표의 팔이 믿을 수 없을 만큼 빠르게 앞으로 뻗어 나왔다.

어깨의 흔들림도 없었고, 주먹을 치기 위해 손을 들었다가 친 것도 아니었다. 편하게 있던 팔을 위로 올리며 툭 치듯이 총당주의 얼굴을 강타한 것이다.

퍽, 하는 둔탁한 소리와 함께 총당주의 몸이 뒤로 이 장이나 날아가 문 안쪽으로 떨어진 후에도 두어 바퀴 더 돌고 나서 멈추었다. 그리고 그는 입에 거품을 물고 기절해 버렸다.

관표의 공격이 얼마나 빨랐는지, 먼저 공격한 총당주의 검은 아직도 허공에서 내려칠 자세를 취하기도 전에 벌어진 일이었다.

달려오던 사람들이 멈추었다.

그리고 선위무사들도 멍한 표정으로 관표를 보았다.

그들은 뭐가 어떻게 되었는지 자세히 보지도 못했다.

그저 달려들던 총당주가 갑자기 뒤로 날아가 고꾸라지는 것만 보았다. 그리고 나서야 관표의 몸이 앞으로 전진해 있다는 것을 느꼈다.

맹룡십팔투의 끊어 치는 주먹과 잠룡보법의 일보영(一步影)이었다. 관표가 문안으로 들어갔다.

장칠고는 검을 자신의 허리에 차고 관표의 뒤를 따랐다.

선위무사들을 완전히 무시하고 걸어갔지만 그들은 감히 달려들지 못했다. 달려들기엔 총당주의 모습이 너무 애처롭다.

그들은 자신들도 그렇게 되고 싶은 마음이 전혀 없었다.

관표가 안으로 들어갔을 때, 큰 연무장엔 무려 이백여 명의 철마방 수하들이 모여 있었다. 그리고 그들의 앞에는 철마검 나현탁이 검 한 자루를 들고 서 있었으며, 그의 주변으로 철마방의 호법과 네 명의 당주들이 나란히 서 있었다.

나현탁은 관표를 보고 이를 악물었다.

이미 이전에 그가 얼마나 무식하게 강한지 눈으로 직접 확인한 바 있었다. 특히 대과령과의 결투 장면은 나현탁으로서도 지금까지 잊을 수 없는 무시무시한 광경이었다.

설마 했다가 막상 나타난 관표를 본 그의 얼굴은 겁먹은 표정을 감추지 못했다.

"너… 너는, 네놈이 여긴 웬일이냐?"

말까지 더듬거리며 묻자, 관표 대신 그의 뒤에 서 있던 달변의 장칠고가 앞으로 나왔다.

그는 단 한 번의 결투에서 자신의 실력에 자신을 가진 다음이었고, 옆에 관표가 있다는 생각에 수많은 철마방의 인물들 앞에서도 당당했다.

"나는 녹림도원의 사서 장칠고다. 지금부터 내가 하는 말은 촌장이 신 관표님이 나현탁에게 전하는 말이다. 네놈은 감히 가당치도 않은 영웅심으로 우리의 촌장님을 핍박하였고, 우리의 형제들을 죽였다. 우리는 그 대가를 받으러 왔다. 지금부터 네가 선택할 길은 딱 두 가지다. 첫째, 죽은 형제들과 촌장님을 괴롭힌 것을 무릎 꿇고 사죄한 다음 그 보상으로 철마방의 전 재산 중 삼 분의 일을 내놓는 것이다. 만약 그게 싫다면 두 번째 길을 가르쳐 주마."

장칠고가 하던 말을 멈추고 나현탁을 노려보자, 나현탁은 입이 쩍 벌어지고 말았다.

옆에서 지켜보던 철마방의 호법인 철마소혼검(鐵馬少魂劍) 우벽상은 기가 막힌 표정으로 장칠고를 노려보면서 말했다.

"이거 완전히 미친놈이군."

장칠고가 싸늘한 눈으로 우벽상을 노려보았다.

마치 야차 같은 안면에 조금 긴 말상의 얼굴형. 그리고 뱀처럼 찢어진 눈을 가진 장칠고의 얼굴은 말 그대로 험악 그 자체였다.

그런 데다가 눈에 힘을 주면 저절로 살기가 올라오는 모습이라, 누가 보든 겁먹지 않을 수 없는 면상이었다.

오죽했으면 그가 면상만으로 도적단의 부두목이 되었겠는가? 그런 데다 무공을 익히고 내공을 눈에 모으자 그야말로 살모사의 눈이었다.

우벽상은 더 할 말이 있었지만 장칠고의 끔찍한 시선에 말을 멈추고 움찔한 표정을 짓고 말았다. 그러자 장칠고가 자신의 고상한 면상과 함께 자신있게 내걸 수 있는 말빨이 입에서 튀어나왔다.

"이 우라질 병신, 멍청한 새끼야! 넌 미친놈이 나처럼 말 잘하는 것

봤냐? 봤으면 말해 봐라!"

우벽상은 그만 말문이 막히고 말았다. 생각해 보니 미친놈이 어떻게 장칠고처럼 조리있게 말을 할 수 있겠는가? 우벽상은 민망한 표정을 감추지 못했다.

장칠고는 말 한마디로 우벽상을 묶어놓고 다시 나현탁을 노려보았다.

그의 살기 어린 눈초리에 나현탁은 다시 오금이 저렸다.

"너, 어린 놈아, 어떻게 할 거냐? 빨리 결정해라!"

장칠고는 신이 났다.

세상에 산적으로 이들에게 사냥당하던 때가 얼마 전이었다. 그런데 이제는 반대로 자신이 이들에게 윽박지르고 있으니 가슴이 다 후련했다. 더군다나 이들에게 죽은 동료들을 생각하자 더욱 가슴이 후련해지는 기분이었다.

세상사 새옹지마란 말이 새삼 실감나는 순간이었다.

나현탁은 장칠고의 사나운 기세에 마른침을 삼키고 자신도 모르게 물었다.

"두 번째는 무… 무엇이오?"

"그건 간단하다. 우리 형제가 죽은 것의 백배만큼 철마방의 인물들이 위에서부터 죽어주면 된다. 혹시라도 재산 걱정은 말아라. 어차피 다 죽고 나면 임자 없는 재산이 될 테고, 그때는 가지는 사람이 임자라고 했으니 우리가 잘 보관해 주겠다."

장칠고의 말을 들은 나현탁과 철마방의 인물들은 기가 막혔다.

멍한 표정으로 장칠고를 보던 우벽상은 문득 무엇인가 이상하다는 느낌을 받았다.

나타난 인간들이 하도 기세등등해서 잊고 있었지만, 여기는 철마방이었고 수백의 수하들이 있었다. 그런데 왜 저런 헛소리를 듣고 있어야 하는가? 당연히 그럴 필요가 없었다.

"뭐 하느냐! 저놈들을 잡아라!"

우벽상이 더 이상 볼 것도 없다는 듯 사대당주들을 보고 명령을 내렸다. 그러자 사대당주가 검을 뽑아 들고 앞으로 튀어나가며 관표를 공격하려 하였다.

우벽상은 총당주가 당한 것을 보고 일반 수하들로선 그를 이길 수 없다고 판단하여 고수들인 사대당주에게 명령을 내린 것이다.

사대당주가 앞으로 나가자 우벽상도 검을 뽑아 들고 관표를 향해 달려갔다.

"뒤로 물러서라!"

관표는 사대당주와 철마방의 호법이 달려들자 장칠고에게 말하며 앞으로 나섰다.

그가 앞으로 나서는 순간, 네 명의 당주 중 먼저 다가온 두 명의 당주가 검으로 관표의 양 어깨를 대각선으로 내려쳤다.

순간 관표가 양손을 들어 두 명의 검을 막아갔다.

이를 보던 철마방의 수하들은 관표가 맨손을 들어 진기가 가득 주입된 검을 막으려 하자 모두 눈을 크게 떴다.

따당, 하는 소리가 들리며 두 개의 검이 관표의 양 손목에 충돌하였다. 그리고 두 개의 검이 쇠뭉치를 친 것처럼 튕겨지면서 두 당주의 손아귀가 찢어져 나갔다.

그 순간 관표는 앞으로 한 발 더 다가서면서 양손으로 두 당주의 머리를 잡고 그대로 박치기를 해버렸다.

손놀림이 너무 빨라 피하지 못했고, 일단 잡히자 당주들은 내공을 끌어올려 대항하려 했지만 그들이 무슨 수로 대력신기를 이길 수 있겠는가?

둘 기절.

서로 머리를 박고 기절한 두 당주 중 한 명을 내던진 관표는 거의 보이지도 않는 순간에 기절한 또 다른 한 명의 다리를 잡았다. 그리고 그대로 휘두르자, 기절한 당주의 머리는 마침 공격해 오던 또 다른 당주의 얼굴을 강타해 버렸다.

너무 빨라서 피하고 어쩌고 할 사이도 없었다.

금자결을 다른 물체에 전이시키는 방법으로, 기절한 채 관표의 손에 잡힌 당주의 머리는 금석처럼 단단해져 있었다. 그리고 거기에 운룡천 중기의 무거움이 살짝 가미되면서 그 머리에 안면을 강타당한 또 한 명의 당주는 안면 함몰이라는 어이없는 봉변을 당한 채 기절해 버렸다.

관표는 힘을 조절할 줄 알게 되면서 절대 사람을 죽이려 들지 않았다. 힘을 함부로 사용하지 말라는 투귀와 경중쌍괴의 말을 명심한 탓이었다. 그러나 기절한 세 명의 당주는 몇 년간 치료를 해야 나을 수 있을 것이다.

세 명이 기절해 버리자 나머지 한 명의 당주가 주춤거리며 그 자리에 멈추어 서자 그 옆에서 호법 우벽상이 이를 악물고 검을 찔러 관표를 공격해 왔다.

관표는 들고 있던 당주를 내려놓으며 일보영의 보법을 펼쳐 앞으로 전진하였다.

관표가 일보영을 펼치는 순간, 그의 신형이 옆으로 휘어지면서 앞으로 전진했고, 찔러온 우벽상의 검은 당연히 관표의 옆으로 빗나갔다. 그리고 그 순간 검을 피하며 마지막 남은 당주의 앞으로 전진한 관표의 한쪽 발이 그의 발을 사정없이 밟아버렸다.

우지직.

소리와 함께 당주의 발이 으스러졌다.

그리고 또 한 손으로는 어느 틈에 우벽상의 검을 든 손을 잡고 있었다.

"끄아아!"

고통에 찬 비명을 지르는 당주의 발에서 발을 뗀 관표는 호법의 손목을 잡은 손에 대력신기를 주입하며 힘을 주었다.

'우지직' 하는 소리가 들리며 호법 우벽상은 팔의 뼈가 산산조각나는 고통을 느껴야만 했다. 그러나 관표의 공격은 거기서 끝이 아니었다.

잡은 팔을 틀며 다른 한 손으로 호법 우벽상의 어깨를 쳐버렸다.

픽, 소리와 함께 우벽상은 팔이 부러지며 온몸의 내장을 흔드는 충격과 함께 그 자리에 털썩 주저앉았다. 그리고 그 자세에서 기절하고 말았다.

발이 으스러진 당주도 그 자리에 주저앉아 공격할 생각도 못하고 덜덜 떨고 있었다.

설명은 길지만, 실제 관표가 네 명의 당주와 한 명의 호법을 쓰러뜨리는 데 걸린 시간은 그야말로 숨 한 번 쉴 정도도 걸리지 않았다.

나현탁은 턱이 빠질 정도로 입을 딱 벌렸다.

일 년 전에도 느낀 것이지만 관표란 놈은 상식이 통하지 않는 인간이었다. 나름대로 영리하다는 나현탁의 머리가 관표의 압도적인 무력 앞에 멈추고 말았다.

겁에 질려 감히 덤벼들 생각도 못하고 정신없이 뒤로 물러서다 갑자기 도망가기 시작했고, 철마방의 수하들도 멍하니 보고 있다가 관표가 다가서자 정신없이 뒤로 물러서기 시작했다.

그렇게 밀린 철마방의 수하들은 철마방 본청 건물 쪽으로 몰리고 있었다.

본청 건물은 수뇌들이 모여 회의를 하거나 손님을 접대할 때 쓰는 건물로, 그 건물의 뒤쪽은 일반 무사들이 함부로 갈 수 없는 곳이었다. 그곳은 철마방의 내원에 해당하는 곳이었다.

본청 건물 뒤로는 높은 담이 내원과 외원을 경계 짓고 있었으며, 건물 바로 뒤엔 내원과 외원으로 통하는 거대한 문이 있었다. 그리고 본청 건물 앞에는 실제 말만한 크기의 거대한 철 조각상 하나가 서 있었는데, 이것이 바로 철마방의 상징인 철마상이었다.

관표가 그 철마상을 지나 앞으로 나가자 이백이나 되는 철마방의 수하들이 다시 우르르 뒤로 물러나고 있었다.

이때였다.

"모두 멈추어라!"

고함과 함께 본청의 뒤에서부터 오십여 세로 보이는 인물이 백여 명의 기마대원과 함께 나타났다.

모두 검은 경갑옷을 입은 인물들로 이들이 바로 철마방의 자랑인 흑기대였다. 그리고 나타난 오십 세 정도로 보이는 인물이 바로 철마방의 방주인 철마비검(鐵馬飛劍) 나운이었다.

나운의 옆에는 도망갔던 나현탁이 질린 얼굴로 서 있었다.

나운은 전신이 칠흑처럼 검은 말을 타고 있었는데, 언뜻 보아도 명마가 분명했다.

나운은 관표를 보고 냉막한 표정으로 물었다.

"네가 관표냐?"

그러나 대답을 한 것은 장칠고였다.

"보면 모르냐, 늙은이?"

나운의 시선이 이건 또 뭐야? 하는 의미를 담고 장칠고를 보았다.

"어린 놈이 세상 무서운 줄 모르고 나서대는군."

"내가 어리다고? 그따위 눈으로 세상을 보니까 오늘 이 모양 이 꼴이 된 것이다, 멍청한 늙은이."

말에 관한 한 절대적인 위임을 받은 장칠고는 갈수록 신이 나고 있었다.

전 같으면 감히 나운의 앞에서 숨도 쉬지 못했을 터였다.

단 한 번 검을 써보고 이미 간이 거의 배 밖으로 나온 장칠고였다. 그러나 관표는 놔두었다.

어차피 무림을 질타하려면 배짱은 필수라고 할 수 있다.

더군다나 사서인 장칠고는 녹림도원의 말을 대변하는 자로, 누구 앞에서도 기가 죽지 않아야 할 필요성이 있었다. 지금은 훈련 중이라고 생각한 관표였다.

나운의 표정이 일그러졌다.

"모두 돌격해서 저놈들을 죽여라!"

나운의 고함에 백여 기의 흑기대가 앞으로 뛰쳐나가려 할 때였다. 관표가 갑자기 철마상 앞으로 가더니 철마상을 들어 올리려 했다. 그 모습을 본 나운과 흑기대의 인물들은 모두 실소를 하고 말았다.

철로 만들어진 철마상의 무게는 그들조차 함부로 추측하지 못할 정도로 무겁다.

더군다나 철마상을 고정시키기 위해 말의 다리 아래는 사각형의 철 고정판이 땅에 박혀 있었다.

아무리 내공이 절륜해도 그 철마상을 들어 올린다는 것은 거의 불가능한 일이었다.

그들은 그렇게 생각하고 웃다가 모두 눈이 찢어질 정도로 부릅뜨고 말았다. 그러나 그들은 그 정도로 놀라서는 안 되는 일이었다. 진짜 황당한 일은 그 다음에 벌어졌다.

관표는 대력신기의 힘을 이용해서 일단 철마상을 땅에서 뽑아내었다. 설마 했던 철마방의 인물들이 눈을 부릅뜰 때 관표는 뽑아놓은 말의 꼬랑지를 한 손으로 잡고 운룡부운신공으로 철마상을 솜처럼 가볍게 만든 다음 대력신기로 가볍게 들어 올렸다.

이 황당한 일을 눈으로 본 나운이나 철마방의 제자들은 보면서도 믿을 수 없어서 얼이 빠진 표정들이 되어버렸다.

그러나 그들이 놀라는 것은 아직 일렀다.

운룡부운신공으로 인해 마치 솜처럼 가벼워진 철마상을 관표가 서너 바퀴 회전하며 돌린 다음 던져 버렸다.

부웅, 하는 소리가 들리며 운룡천중기가 가미된 철마상이 본청 건물을 향해 날아갔다.

무슨 잔돌을 던진 것도 아닌데 철마상은 허공을 맴돌며 날아갔다.

꽝, 하는 소리가 들리며 날아간 철마상은 본청 건물에 거대한 구멍을 뚫고 들어간 다음 그 뒤에 있는 내원으로 통하는 문까지 박살을 내고 내원 안쪽으로 날아가 버렸다.

쿵, 하는 소리가 들리며 철마상은 내원 마당에 거꾸로 들어가 박혔다.

본청 건물에서 시작해 그 뒤의 철문까지 직선으로 거대한 구멍이 시원하게 뚫어지고 만 것이다.

도저히 믿어지지 않는 광경에 나운은 그 자리에 주저앉고 말았다. 만약 저 철마상이 흑기대를 향해 날아왔거나 자신이 있는 곳을 향해 날아왔다면 어찌 되었을까? 너무 끔찍한 상상에 그는 넋이 나가 버렸다.

어디 나운뿐이겠는가? 철마방의 수하들은 얼음 굴에 빠진 기분으로 이 황당하고 무지막지한 일에 대해서 적응을 전혀 하지 못하고 있었다.

나현탁은 그 자리에서 오줌을 지리고 말았다.

철마방의 정예라는 흑기대의 인물들조차 관표를 바라보지도 못했다.

장칠고 역시 입이 찢어져라 벌어진 채 뻥 뚫린 구멍을 통해 철마방의 내원을 바라보다가 정신을 차렸다.

그는 천천히 나운에게 걸어가 씨익 웃어주었다.

험악한 장칠고의 얼굴을 본 나운은 머리카락이 쭈뼛 서는 느낌을 받았다. 이미 싸울 의욕을 잃은 다음이었다.

감히 대항할 생각은 하지도 못했다.

"자, 방주 아저씨. 이제 협상을 해야겠지요. 아니면 덤비던지."

절대 덤비고 싶은 생각은 없었다.

장칠고는 흑기대를 바라보며 얼굴을 긁어대면서 말했다.

"야 이놈들아, 빨리 말에서 내려와라. 올려다보려면 고개 아프다."

그의 고함 소리에 흑기대의 인물들이 후다닥 말에서 내렸다. 이때 철마방의 정문을 통해서 삼십여 명의 인물들이 걸어 들어왔다. 그들은 삼대대주들을 비롯한 녹림도원의 식구들이었다.

나중에 천천히 들어오라는 관표의 말대로 시간을 두고 들어온 그들은 흑기대와 철마방의 인물들을 보고 한바탕 결전을 치를 생각으로 긴장해 있다가 뭔가 이상한 분위기를 느끼고 뭔 일이야 하는 표정으로 장칠고를 보았다.

장칠고로서도 이 상황을 설명하기가 쉽지 않았다. 그저 거대한 건물에 뻥 뚫린 아가리 같은 구멍을 가리켰다.

녹림도원의 형제들은 건물에 뚫린 구멍을 보면서도 무슨 일인가 싶은 표정들이었다.

장칠고는 고개를 흔든 후 삼대대주와 반고충을 보며 말했다.

"철마방은 협상을 하겠다고 합니다. 한마디로 항복했습니다."

모두 멀뚱한 시선으로 관표와 장칠고, 그리고 바닥에 주저앉아 있는 나운을 보았다.

장칠고는 나중에 이 상황에 대해서 설명할 생각을 하자 머리가 아파왔다. 그래도 전에 한번 관표의 능력을 본 사람들이 많으니 이해는 하리라 생각하며 자신을 위안했다.

철마방에서 돈과 보석, 그리고 돈이 될 만한 물건들만 모두 받아서 실리를 취한 녹림도원의 식구들은 덤으로 멋진 옷까지 전부 찾아서 산뜻하게 갈아입고 나왔다.

아무래도 산적 티가 나는 옷을 입고 다니기가 불편했던 것이다.

나오면서 장칠고는 나운의 어깨를 두드리며 말했다.

"이제 곧 무더운 여름인데 통풍이 잘되어 시원하실 겁니다. 이게 다 우리 형님의 은덕이라고 생각하십시오. 그럼 우린 이만 갑니다."

장칠고답지 않은 부드러운 말이었다.

녹림도원의 형제들이 산속에서 한자리에 모였다. 가운데엔 관표와 반고충, 그리고 세 명의 대주와 단주인 장칠고가 둥근 원을 그리고 모여 앉았다.

막사야가 관표를 바라보면서 물었다.

"촌장님, 다음은 여가장입니다. 어떻게 하시겠습니까?"

"당연히 방문한다."

관표가 군은 의지로 말하자 연자심이 조금 걱정스런 표정으로 말했다.

"우리가 철마방을 건드렸으니 그들도 준비를 하고 기다릴 것입니다. 아니면 철기보에 기별을 하거나 촌장님과 은원이 있는 화산파에 연락을 할지도 모릅니다."

"그것은 두렵지 않다."

관표의 표정은 의연했다. 그의 당당하고 자신있어하는 표정에 모두들 힘을 얻은 듯 얼굴에 자신감이 떠올랐다.

이때 반고충이 웃으면서 말했다.

"우리가 섬서사패를 차례대로 칠 동안 그들은 절대 모를 걸세."

모두 반고충을 바라보았다.

"세상은 우리가 생각했던 것보다 복잡하고 음모가 많은 곳일세. 섬서사패는 나름대로 비슷한 힘으로 서로를 견제하며 협력했지만 한쪽의 힘이 기울면 당장 잡아먹으려고 하는 사이일세. 철마방의 나운이 그걸 모를 리 없지. 그렇다면 그는 지금 절대로 나머지 섬서사패에 자신이 당한 것을 알리지 않을 것일세. 오히려 그들이 당해야 철마방과 힘의 균형이 맞을 테니 좀 더 심하게 당하길 빌고 있겠지. 그러니 걱정할 것 없네. 아마도 섬서사패가 전부 당해야 그들은 서로 협력할 생각을 할 것일세. 그때가 돼서야 서로 힘이 균등해질 테고 대등한 입장에서 뭔가 모색할 수 있을 테니까. 아니, 상대에게 먹힐 염려가 없다고 해야겠군."

반고충의 말을 들으면서 관표는 씁쓸한 표정을 짓고 말았다. 아는 것과 이론은 역시 다르다는 느낌이다. 그리고 세상의 험하고 흉한 일면을 보는 것 같아 기분이 착잡했다. 그러나 그런 표정을 보일 순 없었다. 그는 얼른 밝은 표정을 지으며 말했다.

"그럼 지금부터 차례대로 돌면서 대가를 받아내기로 하겠습니다. 하지만 아직 철기보는 건드릴 수 없습니다. 일단 섬서사패만 상대한 후 모과산으로 들어갈 것입니다."

반고충이 관표의 결정에 만족한 듯 고개를 끄덕이며 말했다.

"잘 생각했다. 아직은 네가 알려져서는 안 된다. 너 하나의 힘은 충분하지만 아직 네 수하들의 힘은 그에 미치지 못한다. 자칫 사건이 커

지면 네가 문제가 아니라 수하들이 희생당할 수 있다. 힘을 기른 다음 철기보와 겨루어도 된다. 문제는 철기보가 아니라 그 뒤에 있는 거대한 힘이다. 그리고 화산과 당문도 너를 노리고 있음을 잊지 말아야 한다."

"누가 오든지 피하지는 않겠습니다. 하지만 지금은 때가 아니란 것은 명심하겠습니다."

"잘 생각했다. 그럼 이제부터 나머지 섬서삼패만 생각하기로 하자."

그렇게 섬서삼패의 운명은 결정되었다.

그 후 보름 사이에 나머지 섬서삼패는 차례대로 무너지고 녹림도원의 식구들과 불평등 협상을 해야만 했다. 그러나 그때까지도 녹림왕 관표에 대한 소문은 전혀 나지 않았다.

섬서사패는 자신들이 약해졌을 때 치고 올라올 신흥 세력들이 무서워 당한 사실을 쉬쉬했던 것이다. 그러나 그들은 서로 당한 사실을 알고 나서야 은밀하게 만나 관표에게 복수할 때까지 협력하기로 합의하였다.

그리고 얼마 후에 섬서사패의 수하들이 철기보를 향해 출발하였다.

철기보의 보주 철기비영(鐵騎飛影) 몽각(蒙覺)은 섬서사패의 대표들이 보낸 서신을 읽고 자신의 아들 몽여해를 바라보았다. 몽여해 역시 서신을 가져온 자에게 그간의 사정을 들어서 알고 있었다.

"어떻게 했으면 좋겠느냐?"

몽여해가 흥미롭다는 표정으로 말했다.

"섬서사패를 칠 정도라면 이미 힘을 가진 것 같습니다. 언젠가는 적이 될 자라고 생각했습니다. 그렇다면 더 크기 전에 처리해야 하지 않을까 합니다."

"네가 심심한가 보구나?"

몽각의 물음에 몽여해가 따분한 표정을 짓더니 묘한 웃음을 지으며 말했다.

"마침 따분하던 참이었습니다. 제가 처리하겠습니다."

몽각은 만족한 웃음을 지었다.

아들을 집에서만 애지중지 키우고 싶은 생각은 없었다. 강해지려면 실전 경험도 많이 필요하다. 이미 관표가 과문을 이기고 힘으로 대과령을 눌렀다는 사실을 알고 있었다. 그러나 대과령의 경우 그때 당시 제 힘을 절반도 사용하지 않았었다는 것도 안다.

자신의 무기인 철봉은 휘둘러 보지도 않았다.

상대를 얕보다가 당했을 뿐, 실력으로 진 것은 아니다. 그래도 몽각은 관표를 상당히 높게 평가했다. 그만큼 대과령의 무공은 대단했고, 운으로라도 이기려면 어느 정도 실력이 따르지 않으면 불가능한 일이라고 생각했던 것이다.

"그래, 누구누구 데려갈 생각이냐?"

"과문과 제이철기대의 정예 삼십 명, 그리고 대과령과 섬서사패의 자식들을 데려갈 생각입니다."

몽각은 몽여해를 바라보았다. 이전에 관표를 상대했던 그대로였다. 다르다면 당시엔 제이철기대 전부가 함께 갔었다. 그러나 이번엔 정예 삼십 명으로 준 것이 다를 뿐이었다.

아마도 그때 관표를 그냥 보낸 것이 분했던 모양이다.

"관표를 너무 쉽게 보지 마라. 듣기로는 그에게도 협력자들이 있다 한다. 문순(門峋)과 기련사호를 데려가라."

몽여해는 몽각의 말에 좀 어이없어했다.

"문 호법과 기린사호까지 말입니까? 관표가 녹림의 총표파자라도 된다고 생각하시는 것입니까?"

"사호에게도 기회를 좀 줘야 하지 않겠느냐? 몹시 심심해들 하고 있더라. 그리고 문순은 노련하니 만약의 경우 도움이 될 것이다."

몽각의 말에 몽여해가 아릇한 웃음을 머금었다.

"사호를 대동하게 된다면 관표와 그놈의 수하들이 너무 불쌍해집니다. 그렇지 않아도 그놈들은 피에 주려 있을 텐데."

"섬서사준이란 어린 놈들에게 보여줘라, 철기보가 얼마나 무서운 곳인지. 그래야 알아서 기지."

몽여해는 즐거운 표정으로 웃었다.

전에는 대과령의 만류로 그들을 그냥 놓아주었지만, 이번엔 절대로 그냥 둘 수 없다. 하지만 철기보의 오대고수 중 하나인 문 호법과 비밀 병기인 기린사호까지 대동한다는 것은 상대에게 너무 과하다는 생각이 들었다.

관표를 어떻게 찾느냐 하는 것은 전혀 걱정하지 않았다.

섬서성에 있다면 철기보의 눈을 벗어나긴 힘들 것이다. 이미 그들의 용모파기까지 마치고 철기보의 세력이 미치는 곳에는 전부 전서구를 보내놓은 상황이었다.

第八章
반듯하게 밀어주마

구인촌.

섬서성 동북부 지역에 있는 외딴 마을이다.

집이라고 해봐야 겨우 삼십여 채가 전부고, 이웃 마을까지도 상당히 멀어 고립된 마을이라 할 수 있었다.

먼 옛날, 송나라 시절에 역적으로 몰린 무관의 자손들이 숨어들어 이룩했다는 전설을 가지고 있는 마을이었다. 대다수가 사냥과 약간의 밭농사, 그리고 산에서 나물과 버섯을 채취하여 먹고사는 빈약한 곳으로만 알려져 있었다.

자시가 되어갈 무렵, 한 명의 사내가 마을로 들어서고 있었다.

나이, 이제 삼십이나 되었을까? 볼품없어 보이는 얼굴에 키도 작고 빈약해 보이는 모습이었지만 눈매는 예리하게 빛나고 있었다.

사내는 마을로 들어서자 조금도 망설이지 않고 그중 한 집으로 들어섰다.

집 안으로 들어간 청년은 잠시 주변을 살핀 다음 살며시 방문을 열었다. 방 안에는 한 명의 노부인이 잠들어 있었다.

"어머님."

청년의 작은 목소리에 노부인이 잠을 깨고 일어섰다.

청년은 노부인이 눈을 뜨자 그 자리에서 큰절을 하며 말했다.

"어머님, 소자 자운이옵니다. 이제야 배움을 마치고 돌아왔습니다."

노부인은 놀라서 청년을 보았다.

눈꺼풀이 파르르 떨린다.

혹여 잠을 자다 꿈을 꾸고 있는 것이 아닌가 싶었다. 몰래 꼬집어본 허벅지가 눈물 나도록 아프다.

"네… 네가 자운이더냐?"

"어머님, 소자 자운이 확실합니다."

얼굴을 더듬어 만져 보았다.

희미하게 자식의 모습이 어둠 속에서 광채를 띠고 눈 안에 그려진다. 얼굴을 보아서가 아니었다. 손에 느끼는 정만으로도 알아볼 수 있었다. 분명히 자신의 속에서 나온 자식이 분명했다.

"자운아, 네가 자운이구나!"

무릎을 꿇고 있는 자식을 끌어안고 운다. 그동안의 서러움과 고통이 한꺼번에 날아가는 것 같았다. 얼마나 보고 싶었던 자식인가?

자운 역시 어머니가 당한 고통을 알고 있었다.

수치스런 삶 속에서 얼마나 모진 고통을 당하셨을까?

"어머님!"

끝내 그 다음 말을 하지 못한다.

"얘야, 이제 네가 돌아왔구나. 정말 다행이다. 죽기 전에 네 얼굴을 보는 것이 소원이었는데 이젠 원이 없구나."

"많이 편찮으신 것 같습니다."

어머니의 따뜻한 손을 통해 다가온 앙상한 감촉에 자운은 눈물이 맺힌다.

"나는 괜찮다. 그래, 그동안 많이 배워왔느냐?"

"십오 년 동안 오로지 대패질하는 것만 배웠습니다. 사부님께서는 제가 이제 세상의 모든 것을 다 깎아서 다듬을 수 있을 거라 하셨습니다."

"다행이구나, 정말 다행이구나. 하지만 얘야, 네가 돌아온 것은 나도 반갑지만 어서 이곳을 떠나야 한다. 이곳은 네가 올 곳이 아니란다. 그들이 알면 너는 살아남지 못할 것이다. 어서 떠나거라."

어머니의 말에 자운은 단호하게 고개를 흔들었다.

"어머님을 모셔가기 위해 왔습니다. 저를 믿고 이제 이곳을 떠나야 합니다. 이제 이곳에 있을 필요가 없습니다. 배운 것이 있으니 세상에 나가면 제가 어머님을 편히 모시겠습니다."

노부인의 눈에 물기가 고여 흘러내린다.

십오 년 전, 자식을 어떻게 해서든지 마을에서 내보내야 했었다. 그렇지 않으면 살아남을 수 없는 상황.

마침 마을에 공사를 하러 온 목수노인에게 몰래 부탁해서 자식을 데려가 달라고 했었다. 데려가서 하인으로 써도 좋으니 마을에서만 나갈 수 있게 해달라고 부탁했었다.

아들의 목숨이 위험해서 지푸라기라도 잡는 심정으로 말했었다. 그때 목수노인은 자식인 자운을 몰래 마을에서 빼가면서 말했었다.

"나는 충의 친구요. 친구를 만나러 왔는데 이미 먼저 갔군요. 내 이미 상황을 알고 있으니 자운을 맡겠습니다. 십오 년 후 돌려보내리다. 그때까지 살아 계시오."

노부인은 그때 처음으로 목수노인이 보통 사람이 아니란 것을 알았다. 그리고 남편의 친구란 것도.

들은 적이 있었다.

자신에게 무슨 일이 있으면 자운을 맡아줄 친구가 찾아올 것이라 했었다. 하지만 그렇게 나타날 줄은, 게다가 목수일 거란 생각은 하지도 못했었다.

그녀는 남편의 유품을 자운에게 준 후 노인과 함께 이곳을 떠나도록 하였다. 노인은 지옥과도 같은 이곳을 빠져나갈 만큼 능력이 있었다. 그래서 안심했다.

남편을 죽인 자들은 남편의 유품을 찾으려고 온갖 협박을 다하고 수치를 주었지만 이미 아들이 가져간 유품을 그들이 찾을 수는 없었다. 그리고 언제부터인가 그들은 그녀를 그대로 두었다.

단지 도망갈 수 없게 감시만 하면서.

그러나 그녀는 알고 있었다. 그들이 자신의 아들이 돌아오길 기다리고 있다는 것을. 하지만 십 년이 지나자 그들의 감시도 약화되고 있는 것 같았다. 그리고 약속대로 십오 년이 지나서 자식이 돌아온 것이다.

이제 원이 없다.

수치스런 삶을 겨우겨우 견디며 산 것은 오로지 자식의 얼굴을 한 번 더 보고 죽고 싶다는 아주 작은 소원 때문이었다. 그 원을 이루었으니 이제는 자식을 위해서도 죽어야 한다.

스스로 자식의 걸림돌이 되어서는 안 된다는 것이 그녀의 마음이었다.

"나도 그러고 싶지만 이제 살 만큼 살았고 너의 얼굴을 보았으니 되었다. 어서 떠나거라. 그들이 너를 본다면 어쩌려고 하느냐? 너를 살리고자 어린 너를 그분에게 딸려 보냈었다. 이제 와서 나 때문에 위험해져서는 안 된다."

자운이 고개를 흔들었다.

"절대 저 혼자 떠날 수 없습니다. 저는 어머님을 이 지옥에서 구하기 위해 돌아왔습니다. 그리고 복수할 것입니다. 그러려면 어머님이 저와 함께 가셔야 합니다. 만약 저 홀로 이곳을 떠나게 된다면 차라리 여기서 죽겠습니다."

자운이 강경하게 말하자 노부인은 어쩔 수 없다는 듯 아들의 얼굴을 보았다. 그러나 아무리 생각해도 이곳을 빠져나갈 수 있을 것 같지 않았다.

특히 노쇠한 자신과 함께라면 더욱 불가능할 것이다.

자운은 어머니의 뜻을 알았는지 그녀를 거의 반강제로 등에 업은 다음 조심스럽게 문을 열고 나가면서 말했다.

"조용히 하셔야 합니다. 그들이 알게 되면 나갈 수 없습니다."

노부인은 자식의 등에 눈물을 떨어뜨리며 자신의 몸을 맡겼다.

가볍다.

어머니를 업은 자운은 가슴이 아렸다. 얼마나 제대로 드시지 못하고 고생을 하셨으면 이렇게 가벼울 수 있을까?

가벼움은 무거움으로 반비례하여 자운의 가슴을 아프게 한다.

자운은 그 모든 것을 가슴 안으로 삼키고 걸음을 빨리 하였다.

으슥한 곳을 골라 마을을 빠져나가는 자운의 발걸음은 빠르지만 결코 필요 이상 서두르지 않았다.

그의 발은 일정한 곳을 밟으며 걸음을 옮기고 있었다. 자세히 보면 그의 걸음은 일정한 법칙대로 움직이고 있다는 사실을 알 수 있었다.

약 일각의 시간이 지나서야 마을을 벗어난 자운은 길이 아니라 바로 야산 근처의 숲 속으로 들어갔다. 그리고 그의 걸음은 점점 빠르게 숲을 벗어나기 시작했다. 그리고 숲을 벗어났을 때, 자운은 걸음을 멈추었다.

그의 앞에는 험악한 인상의 중년 남자와 십여 명의 장정들이 서 있었다.

"돌아왔구나, 자운. 너를 기다리고 있었다. 내내 네 어미를 살려두고 감시하고 있었다."

자운의 표정이 차갑게 가라앉았다.

그의 등에 업혀 있던 노부인의 안색은 백지장처럼 질려 있었다.

자운은 사나운 기세로 중년의 남자를 노려보며 말했다.

"돌아온 것이 아니라 영원히 떠나기 위해 온 것이다."

"네놈은 그게 네 마음대로 된다고 생각하느냐? 좋게 말할 때 네가 가지고 간 열쇠를 내놓아라. 그러면 네 어미와 너의 목숨은 살려주겠다."

"힘이 있으면 가져가 봐라."

중년 남자의 입가에 비웃음이 어렸다.

"너는 지금 여기에 있는 사람을 너무 쉽게 보는구나."

자운은 잠시 하늘을 보았다.

아버지의 모습이 아련하게 보인다. 어린 손을 잡고 엄마를 부탁하시던 마지막 모습은 아직도 잊을 수 없었다.

그리고 눈앞에 아버지를 죽였던 자 중에 한 명과 그의 수하들이 서 있었다. 증오심이 가슴을 끓게 만들었다.

십오 년간 그 복수심과 어머니를 이 지옥에서 모셔갈 생각만으로 죽음과도 같은 고통을 이겨내고 살아왔다.

이제는 어느 정도 자신이 생겼지만 혹여 어머니께 해가 갈까 봐 일단은 그냥 가려 했었다.

"아버지가 사랑하던 곳이다. 그리고 편찮으신 어머니가 계시다. 그래서 오늘은 될 수 있으면 그냥 갈까 했었다. 그러나 이젠 그럴 수가 없구나. 단화, 네놈이 아버지에게 일도를 찌르던 광경을 나는 아직도 잊지 않고 있다."

단화는 그 험한 인상을 찌푸리며 말했다.

"그래도 네놈 아비의 친구였다. 말이 험하군. 흐흐. 뭐, 좋다, 좋아. 그런데 그동안 한가락 배워온 모양이군."

"대패질만 조금 배워왔다. 잠시 기다려라. 네놈의 얼굴이 흉하니 아주 깨끗하게 밀어주마."

자운은 어머님을 등에서 내리며 말했다.

"어머님, 잠시만 기다려 주셔야겠습니다. 좀 험하고 잔인해도 모른 척해주십시오."

자운의 어머니인 이부인은 걱정스런 얼굴로 십오 년 만에 만난 자식을 바라보았다.

자운은 어머니를 한쪽으로 내려놓고 품 안에서 쇠로 만들어진 대패 두 개를 꺼내어 손에 들었다. 대패는 이중으로 덧댄 쇠에 대패 날이 달린 것으로, 쇠 위쪽은 튼튼한 교룡의 가죽으로 된 손 걸개가 붙어 있었고 손을 그 안에 끼워 잡을 수 있게 만들어져 있었다.

세상에 기문병기가 많았지만 대패를 무기로 쓰는 무공이 있다는 소리는 들어보지 못했다.

그것을 본 단화가 어이없는 표정으로 말했다.

"고이 죽여줘라. 그리고 열쇠를 가지고 있는지 확인해 봐라."

단화의 명령이 떨어지자 그의 수하들 중에 두 명이 마치 유령처럼 날아왔다.

투박한 박도가 섬전처럼 자운의 목을 겨냥하고 찍어왔다.

이부인의 안색이 창백하게 변했다.

그리고 그 순간이었다.

자운이 왼손에 든 대패로 날아오는 도를 막았고, 오른손을 위에서 아래로 내리훑었다.

대패 날은 아래를 향해 있었다.

비명 소리도 들리지 않았다.

달려들던 단화의 수하가 뒤로 무너지듯이 넘어진다. 그리고 그의 얼굴은 깨끗하게 무면으로 잘려 있었다. 마치 얼굴 안쪽만 검으로 도려낸 듯 반듯하게 잘려 나간 것이다.

함께 달려들던 자는 그 자리에서 얼어붙고 말았다.

단화의 안색이 창백해졌다.

설마 하니 이런 무공이 있으리란 생각은 못해보았다.

죽은 자의 모습을 보던 단화의 표정이 놀라움에서 당혹감으로 조금씩 일그러졌다.

대패를 무공으로 썼다는 말은 들어보지 못했지만 죽은 자의 시신을 보고 떠오르는 것은 있었다.

무면신마(無面神魔)의 전설.

백 년 전 강호무림에 전대미문의 살수가 등장했다.

강호무림사에 가장 강하고 가장 잔인한 살수라고 일컬어지는 무면신마가 바로 그였다.

그에게 당한 자는 지금 자운에게 죽은 자처럼 얼굴이 깨끗하게 잘려 나가 면상이 없어진 채 죽어갔다.

그에게 죽은 무림의 고수만 해도 백여 명.

무림맹이 없었던 당시에 구파일방에서 고수들을 규합해 무면신마를 추적하기 시작했고 그와 동시에 그의 모습은 강호무림에서 갑자기 사라졌다.

딴은 은거기인이 그를 제압하여 죽였다는 설도 있고, 사랑하는 여자가 생겨서 무림을 은퇴했다는 설도 있었지만 어떤 것도 확인된 것은 없었다.

설마 하는 시선으로 자운을 바라본 단화의 안색이 침중해졌다.

"무면신마의 무공인가?"

자운의 표정에 불쾌한 표정이 떠올랐다.

"무면신마를 나의 사부로 알다니, 그자는 나에게 죽어야 할 자들 중 하나다."

"죽어야 할 자?"

단화가 놀라서 묻자 자운이 코웃음을 치며 말했다.

"너와 같은 배신자지. 그런데 우리가 언제 이런 말을 할 정도로 친했던가? 난 더 이상 기다릴 수 없다. 단화 네가 직접 나서라. 너의 수하들은 내 상대가 되지 못한다."

단화의 표정이 딱딱하게 굳어졌다.

"모두 협공하라!"

고함과 함께 단화가 먼저 검을 뽑아 공격하였다. 그리고 그의 수하들이 한꺼번에 달려들었다.

자운이 두 개의 대패를 들어 올리고 약간 무릎을 구부린 자세로 공격해 오는 단화와 그의 수하들을 바라보았다. 그리고 그들이 가까이 다가오자 그의 두 손이 갑자기 열여섯 개로 늘어가며 허공을 휘저어놓았다.

대패를 사용하는 무공, 단혼십삼절(斷魂十三絶).

그중에 환영추혼절(幻影追魂絶)의 살수가 펼쳐진 것이다.

살심이 없으면 익히지 못하는 무공이 바로 단혼십삼절이었다. 그러나 평소에는 살기를 다스릴 수 있어야 하고, 일단 무공을 펼치면 살기를 거두지 않는다. 그래서 함부로 펼쳐서는 안 되고 일단 펼치면 상대를 죽여야 한다는 살심을 지녀야 제대로 펼칠 수 있는 무공이 바로 단혼십삼절이었다.

지난 십삼 초식 전부가 살수인 무공.

그래서 살수의 무공으로 가장 적합한 것인지도 모른다.

잔인한 무공이라 오랜만에 만난 어머니 앞에서 펼치고 싶지 않았다. 그러나 자식이 강하다는 것을 보여주고 싶은 마음도 있었다. 그리고 무엇보다도 아버지를 죽인 자에 대한 복수심이 그로 하여금 단호하게 단혼십삼절을 펼치게 만들었다.

따다당, 하는 소리가 연이어 들린 후, 단화의 신형이 비틀거리며 뒤로 물러섰다.

그의 안색은 파랗게 질려갔다.

수하들은 천천히 무너지고 있었다. 안면이 예리하게 깎인 채.

단 일 합의 대결에서 살아남은 자는 자신 혼자였다.

믿을 수 없는 사실에 단화는 공포라는 이질적인 감정을 느꼈다. 어리게만 보아왔던 친구의 자식이 이제 자신의 목숨을 노린다.

복수라는 이름 아래.

'인과응보인가?'

단화는 허탈한 심정이었다.

부귀영화가 바로 눈앞에 있었는데, 이 벽촌에 처박혀 있는 것이 싫어서 친구까지 죽여가며 노력했는데 이렇게 죽고 싶지는 않았다.

그의 시선 안으로 자운의 신형이 확대되어 들어온다.

이를 악물고 검을 휘둘렀다. 그러나 따당 하는 소리가 연속으로 들리며 대패의 쇠뭉치가 그의 머리를 강타하였다.

이어서 또 하나의 대패가 검을 잡은 손을 훑고 지나갔다.

팔꿈치 안쪽으로부터 전해오는 아린 고통에 검을 놓치고 말았다.

자신의 오른손을 보았다.

안에서부터 훑어내린 대패로 인해 팔 굵기의 절반이 깨끗하게 밀려서 떨어져 나갔다. 마치 나무를 다듬어놓은 것처럼 살과 신경만 발라내었고, 검을 쥐고 있던 손가락도 둘째 마디부터 전부 잘려 나갔다.

검을 놓친 것이 아니라 쥐고 있던 손가락이 없어지면서 저절로 떨어졌던 것이다.

무서운 고통이 그의 정신을 마비시켜 온다.

"너를 죽이지 않겠다. 그 고통 속에서 아버지에게 사죄하며 살다가 죽어라."

자운이 차갑게 말을 하며 자신의 어머니에게 다가갔다.

울고 계신다.

무엇인가 지난 세월의 어두운 감정이 가득한, 그리고 원망과 한이 담긴 시선으로 단화를 바라보는 이부인의 눈엔 눈물이 흐르고 있었다. 그렇게 원하던 복수의 일부를 이루었다.

힘이 없어 포기하고 있었는데 얼마나 한이 맺혀 있었는데, 이제 돌아온 아들이 그녀의 원을 일부지만 풀어준 것이다.

"이제 가야 합니다."

"가자. 이젠 내가 원이 없구나."

자운은 다행이라고 생각했다.

상대를 죽였지만 어머니 앞에서 보이기엔 잔인한 모습이었기에 혹여 놀라지나 않으셨을까 걱정했다. 어머니를 다시 들쳐 업었다.

참으로 가볍다는 것을 다시 한 번 느낀다.

'그동안 얼마나 드시지 못하셨으면.'

콧날이 시큰해진다.

"아버지는 더 잔인하게 돌아가셨다. 그때 나는……."

끝내 말끝을 흐리시며 우신다.

그랬던 것이다.

더 잔인했던 광경을 보았었기에 놀라지 않으실 수 있었던 것이다. 도대체 어떻게 돌아가셨기에?

'아버지.'

자운은 새삼 아버지를 생각하자 견딜 수 없는 증오심이 타올랐다. 그는 냉랭한 시선으로 단화를 보면서 말했다.

"진령, 곡기, 누화에게 전해라. 내 반드시 복수를 하러 돌아올 거라고."

단화가 고개를 흔들었다.

"그들은 여기에 없다."

자운이 차가운 눈으로 단화를 바라보았다.

"알다시피 나는 그들보다 너무 약해서 별 쓸모가 없다고 생각했기에 여기 남아서 너의 어미를 감시하고 있었던 것이다. 그들은 악마와 손을 잡았다. 네가 아무리 무면의 무공을 익혔다 해도 그들을 이기진 못할 것이다. 흐흐, 이렇게 끝날 줄은 몰랐다. 이 산구석에 처박혀 사는 게 그렇게도 싫었는데. 잘 가라."

단화는 왼손으로 검을 집어 자신의 배에 쑤셔 넣었다.

"무사가 오른손을 잃었으니 어차피 죽은 목숨이었다. 크흐흐."

단화는 그렇게 죽어갔다.

관표는 사람들이 없는 곳을 골라가며 이동하고 있었다. 그리고 모과산을 향해 직선으로 가는 것이 아니라 우회하고 있었다.

장안에서 남쪽으로 족히 십오 일 정도 내려가야 있는 모과산은 근방이 전부 험지지만 그곳에서 조금만 올라오면 사주지로와 만나고 다시 남동쪽으로는 호북성, 그리고 남서쪽으로 사천성으로 이어지는 중간 지점이었다.

장안에서 백여 리 정도 떨어진 야산에 관표와 그 일행들이 모여 있었다. 일행들은 모두 등짐을 지고 있었는데, 그 등짐은 모두 식량으로 수유촌에 가지고 갈 물건들이었다. 그러나 관표는 섣부르게 모과산을 향해 갈 수 없었다.

자칫해서 미행자라도 있으면 모과산 수유촌까지도 큰 화를 당할 수 있었다.

관표가 삼대대주와 장칠고를 보면서 말했다.

"여기서부터 나누어 가기로 한다. 그리고 미리 약속한 곳에서 다시 만나기로 하겠다. 서너 명씩 나누어 두 시진 사이로 출발한다. 흩어져서 간다면 우리를 알아채지 못할 것이다. 난 여기 남아서 혹시 우리 뒤를 밟는 자들이 있는지 확인하고 출발하기로 하겠다. 조를 짜고 출발시키는 것은 장 단주가 주관하고 모든 통솔은 반 사부님의 지시를 따르도록!"

관표의 명령에 그의 친위대 격인 청룡단의 단주 장칠고가 대답하였다.

"명대로 하겠습니다. 그럼 삼사 명씩 조를 짜서 출발시키겠습니다."

그렇게 삼십육 명의 녹림도원들 중 삼십오 명이 차례대로 떠났다. 혼자 남은 관표는 근처 나무 위에 올라가서 태극신공을 운기하기 시작했다. 이미 섬서사패가 당했고 철기보에 소식이 전해졌다면 그들의 정보력으로 보았을 때 어떤 방식으로든지 추적이 있을 거라 생각했다. 그리고 그 부분에 대해서는 반고충도 같은 생각이었다.

　꼬리를 자르지 않으면 모두 위험해질 수 있는 상황이었기에 관표는 나무 위에서 태극신공을 운기하면서 주변을 살폈다.

　그의 품에는 열흘 동안 먹을 수 있는 건포가 있었다.

　삼 일이 지났다.

　그동안 지나간 사람들은 꽤 많은 편이었지만 특별히 추적자라고 할 만한 사람들은 없었다. 그러나 관표는 나무 위에서 내려오지 않았다. 그는 아직도 불안했던 것이다.

　다시 이틀이 지났을 때, 관표는 이 정도면 더 이상 뒤를 밟는 사람이 없을 것이라 짐작하고 나무 위에서 내려오려 하다가 멈추었다. 한 무리의 사람들이 오는 기척이 느껴졌다.

　태극신공의 감각이 그에게 위험 신호를 보내오고 있었다.

　잠시 후 일단의 무리들이 천천히 다가오는데 그들은 관표도 익히 아는 얼굴들이었다.

　'몽여해, 대과령. 잘 왔다.'

　관표는 그렇지 않아도 철기보를 그냥 두고 떠나는 것이 마음에 걸렸었다. 수하들이 그들에게 죽었는데, 다른 수하들의 안전을 핑계로 그냥 간다는 것이 무엇인가 비겁하다는 생각이 들어서 마음이 찜찜했었

다. 그러나 수장이라는 것은 자신만의 욕심대로 움직일 수 없게 마련
이었다. 그래서 참고 나중을 기약하려 했었다. 그런데 그들이 직접 나
타났으니 그냥 지나칠 수는 없는 일이었다.

직접 나타난 몽여해와 대과령의 얼굴을 보자 참을 수 없는 살기가
치밀어 올랐다.

어차피 더 이상 추적하지 못하게 하려면 잘라야 할 꼬리였다.

그러나 그들이 여기까지 정확하게 추적해 온 것으로 보아 다시 한
번 철기보의 정보력을 인정하지 않을 수 없었다.

第九章

음양선, 한 번 붙으면 떨어지지 않는다

몽여해는 기분이 아주 좋았다.

아직도 파릇한 계집의 거친 숨소리와 함께 죽어가는 자들의 비명 소리가 귓가에 얼얼하게 들리는 것 같았다.

그는 아주 만족한 표정으로 여유있는 웃음을 머금었다.

섬서시준을 데려오길 아주 잘했다는 생각이 들었다.

사실 그들을 데려온 것은 이유가 있었다. 그들의 실력으로 실제 관표를 잡는 데 무슨 도움이 되겠는가? 추적하면서 심심할 때 괴롭히며 즐거움을 찾을 생각이었고, 여차하면 여량이란 계집을 품에 안을 생각이었다.

반항하면 여가장을 쑥대밭으로 만들겠다고 협박하면 그만이었다. 어차피 보아하니 처녀도 아닌 계집이었기에 품에 안는 것은 별문제도 아니라고 생각했고 그 예감은 적중했다.

오히려 먼저 다가와 안기지 못해 앙탈을 하는 통에 귀찮아질 정도였다.

그러다 보니 괜히 짜증이 나서 나머지 섬서삼준을 더욱 괴롭히고 있을 때 나현탁이 아주 재미있는 제안을 했다.

그들이 가끔 하는 사냥 놀이라는 것은 아주 간단했다.

섬서사준은 한밤에 몽여해를 데리고 산 깊숙이 들어갔다.

그리고 그 산에 있는 이십여 채 정도의 화전민 마을을 습격하여 마을 사람들 전부를 잡아왔다.

무공을 모르는 그들을 무력과 협박으로 잡아 모으는 것은 일도 아니었다.

그리고 그들 중 몇 명을 남기고 전부 죽였다.

여자들은 마음껏 데리고 놀다 죽이면 그뿐이다.

누가 화전민 마을 하나가 몰살당했다고 신경이나 쓰겠는가? 몽여해는 섬서사준이 가끔 이 놀이를 즐겨왔다는 사실을 처음으로 알았다.

촌장의 어린 딸 모습이 아직도 눈에 아른거렸다.

단 한 번 데리고 논 다음 죽이기엔 너무 아까웠다. 그러나 섬서사준의 말에 의하면 데리고 다니면 오히려 골치 아프고, 문순이나 고지식한 과문의 눈치를 봐야 할지도 모른다는 의견에 어쩔 수 없이 죽이고 말았다.

특히 잡아놓았던 마을 청년 서넛을 풀어놓고 즐긴 인간 사냥은 지금 생각해도 짜릿했다.

계집인 여량은 이 인간 사냥을 가장 좋아했다.

비록 돌아와서 문 호법에게 핑곗거리를 만들어 말하는 것이 귀찮았지만 그만한 가치는 충분한 놀이였다.

이제 며칠 지나면 또다시 이 놀이를 즐길 수 있을 것이고 그것만 생각하면 지금도 마음이 설레었다.

'힘이란 참으로 유익한 것이구나.'

몽여해는 새삼 자신이 힘이 있는 자라는 사실이 즐거워졌다.

앞으로 언제든지 시간이 될 때 즐길 수 있는 여가가 생겼다는 것도 유익한 일이었다.

관표는 몽여해 일행이 지나가는 것을 일단 지켜보았다.

그들이 어느 쪽으로 가고 있는지, 그리고 자신들이 지나간 길을 오일이 지난 후에 어떻게 정확하게 찾아서 알아낼 수 있는지 알 필요가 있었던 것이다.

관표는 자신의 수하들이 서너 명씩 짝을 지어 사방으로 흩어져 갔기 때문에 과연 어떻게 추적을 할 것인지 궁금했다.

자칫하면 모과산 수유촌이 알려질 수 있었기에 조심스러웠다.

관표가 숨어 있던 곳에서 약 일각 정도를 더 가자 세 갈래 길이 나타났다.

"모두 멈춰라."

몽여해와 함께 가던 노인이 전 일행을 멈추게 하였다.

그리고 그 순간 노인의 품에서 하얀 여우 한 마리가 튀어나왔다.

여우의 크기는 족제비만해서 여우라기보다는 하얀 족제비처럼 보였다. 여우는 노인의 품 안에서 튀어 내려와 세 갈래 길 가운데 한쪽을 바라보고 꼬리를 흔들었다.

"설요는 가운데 길로 갔다고 합니다."

호법 문순이 몽여해를 보고 말하자 몽여해가 고개를 끄덕이며 말했다.

"설요가 틀린 적은 한 번도 없으니 그 말이 맞을 것입니다."

관표는 하얀 여우가 설요라는 말을 듣고 상당히 놀랐다.

설요라면 반고충에게 들어서 이미 알고 있었다.

사람의 흔적을 찾는 데 가장 뛰어난 영물 중 하나로 십 일이 지난 후에도 냄새로 흔적을 찾을 수 있다고 했었다. 그렇다면 저 설요는 자신의 일행들 중 누군가의 냄새를 기억하고 있다는 말이었다.

'내가 있는 곳을 찾지 못했으니 내 흔적은 아닌데, 누굴까? 누구의 흔적을 기억하고 있을까?

관표는 그 점이 궁금했다. 그러나 지금은 그것이 문제가 아니었다. 상대가 설요를 지니고 있다면 모든 사람들이 다 위험해질 수 있었다. 결국 여기서 설요를 죽이고 철기보를 상대해서 물리치는 수밖에 없었다.

관표가 생각을 정리할 때 호법인 문순이 일행을 보면서 말했다.

"오늘은 이 근처에서 노숙을 한다."

문순의 명령이 떨어지자 그들은 빠르게 노숙 준비를 하기 시작했다. 그리고 보니 벌써 해가 지고 있었다.

관표는 근처에서 조금 떨어진 큰 나무 위로 올라가 잠시 동정을 살피기로 하였다.

모든 사람들이 노숙 준비를 할 때 여량이 몽여해의 근처로 살살거리며 다가왔다.

마침 몽여해도 아직까지 촌장의 어린 딸을 잊지 못해 마음이 동해 있던 참이었다.

둘은 슬그머니 자리에서 일어서 숲으로 들어갔다. 그런데 그 자리가 하필이면 관표가 숨어 있는 나무 아래였다.

사람이 없는 곳에 오자 여량이 몽여해의 품에 안기며 소곤거렸다.

"어제 어떠셨어요? 흥, 촌장의 딸년이 좋았나요?"

"흐흐, 그년도 좋고 너처럼 무르익은 년도 좋다. 한데 우린 또 언제 인간 사냥을 나갈 것이냐?"

"호호, 이삼 일 정도 더 가면 외딴 화전민 촌이 있어요. 우리가 즐기려고 나 오라버니가 여기저기 알아두었던 곳 중 한 군데예요."

"흠… 좋은 정보를 많이 가지고 있군."

"호호, 그 정도는 되어야 하죠. 우린 그것 때문에 아주 멀리 원정도 갔다 온답니다. 근처에서 하거나 가까운 거리의 화전민을 습격하면 꼬리가 잡힐 수도 있으니까요. 사실 이번엔 특수한 경우죠. 원래는 우리도 일 년에 두세 번 정도밖에 안 한다구요."

몽여해의 얼굴에 잔인한 웃음이 떠올랐다.

"걱정 마라. 무슨 일이 있어도 내가 다 알아서 할 것이다."

"아이, 오라버니도. 하지만 이번에 한 번 하고 나면 반드시 당분간은 자제해야 해요."

"흐흐, 걱정 마라. 그건 그렇고 이리와 봐라."

몽여해가 여량의 턱을 들어 올리며 자신의 입술로 여량의 입술을 탐하기 시작했다.

여량이 몸을 부르르 떨며 몽여해를 끌어안았고, 두 사람은 그렇게 입술을 부비며 서로의 몸을 탐하기 시작했다.

나무 위에서 두 사람의 이야기를 들은 관표의 몸은 폭발 직전이었다. 처음 두 사람이 하는 말을 못 알아들었다. 그러나 인간 사냥과 화전민 마을을 습격한다는 이야기가 나오자 그들이 무슨 말을 하는지 알아들을 수 있었다.

인간 사냥에 대해서는 반고충에게 들은 바가 있었다.

일부 사파의 잔인한 마인들이 행하던 짓으로 사람들을 풀어놓고 사냥했었다는 이야기.

설마 그래도 사파가 아닌 섬서사패의 자식들이나 철기보의 소보주가 그런 짓을 할 줄은 생각지도 못했다.

관표는 당장이라도 뛰어내려 두 사람을 쳐 죽이려다가 참았다. 그보다는 더 좋은 방법이 생각났던 것이다.

바로 아래에서 서로 입술을 탐하고 있는 두 남녀를 본 관표는 품 안에서 무엇인가를 꺼내 들었다. 그것은 실이었다.

관표는 실을 두 남녀의 입술이 맞닿은 곳까지 천천히 내렸다. 그리고 그 실을 따라 음양접 한 방울을 흘려 내렸다.

참으로 오랜만에 사용하는 음양접이었다.

눈을 감고 상대의 입술을 빨던 몽여해와 여량은 무엇인가 향긋한 냄새가 나는 것을 느꼈다. 그리고 입술이 조금 축축해지는 것 같은 느낌을 받았다.

이슬방울이 떨어진 것이려니 했다.

그런 것에 신경 쓰기엔 지금 둘은 무아지경을 헤매고 있었다.

관표가 지금 두 사람의 입술에 떨군 음양접은 예전의 그 음양접이 아니었다. 당시 경중쌍괴는 음양접을 연구하여 여러 가지 용도로 만든 바 있었는데, 지금 관표가 사용한 음양접도 그중 하나였다.

이는 운적이 음양선이라고 이름을 붙인 것으로 사실 연구하려고 하던 것이 아니라 어떻게 보면 반 장난 형식으로 만들어진 음양접의 사생아였다.

이전에 관표가 패천흉마의 품 안에서 얻은 홍옥병이 있었다. 당시 홍옥병엔 신선향이란 약물이 있었는데, 그것을 가미해서 만든 것이 바로 음양선(陰陽仙)이었다.

자고로 신선향이란 말 그대로 그 약물을 먹으면 사람을 황홀경에 몰아넣고 자신이 원하는 욕망을 더욱 자극하여 쾌감을 높이는 약이다. 음약하고는 성분이 조금 다른 부분이 있었으며 중독성은 전혀 없는 약인지라 아주 귀한 약 중에 하나였다.

일단 음양선이 몽여해와 여량의 입술에 발라지자 두 남녀는 성욕에 대한 욕망이 강해지고 약으로 인해 황홀경에 접어들면서 더욱 행위에 몰두하게 되었다.

어느 틈에 두 사람의 옷은 전부 벗겨지고 어둠이 총총히 다가와 두 사람의 부끄러운 모습을 감추어주려고 한다.

그들은 점차 입술이 들어붙고 있었지만, 그것도 느끼지 못한 채 열심히 서로를 탐했다.

나무에 기댄 여량이나 몽여해의 옷이 벗겨진 순간 관표는 그들의 손에다가도 농도를 조절해서 음양접을 한 방울씩 뿌려주었다.

드디어 둘의 애무는 절정에 달해 여량의 손이 몽여해의 양물을 한 손으로 소중하게 감싸 쥐었고, 몽여해의 손은 여량의 가슴을 움켜쥔 채 열심히 애무를 하고 있을 때였다.

이제 다음 행위를 위해 여량은 입술을 떼려고 하였다. 그런데 입술은커녕 서로 엉켜 있던 혀까지 안 떨어지는 게 아닌가? 당황한 여량은 정신이 번쩍 들었다.

몽여해 역시 무엇인가 이상함을 눈치채고 정신을 차렸다.

얼른 입술을 떼려고 했지만 요지부동이다.

여량은 몽여해의 거시기를 잡고 있던 손으로 상대를 밀어내려고 하였다. 그런데 그 손도 안 떨어진다. 어디 그뿐이랴, 서로의 등을 잡고 있던 손도 붙었고, 여량의 가슴을 움켜쥐고 있던 몽여해의 손도 가슴과 달라붙었다.

아주 기묘한 자세로 둘은 행위를 멈추었다.

아니, 더 이상 행위를 할 수가 없었다.

혀까지 완전하게 달라붙고 말았으니 무엇으로 무슨 행위를 할 수 있겠는가? 싸한 바람만이 두 사람의 벌거벗은 몸을 스치고 지나간다.

그제야 몽여해는 소문으로 듣던 녹림왕 관표의 약에 당했다는 사실을 깨달았다.

이 당황스런 상황에 몽여해는 어쩔 줄을 몰랐고, 여량은 안색이 파랗게 질리고 말았다.

음양선의 효과는 말 그대로 완벽했다.

관표는 만족한 표정으로 그들을 내려다보았다.

천벌을 받아야 할 인간들이니 당해도 싸다는 생각이 들었다.

관표는 손가락을 입에 물고 휘파람을 불었다. 이런 좋은 구경은 널

리 사람들에게 알려야 한다는 사명감에서 나온 행동이었다.

순간, 날카로운 휘파람 소리에 놀라서 섬서삼준을 비롯한 철기보의 고수들이 몰려오기 시작했다.

다급해진 몽여해는 내공을 끌어올려 여량을 즉사시키려 하였다. 그러나 그것을 눈치챈 여량이 가만히 있겠는가? 거시기를 잡은 손에 내공을 모아 힘을 주면서 몽여해를 위협했다.

한마디로 죽어도 그냥 죽지 않고 여차하면 거시기라도 아작 내고 죽겠다는 무언의 항의였다.

무공으로야 상대가 안 되겠지만, 지금 같은 상황이라면 죽으면서 손에 내공을 집약시켜 거시기를 박살 내고 죽는 것은 충분히 가능한 일이었다.

사람은 죽으면서도 신경이 반사적으로 움직일 수 있다. 만약 몽여해가 여량을 내공으로 즉사시킨다 해도 여량은 죽으면서 반사적으로 손에 힘을 가할 것이다.

여자의 힘이 강해야 얼마나 강하겠냐고 말할 수 있지만 그래도 여량은 내공을 익힌 섬서사준 중 한 명이다. 그 정도 역량은 충분하다고 봐야 했다.

거시기가 금강불괴가 아니라면 함부로 모험할 수 없는 일이었다.

몽여해는 기가 막혔다.

서로 엉키면서 붙어버린 혀가 아릿해지고 입술 사이로 흐르는 침이 두 사람의 목덜미를 적셔줄 때 철기보의 인물들은 이미 다가서고 있었다.

다급한 두 사람이 동시에 신법을 펼쳤다.

그러나 두 사람이 무슨 이심전심이라고 약속도 안 한 상황에서 같은 곳으로 신법을 펼치겠는가?

그 자리에 넘어져 뒹구는 것으로 신법을 대신하였고 뒹굴다 보니 신체 역학상 둘은 옆으로 누워지게 되었으며, 아주 묘한 모습을 감상하기에 충분히 멋진 모습이 되었다.

하필이면 그 시간에 섬서삼준과 철기보의 인물들이 들이닥쳤다.

두 남녀의 모습을 본 철기보의 호법 문순은 너무 기가 막혀 입을 딱 벌리고 말았다.

은근히 여량을 좋아하던 섬서삼준의 표정은 어떠했으랴?

그야말로 가관이었다.

괴문은 인상을 찌푸리고 두 사람을 바라보았으며, 대과령은 어이없다는 표정이었다. 처음 당해보는 상황이라 철기보의 인물들은 가히 막막하기만 했다.

대처 방안이 떠오르지 않았다. 그러나 그들이 막막하기로 당사자인 두 남녀만 하겠는가? 창피해서 죽을 지경이고, 힘들어서 죽을 지경이고, 민망해서 죽을 지경이니 그야말로 삼살지경이라 할 수 있었다.

앞으로 수백 년 동안 길이 남을 여담의 주인공이 되었다는 것보다도 당장 입이라도 뗄 수 있어야 무슨 말이라도 할 것 아닌가? 혀까지 붙었으니 상황은 그야말로 최악이었다. 그리고 이 와중에 이것을 즐기는 인간도 있는가 보다.

소위 철기보의 빈객이라는 기련사호가 그랬다.

이들은 기련산 일대에서 흉명이 자자하던 마두들로, 실제 이름은 기련사호가 아니라 기련사흉이었다.

이들은 강호의 오흉보다는 무공이 아래지만 하는 짓거리는 오흉보다 더욱 흉악하고 개개인의 무공 또한 특출해서 정파의 무인들도 이들을 함부로 할 수 없었다.

그러나 이들의 흉성이 극에 달하고 특히 산 사람의 간을 생으로 먹는 악취미가 알려지면서 참다못한 정파의 협객들이 연합해서 이들을 찾아 나섰다. 그래서 기련산 일대에서 혈투가 벌어졌는데, 중과부적이라 결국 쫓기고 쫓기다가 철기보에 몸을 숨기게 되었다. 철기보엔 이들의 사부와 친했던 전대의 마두가 빈객 노릇을 하고 있었던 것이다.

결국 사흉은 별호를 사호로 바꾸고 철기보에서 빈객으로 남아 험한 일들을 처리해 주며 살아가고 있었다.

그런 그들은 그렇지 않아도 오랜만에 세상에 나와 빨리 한바탕하고 싶은 마음에 무척이나 심심해하던 참이었다. 그런데 이런 기가 막힌 모습을 보니 오죽 재미있겠는가? 그들은 서로 낄낄거리며 두 남녀에게 손가락질까지 하며 즐거워하고 있었다.

그들이 하는 소리가 몽여해의 귀에 아련하게 들려온다.

"형님, 저러고 있으니까 꼭 조각상 같지 않소?"

"히히, 정말 죽이는 예술이다."

"근데 소보주 물건이 형편없군요. 겨우 계집 손에 딱 맞다니."

"어허, 화나면 커진다."

문순도 그들이 하는 이야기를 들었다.

어차피 그들에게 철기보에 대한 충성심은 없었고, 돈을 받고 그저 철기보의 울타리가 필요해서 일을 처리해 주는 자들에 불과했다.

아무리 그래도 지금 그게 할 말인가? 문순이 화가 난 시선으로 그들을 노려보자 사호도 찔끔해서 입을 다물었다.

문순은 사호의 입을 막아놓고 빠르게 옷을 벗어 두 사람을 덮어주며 고함을 질렀다.

"이건 관표의 약물이다. 근처에 그자가 있으니 찾아봐라!"

그러나 고함이 끝나기도 전에 나무 위에 있던 관표가 아래로 뛰어내리며 말했다.

"나를 찾는 것이라면 여기 있다."

운룡부운신공으로 인해 마치 한 장의 낙엽처럼 흔들리며 내려오는 그의 모습은 제법 멋이 있었다.

관표를 본 문순의 표정이 험악하게 변했다.

반대로 그를 본 섬서삼준의 표정은 공포로 굳어졌다.

그들은 이미 관표의 능력을 충분히 경험했었기에 본능적으로 두려움을 느낀 것이다.

"네놈이 관표냐?"

"이미 내가 관표라고 말했다."

"이놈, 대체 소보주에게 무슨 짓을 한 것이냐? 당장 원 상태로 만들어놓아라!"

관표가 싸늘한 눈으로 문순을 노려보면서 말했다.

"화전민 마을의 죄없는 사람들이 살아난다면 원 상태로 돌려주겠다."

관표의 말에 섬서삼준의 안색이 흙빛으로 변했고, 몸이 붙은 몽여해와 여량 역시 다급하긴 마찬가지였다. 문제는 또 생겼다.

긴장과 당혹감으로 인해 몽여해의 방광이 팽창하기 시작한 것이다.

참아야 했다. 지금은 무조건 참아야 한다. 남자의 체통을 위해서.

몽여해는 이를 악물었다.

섬서사준과 몽여해는 설마 관표가 그 부분을 들추고 나올 줄은 생각도 하지 못했다. 몽여해와 여량은 자신들이 한 말을 들었으리라 짐작했지만, 섬서삼준이야 그런 연유를 알 까닭이 없었다.

섬서사준이나 몽여해는 다급해졌다.

만약 이 사실이 강호무림에 알려지면 그들만의 문제가 아니게 된다. 그렇게 되면 그들이 속한 섬서사패나 철기보도 큰 문제가 될 수 있었다.

문순의 눈가가 파르르 떨렸다.

"그게 무슨 말이냐?"

"무슨 말인지 알고 싶으면 섬서삼준이라는 놈들에게 물어보아라."

문순의 시선이 섬서삼준에게 돌아갔다.

나현탁이 앞으로 나서며 고함을 질렀다.

"이 도적 놈의 새끼야! 우리에게 무슨 모함을 하려고 하는 것이냐? 우리는 네가 무슨 말을 하는지 전혀 모르겠다!"

관표의 표정이 싸늘해졌다.

생각해 보니, 섬서삼준과 몽여해가 '나 그랬소' 할 리가 없었다.

그들이 끝까지 아니라고 변명하면 증명할 방법이 없었다. 물론 몽여해와 여량이 하는 말을 들었다고 해도 그 말을 누가 믿어주겠는가? 최소한 이곳에서는 자신의 편이 없지 않은가?

관표는 조금 난감해지는 것을 느꼈다. 그러나 그는 갑자기 한 가지 방법이 떠올랐다.

반고충에게 그동안 배워온 지식과 수많은 이야기들이 그에게 하나의 영감을 준 것이다.

지금 섬서삼준은 당황해하고 초조해 있었다. 즉 심리적인 면에서는 자신이 앞서 있다는 점이었다.

당황하면 틈이 생기게 마련이었다. 더군다나 저들은 한 명이 아니라 셋이다.

그렇다면 그들 중 한 명이라도 심리전에 말려들면 된다.

관표가 더욱 냉정한 표정으로 섬서삼준을 노려보면서 말했다.

"그러니까 화전민 마을을 습격해서 여자들은 겁간한 후 죽이고, 남자들은 인간 사냥에 사용하고도 지금은 모르겠다 이거지. 네놈들은 내가 이 사실을 어떻게 아는지 궁금하지 않느냐?"

"네, 이… 이놈, 그게 무슨 말이냐?"

"네놈들은 화전민 마을에서 한 사람이 살아났다는 사실을 모를 것이다. 마침 마을 밖에 갔다가 돌아오는 중에 참변을 보고 숨어 있다가 살아났지. 그는 지나치던 나를 만나서 이 이야기를 해주었다. 그리고 지금쯤 그 생존자는 무림맹으로 향하고 있을 것이다."

섬서삼준의 안색이 백지장처럼 하얗게 질려 버렸다.

그 표정만 보고도 문순은 관표의 말이 사실이라는 것을 알 수 있었다.

셋 중 가장 겁이 많은 복사환이 믿을 수 없다는 표정으로 다급하게 고함을 질렀다.

"거짓말 마라! 우리는 단 한 명도 살려놓지 않았다!"

문순의 표정이 참혹해졌다. 너무 간단한 심리전에 말려든 복사환을 당장 때려죽이고 싶었다.

복사환의 말은 관표의 말을 인정한 것이나 다름없었다.

변명의 여지가 없었다. 이제 문제는 상당히 심각해졌다.

입이 붙어 있던 몽여해는 너무 화가 나서 가슴이 터질 것 같았다. 화가 나니까 생리 작용은 더욱 거세지면서 방광을 조여온다.

여량은 몽여해가 잡고 있는 가슴이 아파서 죽을 지경인데 멍청한 복사환까지 열받게 만들자 눈물이 찔끔 나고 말았다.

문순은 복사환을 노려보면서 말했다.

"멍청한 놈."

복사환은 그제야 자신의 실수를 깨우치고 얼굴이 더욱 창백해져 어쩔 줄을 몰라 했다. 하지만 이미 엎질러진 물이었다.

관표가 비웃음을 머금고 말했다.

"도적보다도 못한 놈들이라 머리도 대나무통이군. 어차피 살려둘 생각은 없었지만 정말 인간 말종들이군."

"닥쳐라! 과문, 철기대를 이끌고 저놈을 죽여라."

문순이 과문과 삼십여 명의 제이철기대를 보면서 명령을 내렸다.

과문은 냉정한 시선으로 관표를 바라보았다가 섬서삼준을 보았다. 그리고 바닥에 기괴한 자세로 누워 있는 몽여해를 바라본 후 문순을 보았다.

"뭐 하는가? 당장 공격하라!"

다시 한 번 문순이 명령을 내리자 과문은 들고 있던 창을 내던지고 말에서 내렸다. 모두 놀라서 과문을 볼 때, 그는 입고 있던 옷을 전부 벗기 시작했다.

하다못해 속옷까지도 다 벗어버렸다.

모두 대경실색한 표정으로 과문을 바라보았다. 드디어 과문은 완전히 벌거숭이가 되었다.

그는 알몸으로 문순에게 말했다.

"그 명령에 따르지 못하겠소. 나는 오늘부로 철기보를 떠날 것이오. 그동안 참고 있었지만 내 아무리 배알이 없어도 저런 개자식 밑에서 밥 먹고 살 생각은 없소이다. 내가 철기보에서 받은 것은 여기 몽땅 다 내놓았으니 더 이상 나를 간섭하지 마시오. 그 외에 철기보에서 받은 것은 내 집에 다 있으니 그것도 고스란히 다 가져가시오."

과문의 말에 문순은 당황하고 말았다.

설마 일이 이렇게 번질 줄은 몰랐다.

생각 같아서는 당장이라도 과문을 쳐 죽이고 싶었지만 그럴 수도 없었다.

"이놈! 그게 무슨 말이냐? 무인이 한 번 충성을 맹세했으면 변함이 없어야 하거늘, 네놈은 그러고도 강호의 밥을 먹을 수 있다고 생각하느냐?"

"난 철기보에 충성을 맹세한 적이 없소. 단지 아버지가 철기보에 있었다는 인연으로 녹을 받고 있었을 뿐. 하지만 내가 가는 길과 철기보가 가는 길이 다르니 이젠 철기보에서 녹을 받지 않겠다는 것뿐이오. 내 그간의 정리를 보아 소보주의 개 같은 짓은 입을 다물리다. 그러니 자꾸 나를 자극하지 마시오. 그러나 이 개자식들은 내 그냥 둘 수 없소이다."

과문은 그 말이 끝나기가 무섭게 옆에 놓은 창을 들어 휘둘렀다.

"크아악!"

비명과 함께 섬서삼준의 다리가 한꺼번에 잘려져 나갔다. 과문의 무공이 강한 탓도 있었지만 자신들의 죄가 발각당해서 당황하고 있었던 터라 꼼짝 못하고 다리가 몸과 분리되었다.

그들은 다리가 잘린 채 바닥에 엎어지거나 자빠진 채 뒹굴었지만 아무도 그들을 불쌍하게 여기지 않았다. 하다못해 문순조차도 가슴이 시원할 지경이었다.

문제는 다른 곳에서 생겼다.

과문의 말을 듣고 그가 섬서삼준에게 위해를 가했다는 사실을 소리로 안 몽여해가 분노를 참지 못하고 몸을 꿈틀거리자 방광이 열리고 말았다.

얼른 아랫배에 힘을 주었지만 일부가 여량의 허벅지 부근을 적시고 말았다. 따뜻한 느낌으로 상황을 눈치챈 여량은 속으로 욕을 했다.

'이런 칠칠치 못한 새끼. 그것도 조절을 못하다니.'

몽여해는 얼굴이 따뜻해지는 것을 느꼈다. 실로 평생 동안 당해야 할 망신을 오늘 몰아서 당하는 기분이었다. 그 순간에도 자신이 부끄러운 것만 알았지, 여량의 찝찝한 기분을 이해 못하는 몽여해였다.

관표는 쓰러진 섬서삼준은 쳐다보지도 않았다.

당해도 싼 자들이었다.

단지 그의 시선은 과문을 향하고 있을 뿐이었다.

단 일 격으로 섬서삼준의 다리를 자른 과문은 벌거벗은 몸으로 자신의 창을 보며 중얼거렸다.

"네가 마지막으로 좋은 일을 하는구나. 이젠 너와 헤어져야 한다."

침통하게 말을 한 과문이 창을 내려놓고 한쪽으로 터덜거리며 걷자 그 뒤에 있던 제이철기대의 인물들 중 십여 명이 일제히 말에서 내렸다.

그들 역시 갑옷과 옷을 벗고 창을 내려놓은 다음 속옷까지 다 벗어버렸다.

문순과 철기보의 일행들은 모두 황당한 표정으로 그들을 바라보았다. 제이철기대의 인물 중 한 명이 문순을 보면서 말했다.

"우리는 과 대주에게 충성을 한 그의 수하들입니다. 그분이 그만두었으니 우리 또한 더 이상 철기보에 있을 수 없습니다. 그럼."

과문이 걸음을 멈추고 수하들을 바라보았다.

그들 십여 명은 철기대에서도 유난히 과문을 따랐던 그의 충복이라고 할 수 있는 자들이었다.

"너희들은……."

"우리는 과 대주님을 따르겠습니다. 그렇지 않아도 개 같은 소보주나 철기보에서 하는 일들이 싫었습니다."

과문은 말문이 막히는 것을 느꼈다. 그래도 자신이 세상을 헛산 것 같지는 않았다.

"이, 이……."

문순은 눈에 불이 나는 것 같았다.

그는 소보주인 몽여해가 한심하고 원망스러웠다. 그리고 과문과 그의 수하 십여 명에 대한 분노도 참을 수 없을 만큼 치밀어 올랐다. 그러나 지금은 그 분노를 폭발하기에 적합하지 못한 상황이었다.

'어차피 이렇게 되었다면 입을 막기 위해서도 저놈들마저 다 죽여야

한다.'

문순은 일단 결심을 하고 나자 이래저래 급해졌다.

우선 관표를 처리하고 나야 다음 일을 진행시킬 수 있다.

그는 과문을 의식하면서 대과령을 보았다.

대과령은 그렇지 않아도 이전에 진 것을 복수하기 위해 모든 준비를 다하고 있던 참이었다.

그는 입가에 잔인한 미소를 짓고 관표에게 다가섰다.

"이전에는 내가 너를 좀 쉽게 봤었다. 그러나 오늘은 좀 다를 것이다."

모든 시선이 두 사람에게 집중되었다.

第十章
극락과 지옥은 함께 붙어 있다

관표는 대과령이 그의 무기인 팔각형의 철봉을 안 들고 나온 것을
보자 고개를 흔들며 말했다.

"아직도 나를 쉽게 보는군. 가서 무기를 들고 와라. 그냥은 내 상대
가 되지 못한다."

관표의 말을 들은 대과령이 어이없다는 표정으로 말했다.

"네놈이 일 년 동안 호랑이 간만 처먹었나 보구나. 그동안 얼마나
실력이 늘었는지 모르지만 세상 또한 얼마나 넓은지 가르쳐 주마. 너
따위를 상대하는 데 무기 따윈 필요없다."

관표는 대과령의 말은 들은 척도 하지 않고 말했다.

"결투를 하기 전에 너에게 할 말이 있다."

"뭐냐? 말해 봐라."

"너에게 세 번의 기회를 주겠다. 그 세 번의 기회 동안 단 한 번도 나를 이기지 못한다면 보따리 싸 들고 내 뒤를 따라와라. 너를 내 하인으로 쓰겠다."

"뭐… 뭐라고……!"

대과령의 얼굴이 일그러졌다.

"오해는 말아라. 네놈이 마음에 들어서가 아니다. 내 수하들을 죽였으니 네놈을 내 하인으로 두고 내내 괴롭힐 생각이니까."

대과령의 얼굴이 점점 처참하게 변해갔다.

당장이라도 쳐 죽일 기세지만 관표는 여전히 태연했다.

"대신 세 번 중에 내가 한 번이라도 지면 반대로 내가 네 하인이 되어주마. 뭐, 자신이 없으면 그만두어도 좋다. 그냥 죽여 버리면 나도 편하지."

관표의 태연한 말에 대과령은 물론이고 문순마저도 어이없는 표정이었다. 이건 오만방자함이 지나쳐 거의 정신병자 수준이란 생각이 들었다.

"좋다! 내 약속하마! 흐흐, 하지만 세 번까지도 필요없다. 단 한 번에 네놈을 꺾어 히인으로 써주겠다."

"좋아, 그럼 첫 번째 대결이다. 아주 간단하지. 네가 나를 들어서 세 발자국만 움직이면 네가 이긴 것으로 하겠다."

관표의 말에 대과령은 좀 어이없는 표정으로 그를 바라보았다.

그뿐이겠는가? 그 자리에 있던 사람들은 누구나 마찬가지였다.

설마 대과령 같은 괴인에게 힘 대결을 하자고 할 줄은 몰랐다. 그것도 단순한 힘 대결이 아니라 자신을 들어서 세 발자국만 움직이면 된다고 하니 이것이야말로 정말 바보 같은 제의라고 할 수 있었다. 그러나 과문은 그렇게 생각하지 않았다.

이전에 관표와 겨룰 때, 그는 그가 지닌 능력의 일부를 본 적이 있었다. 물론 대과령도 관표의 이상한 능력을 모르는 것은 아니었다. 그러나 사람의 무게를 늘려봐야 얼마나 늘릴 수 있겠는가?

"후후, 좋아. 네놈이 하고자 한 대결이니 후회는 하지 말아라!"

"빨리 오기나 해라."

대과령은 성큼성큼 다가가서 관표를 두 손으로 감싸 쥐었다.

모두들 긴장한 표정으로 대과령과 관표를 주시하였다.

대과령은 관표를 끌어안고 금강혈마공을 십성으로 끌어올렸다.

이 정도면 집채만한 바위라도 들어 올릴 자신이 있었다.

대과령은 한 번 히죽 웃고는 있는 힘껏 관표를 들어 올렸다.

그의 관절을 감싸고 있는 근육이 무섭게 팽창과 수축을 하며 관표를 들어 올리려 하였다. 그러나 관표는 꼼짝도 하지 않는다.

그 광경을 지켜보던 문순과 기련사호는 처음엔 대과령이 장난하는 줄 알았다. 그러다가 분위기가 이상해지자 점차 놀라움을 숨기지 못하고 관표를 보았다.

그들의 상식으로는 지금의 상황을 이해할 수가 없었다.

어떻게 괴력의 고수라는 대과령이 들지 못하는 인간이 있을 수 있단 말인가? 그들은 누구보다도 대과령의 힘을 잘 알고 있는 사람들이었다. 특히 대과령이 익힌 금강혈마공이 얼마나 무식한 무공인지 너무나 잘 안다. 그런데 그런 금강혈마공으로 겨우 사람 하나를 제대로 들어 올리지 못하다니, 납득할 수 없는 것이 당연했다.

제아무리 내가의 고수가 천근추를 펼쳐도 한계라는 것이 있게 마련이다. 무공의 상식상 아무리 천근추라고 해도 지금처럼 관표의 몸을 무겁게 만들 수는 없었다.

모두 황당한 표정으로 지켜보는 가운데 대과령은 이 부끄러운 사실을 인정할 수 없었다. 그러나 더 이상 관표를 경하지 못하고 금강혈마공을 십이성의 경지로 끌어올렸다.

본원진기까지 전부 끌어 모은 그의 얼굴에 힘줄이 돋아나면서 서서히 관표의 몸이 들리기 시작했다.

조마조마한 마음으로 지켜보던 사람들 사이에서 와아 하는 함성이 터져 나왔다.

과문과 그의 수하들을 뺀 철기보의 인물들이었다.

그러나 환호를 받은 대과령의 사정은 생각보다 좋지 못했다. 그는 후들거리는 걸음으로 겨우 한 걸음을 옮겨놓았을 뿐이었다.

옮겨진 그의 발이 발목까지 땅을 파고들었다.

"한 걸음만 더!"

과문을 따라나서지 않은 제이철기대의 인물 중 한 명이 큰 소리로 말하자 나머지 인물들도 환호를 하면서 대과령을 응원하였다.

단지 과문과 그를 따라나선 십여 명의 제이철기대 무사들만이 안타까운 시선으로 관표를 보고 있었다.

"끄으의!"

괴성이 들리며 대과령이 한 발을 또다시 전진하였다. 와아, 하는 함성이 다시 한 번 터지자 관표는 운룡천중기를 십이성으로 끌어올렸다. 순간 끄으, 하는 소리와 함께 막 발을 떼려던 대과령의 허리가 구부러지며 관표의 발이 땅에 닿았다.

보던 사람들 입에서 감탄과 한탄이 동시에 들려왔다.

"이이익!"

대과령은 전 힘을 다해 다시 관표를 들어 올리려 하였다.

이제 한 걸음만 더 걸으면 이길 수 있다는 생각에 정말 최선을 다해 힘을 썼다. 과문과 십여 명의 인물들은 자신들도 모르게 다리에 힘을 주고 버티는 시늉을 하였고, 철기보의 인물들은 주먹을 움켜쥐고 허리에 힘을 준 채 긴장하였다.

괜히 자신이 힘을 준 것처럼 얼굴에 잔뜩 힘을 주는 사람도 꽤 되었다.

그것을 알았음인가? 끄으으, 하는 괴음과 함께 대과령이 다시 한 번 힘을 모아 관표를 들어 올리려 하였다.

모두 긴장하며 주시했지만 관표의 몸은 꼼짝도 하지 않았다.

대과령의 근육을 타고 내려오는 땀이 냇물을 이루며 흐르고 있었지만 요지부동이었다. 무려 반 각 동안 온갖 노력을 다했지만 대과령은 더 이상 관표를 들지 못했다.

보는 사람 사이에 탄식이 많아졌고 과문과 그의 수하들만이 조금 상기된 표정으로 관표를 지켜보고 있었다.

"이제 고만 하지. 보기 민망한데."

관표의 한마디로 인해 대과령은 힘이 쭉 빠지는 것을 느끼며 그 자리에 주저앉았다.

"져… 졌다."

순간 와아, 하는 함성이 울려 퍼졌다. 벌거벗은 십여 명의 무사들이 손을 들어 서로의 손바닥을 마주치며 함성을 질렀다.

보기 참 묘한 광경이었지만, 그들은 자신도 모르게 관표를 응원하고 있었다는 사실이었다.

문순의 눈에 불이 났지만 뭐라고 할 수도 없었다.

관표가 씨익 웃으며 대과령을 보고 말했다.

"뭐, 그래 봐야 이제 한 번이다. 아직도 두 번의 기회가 있으니 힘을 내라."

관표의 말에 대과령은 이를 악물고 숨을 몰아쉬었다.

패자 유구무언이라고 했다.

입이 백 개라도 졌으니 할 말이 없었다.

대과령은 한동안 가쁜 숨을 몰아쉬어야 했다.

자신이 졌다는 사실이 아직도 실감나지 않았다. 그러나 시간이 지나 마음이 차분해질수록 졌다는 사실이 새롭게 인식되었고, 참을 수 없는 승부욕이 그의 심장을 두근거리게 만들었다.

진 것은 진 것이다. 그러나 다음에 이기면 된다.

얼마 만에 제 힘을 다 써본 건지 기억이 나지 않았다.

전 힘을 다하고 졌다는 사실이 믿어지지 않았지만 이상하게 기분은 나쁘지 않았다.

단지 관표에 대해서 흥미가 더해졌을 뿐이었다.

대과령은 비록 한 번은 졌지만 아직도 자신이 질 거라고 생각하지 않았다.

마음을 가다듬고 대과령이 일어섰다.

모든 시선이 그를 본다.

"인정한다. 첫 대결은 내가 졌다. 그렇다면 두 번째 내기는 내가 제안하겠다."

"말해 봐라."

"이번엔 주먹으로 하자."

"그것도 나쁘진 않지."

관표는 간단하게 승낙했다.

다시 한 번 모든 사람들이 긴장을 하고 바라보는 가운데 대과령은 금강혈마공을 끌어올렸다.

금강팔기권이 그의 팔을 타고 주먹에 모여들었다.

자신감이 솟는다.

"흐흐, 조심해라. 일 년 전과 좀 다를 것이다. 그럼 간다."

대과령의 왼 주먹이 조심스럽게 관표의 얼굴을 툭툭 치면서 거리를 재었다. 관표는 그 주먹을 가볍게 흘려보내면서 그의 다음 공격이 이어지기를 기다렸다.

다시 한 번 대과령의 왼 주먹이 툭 치듯이 날아오자 관표가 고개를 옆으로 숙여 피했다. 그리고 그 순간, 탓, 하는 고함과 함께 대과령의 오른 주먹이 송곳처럼 뻗어왔다.

왼손으로 관표를 흔들어놓고 오른 주먹으로 치고 나온 것이다. 날아오는 주먹에 은은한 금색의 기운이 담겨 있었다.

금강팔기권의 금강섬(金剛閃)으로 빠르기에 중점을 둔 권법이었다. 주먹이 날아오자 관표의 신형이 옆으로 돌며 그의 일격을 간단하게 피했다. 그러나 그 순간, 대과령은 금강보법으로 관표의 신형을 따라붙으며 양 주먹으로 금강섬을 연이어 휘두르기 시작했다.

마치 섬광이 일순간에 관표의 몸을 향해 작렬하는 것 같아 보였다. 모두들 덩치가 산만한 대과령의 빠른 주먹에 놀라며 감탄하였다. 당장이라도 관표가 그 주먹에 박살날 것 같은 분위기였다.

모두 그렇게 생각하는 순간 관표의 등에 용의 문신이 선명하게 떠올랐다. 동시에 그의 주먹이 마치 용틀임하는 것처럼 꿈틀거렸고, 금강섬보다 결코 느리지 않게 움직이기 시작했다.

따다닥, 하는 소리가 연이어 들리며 금강섬으로 날아오는 주먹을 주먹으로 막아냈다.

이는 맹룡십팔투 중에 하나인 용형삼십육타(龍形三十六打)라는 절기였다. 한 호흡의 진기로 서른여섯 번이나 타격할 수 있다는 박투술로 빠르고 내공의 진기가 거의 소모되지 않는 장점을 가진 무공이었다.

특히 연환으로 펼치면 더욱 위력적이었다.

서로 치고 받으며 막고 공격하는 사이 십여 번의 주먹이 오고 갔다. 그런데 갈수록 대과령의 주먹이 늦어지는 것에 비해, 관표의 주먹은 갈수록 속도가 빨라지고 있었다.

공격하던 대과령의 열세 번째 주먹이 관표의 주먹에 막히고, 열네 번째 주먹질을 하려고 했을 때, 관표의 열네 번째 주먹이 먼저 대과령의 턱을 향해 날아갔다. 그동안 속도로 상대의 권을 막아내며 기회를 노리고 있었던 것이다.

대과령은 그 순간 공격을 포기하고 동작을 가장 작게 만들어 관표의 주먹을 주먹으로 막아내었다. 그러나 연이어 터지는 관표의 주먹은 갈수록 대과령의 방어를 무력화시키더니 스물다섯 번째 주먹은 기어코 손과 손 사이를 통과하여 대과령의 가슴을 쳤다. 그리고 그때부터 두 번 걸러 한 번씩 관표의 주먹이 대과령의 몸에 격중하기 시작했다.

대과령이 잔매에 격타당하고 주춤거리며 뒤로 물러설 때, 서른네 번째 주먹이 그의 얼굴을 가격하였고, 서른다섯 번째 주먹은 그의 복부를, 그리고 마지막 서른여섯 번째 주먹이 대과령의 턱을 올려쳤다.

퍼버벅!

격타음이 연이어 들리며 대과령이 뒤로 다섯 걸음이나 물러서서 겨우 버티고 선 채 관표를 보았다.

대과령은 턱으로부터 전해오는 통증으로 인해 골이 흔들리는 기분이었다.

보던 사람들은 모두 입을 딱 벌리고 두 사람의 주먹질을 보고 있었는데, 그 자리에 있던 사람들 중 두 사람이 몇 번의 주먹을 치고 받았는지 제대로 본 사람은 문순과 기련사호뿐이었다.

관표의 공격은 거기서 끝난 것이 아니었다.

대과령이 물러서는 순간 관표의 신형이 화살처럼 달려나갔다.

마치 한 마리의 매가 먹이를 채가는 것 같았다.

뒤로 물러서다 겨우 멈춘 대과령은 관표가 달려드는 것을 보자 정신이 번쩍 들었다.

그는 금강팔기권의 최고 절기 중 하나인 혈광섬(血光閃)으로 달려오는 관표의 가슴을 향해 주먹질을 했다.

관표가 달려오는 속도와 주먹을 내치는 속도가 더해져서 둘의 거리가 순간적으로 압축되는 듯했다. 그리고 대과령의 주먹이 관표의 가슴을 치려는 순간, 관표의 신형이 번개처럼 옆으로 이동하며 대과령의 주먹을 피함과 동시에 상대의 가슴으로 치고 들어갔다.

너무 빠른 관표의 동작에 대과령이 미처 다음 동작을 취하지 못한 그 순간 그의 신형이 위로 솟구치며 팔꿈치로 대과령의 얼굴을 가격하였다.

눈 깜짝할 사이에 벌어진 일이었다.

관표가 대과령의 얼굴을 가격한 방법은 맹룡십팔타의 필살기 중 하나인 칠기맹룡격(七氣猛龍骼)으로, 이는 상대가 가까이 있을 때 무릎과 팔꿈치로 공격하는 타격기였다.

그 위력은 주먹보다 더욱 빠르고 매서웠다.

관표는 이 칠기맹룡격에 천중기를 가미하여 대과령의 얼굴을 공격했던 것이다.

아무리 금강불괴에 가까운 대과령이었지만 그 충격을 이기지 못하고 무려 이 장이나 날아가 땅바닥에 처박히고 말았다.

모두들 굳은 표정으로 관표를 보았다. 설마 대과령이 저렇게 맥없이 질 줄은 아무도 생각하지 못했다.

땅바닥에 처박혀 한동안 움직이지 못하던 대과령이 끙 하는 소리를 내며 겨우 일어섰다. 그러나 일어선 대과령은 충격으로 정신을 제대로 차리지 못한 채 다시 주저앉고 말았다.

모두 대과령을 주시할 때 그는 머리를 흔들어 겨우 정신을 차렸다. 정신을 차리고 나서 대과령은 멍한 표정으로 관표를 바라보았다. 도저히 믿을 수 없다는 표정이었다.

완벽한 패배였다.

다시 생각해도 관표의 공격을 자신으로선 막을 수 있을 것 같지 않았다. 일 년 전과 지금의 관표는 도저히 비교할 수 있는 수준이 아니었다. 사람이 아무리 발전이 빠르다고 해도 관표의 발전은 대과령의 머리로 이해 불능이었다.

대과령뿐이 아니라 이 상황을 지켜보는 과문과 제이철기대의 무사들도 마찬가지였다.

반면에 관표의 무공이 이 정도로 강하리라 생각하지 못했던 문순과 기련사호 등은 당황한 표정을 지었다. 그러나 겁먹은 표정들은 아니었다.

"졌다."

대과령이 맥없이 말하며 고개를 숙였다.

생각 같아서는 다시 한 번 겨루고 싶었지만 이미 진 것은 진 거였다. 구차하게 그것을 변명하고 싶지 않았다.

그게 아니라도 아직 한 번의 기회가 있으니 그것으로 충분하다고 생각하는 대과령이었다.

관표가 그의 마음을 이해한 듯 웃으면서 말했다.

"그래도 사내답군. 좋아, 그렇다면 마지막으론 철봉의 위력을 한 번 보고 싶군. 가서 무기를 들고 와라."

관표의 말에 대과령은 말없이 일어서서 자신의 무기를 들고 왔다. 팔각형의 철봉은 보기에도 묵직했다.

만년흑철로 만들어진 철봉은 무게만 해도 보통 사람의 상상을 넘어서는 백이십여 근이나 되었다.

관표는 숲에 가서 나무 몽둥이 하나를 만들어왔다.

길이 오 척에 손에 쥐기 좋을 정도의 굵기를 지닌 나무 몽둥이였다. 손에 딱 들어오는 나무 몽둥이였지만 대과령이 가지고 있는 철봉과 비교해서 너무 초라해 보였다. 그러나 지금에 와서 관표를 비웃는 사람은 아무도 없었다.

그러기엔 지금까지 보여준 관표의 기상천외한 무공들이 너무 충격적이었기 때문이다.

대과령은 관표가 들고 있는 나무 몽둥이를 보고 물었다.

"그것으로 나를 상대하려는 것인가?"

"물론이다. 하지만 나무라고 우습게 보지 마라."

관표의 말에 대과령은 더욱 신중해졌다.

이번에도 지면 정말 관표의 하인이 되어야 한다는 생각에 절대로 질수 없다고 스스로에게 다짐을 하면서 철봉을 들어 올렸다.

어차피 고수에게 있어서 어떤 무기를 들었는지는 중요하지 않았다. 그러나 그것은 압도적인 실력 차이가 났을 때의 이야기였다.

대과령은 정말이지 관표가 자신보다 그 정도로 강하다고는 생각하지 않았다. 만약 정말 나무 몽둥이로 자신의 철봉을 이길 정도라면 그의 하인이 되어도 할 말이 없다는 생각이 들었다.

붕산금강혈마봉법(崩山金剛血魔鋒法). 대과령은 이 봉법을 익힐 때 그의 사부였던 철무 진인(鐵武眞人)이 한 말이 떠올랐다.

"네가 이 봉법을 완벽하게 익힌다면 작은 산 하나를 부수어놓을 정도의 위력을 지닐 것이다."

사부의 장담은 결코 거짓이 아니었다.

직접 익히고 나서야 이 봉법의 이름 앞에 왜 붕산(崩山)이란 이름이

붙었는지 이해하였다.

봉법을 익히고 나서 대과령은 이 봉법을 제대로 써먹은 적이 몇 번 없었다.

대과령은 처음부터 강수를 두기로 마음을 먹었다.

"이엽!"

기합과 함께 철봉이 일직선으로 반원을 그리며 관표의 머리를 향해 내려쳐 왔다.

붕산금강혈마봉법의 금강혈붕(金剛血崩)이란 초식이었다.

대기를 가르고 내려오는 철봉의 기파가 오 장이나 떨어진 문순의 가슴마저 얼어붙게 만들었다.

알고는 있었지만 대과령의 봉이 저렇게 위력적일 줄은 몰랐다. 만약 자신이 저 봉을 정면으로 맞이한다면 이겨낼 수 있을까 생각해 보았다.

정면으로라면 자신이 없었다.

문순은 봉을 상대하는 관표를 보다가 자신도 모르게 저런, 하는 표정을 지었다. 적인 관표가 걱정돼서가 아니라 곧 끔찍하게 부서질 관표를 생각하며 지은 표정이었다.

보고 있던 과문을 비롯한 그의 충복들은 안타까운 표정을 감추지 못했다.

관표가 한 손으로 나무 몽둥이를 들어 대과령의 철봉을 막아가고 있었던 것이다. 아무리 생각해도 나무가 쇠를 이길 순 없었다. 그리고 대과령의 철봉은 너무 억세고 강했다.

모두 관표의 죽음을 생각하며 지켜볼 때였다.

텅, 하는 소리가 들리면서 철봉과 나무 몽둥이가 정면으로 충돌하였다. 대과령은 자신의 철봉이 관표의 나무 몽둥이에 충돌하는 순간, 하마터면 철봉을 놓칠 뻔하였다.

관표가 들고 있는 나무 몽둥이를 부수기는커녕 충돌의 순간 철봉이 튕겨져 나온 것이다.

대력철마신공의 대력신기와 금자결, 그리고 탄자결을 한꺼번에 운용한 결과였다.

대과령은 철봉을 놓치지는 않았지만 뒤로 두어 걸음 물러서고 말았다. 그때 관표가 나무 몽둥이를 수평으로 휘두르며 공격해 왔다. 얼핏보기엔 큰 위력이 없어 보이는 공격이었다.

어떤 초식이 가미된 것 같지 않았다.

대과령은 철봉을 두 손으로 잡고 관표의 목봉을 막았다.

픽, 하는 소리가 들리며 대과령은 철봉에 전해오는 엄청난 충격을 느끼며 옆으로 일 장이나 날아가 바닥에 엉덩방아를 찧고 말았다.

너무 어이없는 결과에 모든 사람들은 멍한 시선으로 관표를 보았다. 어떻게 하면 나무 몽둥이로 저런 위력을 발휘할 수 있을까?

모두 의문스런 표정들이었다.

대력철마신공의 대력신기와 탄자결, 금자결이 모아지고 운룡천중기의 무거움이 합해진 나무 몽둥이는 이미 단순한 나무 몽둥이라고 말하기엔 무리가 있었다.

대과령은 팔이 탈골된 느낌을 받았다.

철봉을 들고 있기도 힘이 든 상황이었다.

도저히 더 이상 싸울 용기가 나지 않았다.

아니, 솔직히 말하면 관표가 두려웠다. 이제야 대과령은 자신이 관표의 상대가 아니란 것을 확실하게 깨우쳤다.

그것은 대과령뿐이 아니라 다른 사람들 역시 마찬가지였다.

"졌다."

대과령은 고개를 푹 숙이며 겨우 그 말 한마디를 하고 철봉을 내려 놓았다. 순간 '와아!' 하는 함성 소리가 들리면서 과문과 그의 충직한 수하들이 자기 일처럼 기뻐했다.

그들도 바보가 아니라서 철기보를 이탈하는 순간 문순이 자신들을 순순히 그냥 보내지 않을 것이라 생각하고 있던 참이었다. 적의 적은 친구다. 그런 면에서 과문과 그의 수하들은 자신도 모르게 관표를 응원했던 것이다.

문순과 기련사호의 표정이 일그러졌다.

여량과 이상한 동거를 하고 있던 몽여해도 상황을 짐작하고 더욱 얼굴이 창백해졌다. 두 다리가 전부 잘린 섬서삼준은 아직도 기절해서 땅바닥에 누워 있었다.

이것이 녹림투왕의 전설을 알린 첫 번째 대결이었다.

노호채.

녹림칠십이채 중에 한곳으로 무려 삼십 년의 전통을 자랑하는 녹림의 명가 중 한곳이었다. 호북성에서 섬서성으로 들어가는 간선도로를 끼고 우이산 자락에 자리잡은 노호채의 채주 노가량.

그는 할아버지 때부터 이어온 산적질을 천직으로 생각하는 사람이었다.

이 세상에 산적질보다 더 좋은 직업은 없다고 굳게 믿는 노가량의 지론은 확실했다.

돈 없으면 지나가는 사람들이 알아서 세금 바쳐, 가끔 인상 좀 쓰면 필요한 물건들이 거저 생겨, 계집이 궁하면 납치하거나 정 안 되면 원정 가서 구해오면 된다.

때로는 지나가는 여자들 고이 모셔다 잠시 즐기고 풀어주면 알아서 입 다물고 잘산다. 이럴 땐 상대가 어떤 여자인지 잘 파악할 수 있는 눈이 있어야 한다.

물론 이 방면에서 타고난 인물이 바로 노가량이었다.

뿐이랴.

평민들에겐 산대왕이라고 존경까지 받는다.

아무리 생각해도 궁한 게 없었다.

이래저래 산적이야말로 신선의 직업이요, 사나이의 직업이 아닐 수 없었다.

그런 노가량도 이젠 나이가 삼십이 넘어가자 슬슬 여자를 들여야겠다는 생각을 하기 시작했다. 단순히 하루 저녁 데리고 노는 계집들도 이제는 시큰둥했다.

무엇보다도 노호채를 이어받을 사내아이가 필요했다.

다른 사람에게 물려주기엔 노호채의 재산이 적지 않았다. 그래서 마음에 맞는 여자를 고르려고 했지만 그의 눈에 차는 여자가 없었다.

얼마 전엔 멀리 성도까지 가서 권문세가의 딸년을 훔쳐 왔다. 얼굴도 반반해서 이 정도면 되었다 싶었는데 자고 보니 속았다는 생각에 열받아서 부채주란 놈에게 줘버리고 말았다.

처녀겠지 했는데, 이건 수십 명의 남자가 스쳐 간 계집이 분명했다.

자기 주제는 모르고 반드시 여자는 처녀로 얻어 장가를 가겠다는 심보를 가진 노가량이었다.

여자의 공적이 아닐 수 없었다.

이런 놈은 반드시 여자에게 맞아 죽을 팔자다.

그런 노가량이 오늘은 수하 십여 명을 대동하고 직접 일을 나왔다. 산채에만 있자니 몸이 근질근질했던 것이다.

"사람이 옵니다. 한데 혼자입니다."

"뭐?"

수하의 보고를 받은 노가량은 어이없는 표정이었다.

노호령은 험하기로 유명한 편이었고, 노호채가 자리를 잡은 곳이라 홀로 이곳을 지나가는 간 큰 인간은 거의 없었다.

있다면 무공이 고강한 강호의 고수들뿐이었다.

"무인인가?"

"절대로 아닙니다."

수하의 장담에 노가량은 상대가 궁금해졌다.

무인도 아닌 것이 홀로 노호령을 넘는 것은 노호채를 우습게 보았거나 세상모르는 철부지이거나 둘 중 하나였다. 그것도 아니면 정말 급한 일이 있어서 어쩔 수 없는 사정이 있을 경우였다.

"기다려 보자."

노가량이 느긋하게 기다린 지 약 일각이 지나자 한 명의 청년이 등에 작은 봇짐을 지고 산길을 걸어 올라오고 있었다.

노가량은 숨어서 나타난 청년을 자세히 살펴보았다. 그런데 아무리 보아도 청년의 걸음이 어딘가 어색해 보였다. 드디어 시야 속으로 들어온 청년을 확인한 노가량의 눈이 파르르 떨렸다.

제법 잘 꾸미고 있었지만 노가량은 직업적인 경험으로 상대가 여자임을 직감했다.

그것도 기가 막힌 몸매의 여자였다.

대충 훑어보아도 여자로서는 후리후리하게 큰 키였고 상체에 비해 다리가 길어서 늘씬해 보였다.

좀 더 자세히 살펴보니 엉덩이와 가슴은 크고 허리는 가늘었다.

마른침이 저절로 넘어간다. 노가량이 본 최상의 몸매였다.

비록 가슴을 감추느라 속에서 천으로 꽉 동여맨 것 같지만 노가량의 눈을 속일 순 없었다.

노가량은 떨리는 가슴을 진정하고 나타난 자의 얼굴을 살펴보았다. 보통 몸매가 좋으면 얼굴이 그저 그럴 수 있었다.

숨까지 멈추고 살펴본 결과.

대충 보아도 갸름한 얼굴형이니 분명 미인일 것이다.

'이게 웬 떡이냐?'

노가량은 홀로 늙어가는 자신이 불쌍해서 하늘이 보내준 선물이라 굳게 믿었다.

혹시 무가의 여자인가 살펴보았다. 그러나 아무리 보아도 무기를 들고 있는 것 같지 않았다. 그리고 걸음걸이를 보아도 무인 같지 않았다. 그리고 무가의 여자일 경우엔 어지간해서가 아니라면 절대 남장을 하고 다니지 않는다.

'난 무가의 여자요' 하고 있는 티를 다 내고 다닌다.

녹림채에서도 그런 여자들은 절대 건들지 않는다.

자칫했다가는 패가망신이 아니라 몰살당하는 수가 있었기에 극도로 조심했다.

상대를 잘 알아내는 것도 산적이 꼭 지녀야 할 필수 조건 중에 하나였다.

그렇다면 어떤 급한 일로 할 수 없이 이곳을 지나가야 하는 여자가 분명했다. 제법 그럴듯하게 남장을 하고 봉변을 면하려 하였지만 노가량 같은 노련한 산적이 숨어 있을 줄은 생각하지 못했을 것이다.

일단 상대를 확인하고 상황을 추리한 노가량은 수하들을 거느리고 당당하게 나섰다.

험한 인상의 사내들이 나타나자 산길을 올라오던 남장의 여자는 놀란 표정으로 그들을 바라보았다.

큰 눈으로 노가량과 산적들을 바라본다.

오, 저 두려움 가득한 사슴 같은 눈이여!

노가량은 눈앞의 남장 여자, 백리소소의 아름다운 눈을 보자 저절로 가슴이 두근거리는 것을 느꼈다. 그뿐이 아니라 노가량의 수하들도 백리소소의 시원하고 맑은 눈을 보면서 충격을 받은 듯했다. 참으로 아름다운 눈이었다.

그리고 막상 가까이서 보니 비록 남장을 하고 얼굴에 검은 칠을 하여 본 모습을 가렸지만, 얼굴형으로 보았을 때 최상의 미인임이 분명했다.

무엇보다도 저 아름답고 맑은 눈.

저절로 보호 본능을 일으키는 여자라고 노가량은 판단했다.

노가량은 가슴이 쿵쾅거리는 것을 느끼며 심호흡을 해야만 했다.

여자가 두려워하고 있으니 우선 자신의 첫인상을 위해서도 부드럽게 대할 필요가 있었다.

이제 앞으로 그의 세상은 극락 같은 나날로 가득할 것만 같았다.

원래 노가량이 무식해서 잘 모르고 있겠지만 극락과 지옥은 따로 있는 것이 아니라 등을 맞대고 함께 있는 것이다. 하긴 부처님을 모르는 노가량이 그 이치를 어찌 알리요.

第十一章

여자의 내숭은 죄가 아니다 (2)

노가량은 아주 상냥한 웃음을 머금고 말했다.

"어디서 오시는 분인 줄 모르겠지만, 이런 험한 산을 혼자 넘으려 하시면 안 됩니다."

뒤에 있던 그의 수하들이 모두 뜨악한 표정으로 노가량을 바라보았다. 세상에 미친개로 소문난 노호채의 채주 노가량이 저렇게 부드러운 말을 할 수 있는가? 그러나 노가량의 부드러운 말에도 불구하고 상대는 겁먹은 표정으로 말했다.

"누구신지 모르지만 걱정 안 하셔도 됩니다. 그럼 이만."

가는 목소리다.

아무리 남자 흉내를 내려고 해도 분명히 여자의 목소리였다.

더욱 애가 탄 노가량은 얼른 백리소소의 앞을 가로막으며 말했다.

"하하! 이보게, 낭… 아니, 청년. 그러지 말고 우리 산채에 가서 좀 쉬었다 가는 것이 어떻겠나?"

자연스럽게 말이 내려간다.

백리소소가 머리를 살래살래 흔들면서 말했다.

"호의는 고맙지만 바빠서 가봐야 합니다."

백리소소가 다시 길을 재촉하려 하자, 노가량은 드디어 숨겨놓았던 흥심이 폭발하고 말았다.

자고로 좋은 말이 안 통할 때는 협박과 회유가 최고라는 진리를 노가량은 경험으로 알고 있던 터였다.

"흐흐, 아저씨 말을 안 들으면 쓰나. 자자, 좋게 말할 때 나를 따라오라고. 아 참! 미리 말해 두는데, 남들이 나를 일컬어 산적이라고 하지. 말 안 듣는 사람은 단칼에, 카악!"

노가량은 결국 무식한 박도를 뽑아 들고 위협을 했다. 순간 눈앞의 불쌍한 젊은 남장 여자의 눈에 정말 어쩔 수 없다는 빛이 떠올랐다. 그것을 체념의 빛이라고 읽은 노가량은 의기양양하게 말했다.

"자, 나를 따라오라고. 그럼 내가 잘 먹고 잘살게 해줄게. 흐흐, 그뿐인가? 평생 놀고먹을 수 있는 돈도 있지. 이쁜이를 위해 내가 그 돈을 전혀 아끼지 않을 거라고 약속하지."

남장 여자는 의외로 순순하게 고개를 끄덕였다.

"으하하!"

노가량은 기분 좋게 웃었다. 알고 보니 이 계집도 자신을 은근히 좋았던 모양이라고 생각하자 즐거워졌다. 하긴 자기가 생각해도 자신은 힘있고 중후하게 생긴 중년이었다.

노가량은 앞장을 서며 말했다.

"자자, 나를 따라오라고."

헤벌쭉한 기분으로 노가량은 노호채를 향했다.

산을 오르면서 노가량은 혹시 백리소소가 힘들어할까 봐 걱정되어서 돌아보니 그래도 잘 따라오고 있었다. 사방으로 수하들이 빙 둘러서 도망갈 틈 없이 만들어서인가, 상당히 고분고분하다.

점점 더 마음에 들었다.

그래도 뭔가 좀 미안한 생각이 든 노가량이 말했다.

"어이, 힘들면 내가 업고 갈까?"

수하들은 점점 알 수 없다는 표정으로 두목인 노가량을 보았다. 그러나 노가량은 수하들의 눈길을 싹 무시하고 오로지 백리소소만 바라보았다.

백리소소가 고개를 살래살래 흔들었다.

조금 실망한 노가량이 헛기침을 하면서 말했다.

"그럼 그 봇짐이라도 내 수하에게 줘라. 원, 그렇게 빈약한 몸으로 짐을 들어서야 되겠나. 야, 장삼! 네가 들어라."

노가량이 선심 쓰듯이 말하자, 인상이 그런대로 봐줄 만한 산적 졸개가 백리소소에게 손을 내밀었다.

백리소소는 등에 멘 짐을 풀어 가볍게 던져 준다. 물론 장삼은 아주 가볍게 그 봇짐을 받았다. 그리고 그 순간 갑자기 앞으로 확 쏠리는 무게 중심 때문에 다리가 꼬이면서 하마터면 앞으로 쓰러질 뻔했다.

'이게 웬 무게감이냐?'

장삼은 황당한 표정으로 백리소소를 보았다.

힘 좀 쓴다는 자신이 들기에도 상당히 무거운 봇짐인데 그걸 가볍게 들고 다니는 저 연약해 보이는 청년은?

장삼은 뭔가 불안해졌다. 그러나 험악하고 자기만 생각하는 무식한 노가량이 보고 있자 아무 말도 못하고 봇짐을 들었다.

노가량은 장삼이 봇짐을 짊어지자 다시 산채를 향했다.

그의 걸음은 몸이 달아 자신도 모르게 빨라지고 있었다.

백리소소가 용케 떨어지지 않고 그 뒤를 따랐고, 백리소소의 봇짐을 진 장삼은 땀을 뻘뻘 흘리면서 씩씩거리며 뒤를 따르고 있었다. 짐이 무거우면 무거울수록 그의 마음도 무거워졌다.

녹림채 생활이 거의 십오 년이나 되는 장삼이라 이제 눈치도 고급이 되어 있었다. 그는 저 연약해 보이는 청년은 절대 건드려서는 안 되는 부류의 인물이라는 생각을 했다.

평범한 청년이면 이 봇짐을 메고 가볍게 노호령을 올라올 순 없었다. 그리고 정말 저 청년이 겁을 먹은 것인지도 의심스러웠다.

그렇다고 노가량에게 그것을 말하자니 코웃음만 칠 게 뻔했다.

그는 속으로 혼자만 끙끙거릴 뿐이었다.

장삼이 다리가 부들거리며 주저앉기 일보 직전이 되었을 때, 일행은 노호채에 도착했다.

노가량은 마음이 급했다.

그는 일단 수하들을 쉬게 하고 바로 작업에 들어갔다.

"험, 너는 나를 따라오너라."

백리소소에게 이젠 조금 가볍게 말을 하며 앞장서서 자신의 방으로 걸어갔다.

노호채는 총 인원이 백오십여 명이나 되는 제법 큰 산채였다. 그들 중에 채주인 노가량의 무공은 녹림채주들 중 서열 육십팔위 정도로, 그의 절기인 노가도법은 무식하기로 유명했다.

노가량의 방은 노호채의 가장 안쪽에 있었다.

문을 열고 들어가자 그 안은 그야말로 호화찬란했다.

건물은 그저 통나무를 덧대 만든 그저 그런 집이었지만, 그 안은 곰 가죽과 비단으로 치장을 하였고, 온갖 귀한 것들로 가득했다.

한마디로 보물 창고와 같았다.

그걸 본 백리소소가 자신도 모르게 중얼거렸다.

"이 정도면 산적 두목도 할 만하군."

그 말을 얼핏 들은 노가량이 음흉하게 웃으면서 말했다.

"어떠냐? 이 정도면 아주 좋지 않으냐? 너만 원한다면 이것은 모두 네 것이 된다."

백리소소가 배시시 웃으며 노가량을 보았다.

눈빛이 이렇게 고혹적일 수가.

노가량은 다리에 힘이 빠지는 기분이었다.

"정말 이것을 내가 다 가져도 되나요?"

"그럼그럼, 당연하지. 자, 이제 이리 오너라."

노가량이 손을 벌리고 백리소소를 부르자 백리소소는 멀뚱한 눈으로 그를 본다. 영문을 모르겠다는 표정이었다.

노가량이 다시 한 번 특유의 음흉한 미소를 지으며 말했다.

"네가 여자인 것을 다 안다. 이제부터 넌 내 색시가 되어서 부귀영화를 누리면 된단 말이다. 으핫핫!"

괴상한 웃음이 노가량의 입에서 새어 나올 때, 백리소소의 눈이 차가워졌다.

"싫은데."

노가량의 표정이 조금 이상해졌다.

"엥? 싫어? 아니, 그게 무슨 말이냐? 여기까지 쫓아와서 싫다니?"

"그야 잘 먹여주고 잘 쉬게 해준다고 했으니까 왔지. 그렇지 않아도 좀 피곤해서 어디선가 쉬어갈까 생각 중이었거든. 그런데……."

백리소소는 갑자기 생각난 듯 말투가 달라졌다.

"이 무식한 산적 놈이 수작을 부려?"

갑자기 백리소소의 말투가 거칠어지자 노가량은 황당한 표정으로 그녀를 바라보았다.

백리소소는 머리를 풀고 옆에 있던 비단으로 얼굴을 닦아내었다. 그러자 그 아름다운 모습이 오 할이나 드러났고 노가량은 거의 무아지경에 빠지고 말았다.

백리소소가 다음 말을 하기 전까진.

"감히 내게 뭐라고 말했냐? 뭐, 색시가 되라고? 색시 좋아한다. 나처럼 예쁜 여자가 너처럼 몰상식하고 무식한 산적의 색시가 될 거라 생각한 것이냐, 어? 멍텅구리 자식아!"

백리소소가 닦아낸 자신의 얼굴을 가리키며 말하자 노가량은 멍한 표정으로 그녀를 보기만 한다. 상상외로 너무 아름답고 너무 입이 험한 그녀가 당황스럽다.

"될 수 있으면 조용히 살려고 했더니. 이 밥맛없게 생긴 자식이 감히 날 넘봐?"

백리소소의 거친 말이 이어지자 노가량은 정신이 번쩍 들었다. 그리고 뒤이어 나온 것은 분노였다.

"이런, 이 망할 년이 감히……!"

고함을 치던 노가량의 눈이 화등잔만해졌다.

갑자기 백리소소의 모습이 안개처럼 뿌옇게 변하면서 고무줄처럼 당겨왔다. 어어, 하는 순간 '철썩' 하는 소리가 들리며 뺨에서 불이 나는 느낌이 들었다.

이 서너 개가 주인의 허락도 없이 입 밖으로 튀어나왔다.

노가량은 정신이 없었다.

뭐가 어떻게 돌아가는지 모르지만 무지하게 아프다는 것은 알았다. 연이어 백리소소의 손바닥이 그의 뺨을 연타하였고, 양 뺨에 불이 난 노가량은 거의 정신없이 문을 박차고 밖으로 도망쳐 나가며 고함을 질렀다.

"다 집하압! 모두 무기를 들고 나와!"

노가량의 고함에 백오십여 명의 산적들이 무기를 들고 헐레벌떡 모여들었다.

노가량은 넉넉한 인원의 수하들의 믿음직한 모습을 보자 정신이 좀 수습되었다.

"무슨 일입니까, 두령님?"

노호채의 부채주인 적황이 다가와 물었다. 변발을 하고 덩치가 큰 적황은 정말이지 딱 산적처럼 생겼다.

"저기 그게……."

부러져 나간 이빨의 통증도 통증이지만 차마 여자에게 맞았다는 소리를 못하고 말끝을 버벅거리는 노가량을 적황이 이상한 눈으로 보았다. 그때 노가량의 방문이 살포시 열리면서 한 명의 여자가 걸어나왔다.

모든 시선이 집중되었다가 완전히 굳어졌다.

산적들 중에 한 명이 자기도 모르게 중얼거렸다.

"노호산에 선녀가 하강했다."

그 말을 들은 노가량은 다시 한 번 정신이 번쩍 들었다. 그리고 이제야 백리소소가 무공을 익힌 고수란 사실을 깨달았다.

가슴이 서늘해진다.

"정신 차려라! 당장 저 계집을 잡아라! 저 계집을 잡는 자에게 저 계집을 가질 수 있는 기회를 주겠다!"

노가량의 고함 소리에 산적들의 표정은 그야말로 가관이었다.

모두들 벌써부터 침을 흘린다.

그중에서도 여자라면 사족을 못 쓰는 노호채의 당주 이호산은 누구보다도 먼저 뛰쳐나가며 고함을 질렀다.

"이년아, 넌 내 것이여! 으흐흐."

달려오는 이호산을 향해 백리소소의 신형이 마주 달려갔다.

이호산은 차마 칼을 쓰지 못하고 백리소소를 손으로 잡으려고 하였다. 순간 백리소소의 속도가 갑자기 빨라지며 머리로 이호산의 입을 들이받아 버렸다.

컥, 소리와 함께 뒤로 삼 장이나 날아간 이호산은 그대로 기절해 버렸다.

"저저… 뭐 하느냐? 저년을 잡아라!"

노가량이 다시 고함을 치자 산적들이 우르르 몰려들었다. 그리고 그 때부터 백리소소의 신형이 사방으로 산개하며 그녀의 양손이 쾌영십삼 타의 초식을 줄줄이 쏟아내었다.

짜자작! 하는 소리가 노호산의 정적을 깨면서 산적들은 백리소소의 손바닥에 뺨을 맞고 그 자리에서 고꾸라졌다. 일순간에 사오십 명이 무더기로 바닥에 쓰러져 일어서질 못한다.

그녀에게 뺨을 한 대 맞으면 골이 흔들려 정신이 빙빙 돌았고, 이 서 너 개는 기본으로 깨져 나갔다.

일이 이 지경이 되고 나서야 산적들은 백리소소가 절정고수인 것을 알았다. 모두 공포에 질린 얼굴로 백리소소를 바라보았다.

노가량은 이 상황을 어떻게 대처해야 좋을지 몰라 안절부절못했다. 이미 수하들은 모두 전의를 상실해 있었다.

그래도 그는 두목이었다.

"이런 쌍년이……."

말을 하던 노가량은 입을 다물었다.

가공할 만한 살기가 노가량의 몸을 조여왔다.

"쌍년? 그래, 난 쌍년이고, 넌 쌍놈이다. 이 똥구녕에 코 처박고 죽 을 자식아!"

산적들은 백리소소의 걸은 말에 적응을 못하고 입이 헤벌어졌다.

저렇게 아름다운 여자의 입이 이렇게 걸을 줄이야.

"그, 그……."

사람이 황당한 일을 겪으면 기억력이 감퇴하는가 보다.

노가량은 대꾸를 해야 하는데 갑자기 다음 말이 생각이 안 난다. 그러나 그는 다음 말을 할 필요가 없었다. 백리소소의 신형이 우아하게 허공을 날아온다.

노가량이 기겁을 해서 양손으로 자신의 양 뺨을 막았다. 그러나 번 지수가 잘못되었다. 날아온 백리소소의 신형이 허공에서 내려오며 이 마로 노가량의 마빡을 들이박았다.

퍽!

골 깨지는 소리가 들리며 노가량의 몸이 뒤로 꼿꼿하게 넘어갔다.

바닥에 누워 있는 산적들을 뺀 백여 명의 산적들은 모두 얼어붙었다. 그래도 두목인데 단 한 방이라니. 그리고 여자의 박치기에 당하다니.

녹림 역사상 처음 있는 황당한 사건이다.

백리소소가 그들을 향해 돌아섰다.

그녀가 한 발 앞으로 나오며 묘한 미소를 머금고 말했다.

"전부 골로 보내주마!"

그녀의 사나운 일갈이 터지는 순간이었다.

산적들 틈에서 한 명의 사내가 튀어나오며 그 자리에 오체복지하며 고함을 질렀다.

"두령님! 잠시 고정하십시오."

두령이란 말에 백리소소가 어이없는 표정으로 사내를 내려다보았다. 자신의 봇짐을 들고 온 장삼이다.

"내가 왜 두령이냐?"

백리소소의 차가운 말에 장삼이 얼른 말을 이었다.

"녹림의 법상 두령을 쓰러뜨리는 자가 곧 두령입니다. 그러니 저희들은 두령님을 따를 수밖에 없습니다."

장삼의 말을 들은 백리소소의 표정이 싸늘해졌다. 이때 부채주인 적황도 대충 상황을 눈치채고 잽싸게 달려와 그녀의 앞에 꿇어 엎드리며 말했다.

"부채주인 적황은 두령님께 충성을 맹세합니다."

그의 말은 곧 노호채의 의견이나 마찬가지였다.

두목이 깨지고 부두목이 항복했는데, 그 부하들이 무슨 배짱으로 서 있겠는가? 그들이 그 자리에서 모두 꿇어 엎드린다.

백리소소는 그들이 모두 꿇어 엎드렸지만 전혀 표정의 변화가 없었다.

"그래서 나더러 어쩌란 말이냐?"

적황이 얼른 말을 받았다.

"두령이 되시든지, 아니면 다른 사람을 지목해서 두령으로 삼으시면 됩니다. 그것도 아니면 우린 여기서 산채를 해체해야 합니다."

"그게 무슨 말이냐? 너희 두목이 아직도 살아 있고, 이만한 일로 두목을 배신하다니……. 알 만하군."

백리소소의 말에 적황이 단호하게 말을 받았다.

"그렇지 않습니다. 우리는 산적이지만 의리는 있습니다. 우리가 만약 저자를 진정한 두령으로 인정했다면 죽을 때까지 싸웠을 겁니다. 그러나 노가량은 두목이었지만 한 명도 그에게 충심을 준 사람은 없습니다. 편협하고 욕심이 많아서 항상 혼자 모든 것을 차지했고, 노호채를 녹림의 삼류로 만들어놓은 것도 그입니다. 그리고 비록 우리가 녹림이지만, 절대 부녀자를 납치하고 사람을 죽이지 않았었는데, 저자가 두령이 되고 나서는 하지 말아야 할 짓도 너무 많이 했습니다. 사실 더이상 견디지 못하고 반란이라도 일으키려던 참이었습니다. 이제 우리가 두령님께 충성을 맹세했으니, 두령님이 안 하시겠다면 우린 여기서 전부 하산을 해야 합니다. 이미 우린 저자를 배신한 것입니다.”

“그래, 그랬단 말이지. 그런 개자식들이었단 말이지. 그러니까 저런 놈들이 감히 나를 넘보았단 말이지. 이거 정말 열받네. 저 개자식들을 깨워라!”

백리소소가 노가량과 이호산을 가리키며 말하자, 적황과 장삼이 빠르게 노가량과 이호산을 깨웠다.

겨우 정신을 차린 노가량과 이호산은 모두 무릎을 꿇고 있는 수하들을 본 후에 적황과 장삼을 보았다.

어떻게 된 일이냐고 묻는 표정이었다.

적황이 고개를 흔든 후 백리소소를 바라보았다.

백리소소가 웃는다.

“네놈들이 감히 임자가 있는 나를 넘봐? 너 따위가 탐하라고 지금까지 고이 간직한 순결인 줄 아느냐? 기분 아주 더럽네. 지금부터 그 대가를 치르게 해주마.”

백리소소는 말이 끝나기가 무섭게 발로 노가량의 턱을 올려 찼다.

끄억, 하는 소리와 함께 노가량의 턱이 부서지며 그의 몸이 허공으로 일 장이나 날아올랐다.

얼마나 강한 발길질인지 알 만한 일이었다. 그리고 허공에 뜬 노가량은 정확하게 그녀가 있는 곳으로 떨어졌다.

노가량이 바닥에 떨어지려는 찰나, 그녀는 허공에 있는 노가량을 이번엔 이마로 받아버렸다.

퍼억!

그 소리를 듣고 산적들은 노가량의 머리가 부서졌을 거라 생각했다. 그러나 용각철두신공의 용각십절두타(龍角＋絶頭打) 중 한 절기인 탕마룡두(蕩魔龍頭)의 초식은 작정하고 펼치지 않는다면 상대를 죽이거나 골을 뽀개지 않는다. 그러나 그것과 똑같은 고통과 정신적인 충격은 그대로다.

한마디로 상대를 죽이지 않고 패기만 하는 박치기 신공인 셈이다.

노가량이 땅에 처박혔다.

모두들 멍한 표정이었다. 세상에 여자가 박치기로 상대를 제압하는 것도 황당하고 여린 여자의 이마가 얼마나 단단했으면? 하는 생각들이었다. 그러나 가까운 곳에서 본 장삼은 백리소소의 이마가 노가량의 머리에 충분히 떨어진 채 타격하는 것을 보았다. 그렇다면 백리소소가 익힌 무공은 상대와 살과 살을 맞대고 치는 무공이 아니라 머리에 강기를 뿜어 치는 고수의 무공이란 말이 된다.

장삼이 아는 한 그런 무공을 쓸 수 있는 사람은 투괴의 철두신공뿐이었다. 그렇다면? 장삼은 다시 한 번 오금이 저려왔다.

백리소소는 땅바닥에 처박힌 노가량을 보면서 말했다.

"지옥을 아느냐? 내가 바로 지옥이다. 이 멍청한 새끼들아!"

백리소소의 말대로 그녀는 지옥이었다.

선녀의 얼굴을 한 지옥.

일으켜 세운 다음 박치기로 박고, 엎어지면 발로 밟는다.

노가량과 이호산의 비명이 노호산을 완전히 흔들어놓고 있었다. 그

너는 외조부의 말대로 아주 확실하게 둘을 밟아놓았다.

무공은 전폐되었고, 다시는 계집질도 못할 것이다.

그 꼴을 보고 있는 적황은 장삼이 너무 고마웠다.

자칫했으면 자기도 저 꼴이 될지도 몰랐다고 생각하자 다리에 힘이 빠지고 허리 아래가 찌릿해진다.

노호채의 산적들은 완전히 공포에 얼어 있었다. 아마도 그들은 평생 동안 백리소소의 얼굴조차 제대로 볼 수 없을 것이다.

노가량과 이호산의 처참한 모습은 그들의 머리 속에 지옥으로 확실하게 자리를 잡았다. 일설에 의하면 그 이후 노호채의 산적들은 삼 년 동안 여자를 보지도 못했다고 한다.

여자가 얼마나 강한지는 어머니를 보면 안다. 그러니 여자에게 함부로 해서는 안 된다. 노가량은 그 이치를 몰랐다가 제대로 배운 셈이었다. 그렇지만 늦게 배운 탓에 그 대가가 좀 가혹했을 뿐이다.

第十二章
인연은 맺기도 쉽지 않고 끊기도 어렵다

대과령이 항복을 하고 나자 가장 당황한 사람은 문순이었다.

그는 상황이 이렇게 악화될 줄은 생각하지 못했었다.

가장 큰 실수라면 관표의 무공이 그가 상상했던 것과는 너무 차이가 난다는 사실이었다.

문순은 자신의 무기인 호아조(虎牙爪)를 꺼내어 손에 끼웠다.

기련사호도 각자 자신의 무기를 꺼내 들었다.

관표가 그들을 보며 말했다.

"그럼 슬슬 시작해 볼까?"

"쳐라!"

관표의 말이 끝나길 기다렸다는 듯이 문순이 기련사호에게 명령을 내렸다. 기련사호는 그렇지 않아도 관표와 겨루어보고 싶어서 몸이 근질거리던 참이었다.

특히 관표가 대과령을 이기는 모습을 본 후론 더욱 그랬다.

그들도 대과령과 일 대 일로 겨룬다면 이길 수 없을지 모르지만, 사대 일이라면 이야기는 달라진다. 그래서 처음부터 일 대 일은 아예 생각하지 않았다.

그들은 관표를 이김으로써 그동안 자신들보다 더욱 좋은 대우를 받아온 대과령보다 낫다는 것을 증명해 보이고 싶었던 것이다.

문순의 명령이 떨어지자 제일 먼저 뛰쳐나간 것은 기련사호의 막내인 대력도(大力刀) 오웅(吳雄)이었다.

그는 무식하게 큰 대도(大刀)를 휘두르며 관표에게 달려들었다. 그는 자신의 절기인 대력만도법(大力滿刀法)으로 관표의 어깨를 겨냥하고 내려쳤다. 순간 관표의 몸이 오히려 앞으로 다가서며 대환도의 세력권 안으로 들어갔다. 하지만 둘의 거리가 순식간에 단축되면서 오히려 대도를 휘두르기 힘들 정도로 거리가 가까워져 버렸다.

오웅이 놀라서 뒤로 물러서려는 순간 관표의 발이 그의 정강이를 걸어찼다. 거리가 너무 가까웠고, 발로 정강이를 차는 데 상체의 흔들림이 없어서 관표가 발길질을 하는지조차 알지를 못했다.

빠직, 하는 소리와 함께 정강이 뼈가 산산조각나면서 오웅은 그 자리에 주저앉고 말았다. 그리고 그 사이에 기련사호의 세 명이 동시에 관표의 삼면을 에워싸며 협공해 왔다.

도검이 난무하는 가운데 관표의 등에 한 마리의 용이 문신처럼 새겨지면서 관표의 신형이 튕겨지듯이 허공으로 튀어올랐다. 동시에 그의 발이 아주 짧게 끊어 차면서 그의 정면에 있던 기련사호의 맏형인 오대(吳大)의 턱을 걷어찼다.

관표가 허공에 뜨는 순간 세 사람의 공격은 허탕을 쳤고, 관표의 발 동작은 짧고 날카로웠다. 이미 도를 휘두르는 중이라 관표의 발을 피할 만한 여력이 없었다.

오대가 턱에 일격을 맞고 뒤로 이 장이나 날아가 고꾸라질 때, 관표는 허공에 뜬 채로 몸을 틀며 옆으로 누웠다. 동시에 두 발로 기련사호의 둘째인 오이(吳二)의 목을 감싸며 팔꿈치로 셋째인 오삼(吳三)의 얼굴을 가격하였다.

두 발에 힘이 들어가며 오이의 목이 부러져 나갔고, 팔꿈치에 공격을 당한 오삼은 골이 부서지는 충격으로 그 자리에 주저앉았다.

절명.

단순한 팔꿈치가 아니라 칠기맹룡격의 기세라.

팔꿈치에서 뿜어진 경기가 오삼의 얼굴 내부를 박살 낸 것이다. 일종의 격산타우를 팔꿈치로 펼쳤다고 보면 된다.

몸을 날려 상대의 공격을 피하면서 발로 차고, 두 발로 목을 꺾고, 팔꿈치로 치는 일련의 동작은 거의 한 호흡의 일 할도 안 걸리는 시간에 벌어진 일이었다.

협공을 하려던 문순은 기련사호가 너무 맥없이 당하자 어이없는 표정으로 관표를 바라보았다.

기련사호를 처치한 관표는 땅에 착지하자마자 문순에게 달려들었다. 단 한 마디도 하지 않고 묵묵히 결투에만 열중한다.

문순이 다급하게 호아조로 관표의 얼굴을 긁어나갔다. 순간 관표는 한 손으로 호아조를 잡아채며 다른 한 손으로 문순의 쇄골을 찍어버렸다.

문순이 그대로 바닥에 주저앉는다.

컥, 하는 소리와 함께 피를 토한 후 큰대 자로 누워버렸다.

과문과 그의 수하들은 멍하니 관표를 바라보고 있었다.

그들조차 기련사호와 문순이 이렇게 쉽게 당하리라곤 생각하지 못했었다.

대과령은 주저앉아 관표를 보고 있다가 기련사호와 문순이 당하자 가볍게 한숨을 쉬었다. 도대체 관표의 무공이 얼마나 깊은지 상상할 수가 없었던 것이다.

관표는 문순이 쓰러지자 그의 품에서 한 마리의 하얀 섬광이 뛰쳐나가는 것을 보았다. 관표가 품 안에서 미리 준비해 두었던 작은 돌 하나를 꺼내 손가락으로 퉁겼다.

딱, 하는 소리가 들리며 관표의 손가락에서 날아간 돌을 맞고 설요는 그 자리에서 기절해 버렸다.

관표는 천천히 걸어가서 설요를 품 안에 넣고 돌아왔다.

그는 대과령에게 설요를 던졌다.

대과령은 얼결에 설요를 받는다.

"첫 전리품이다. 잘 간직해라."

당연하다는 듯이 명령을 내리는 관표의 모습은 아주 오래전부터 대과령을 알고 하는 명령 같았다.

대과령은 잠시 관표를 보다가 말했다.

"알았습니다."

"그럼 가자."

관표가 앞장서서 걷자 대과령은 자신의 무기인 철봉을 들고 그의 뒤를 따랐다. 걸어가던 관표가 갑자기 멈추었다.

그는 무엇인가 생각하는 듯하더니 다시 돌아와 몽여해와 여량을 보면서 말했다.

"이 상태로 나무에 묶어놔라! 그리고 이들의 죄상을 상세하게 적어 내 이름으로 몇 군데 붙여놔라!"

대과령은 묵묵히 관표가 시키는 대로 하였다. 최소한 약속을 지킬 줄 아는 대과령은 남자라고 할 수 있었다.

과문과 그의 충복들은 그저 관표와 대과령을 보고만 있었다. 그리고 과문을 따르지 않았던 철기대의 수하들도 한쪽에 모여서 관표의 눈치만 보고 있었다.

감히 덤빌 생각은 하지도 못했다.

관표는 대자로 누워 있는 문순을 발로 걷어찼다.

문순은 고통으로 인해 정신이 깨어났다.

관표는 발로 문순의 가슴을 밟고 말했다.

"네 목숨과 저기 있는 버려진 옷들 중 하나를 택하라."

문순이 뭔 말인지 몰라 고통을 참으며 관표를 바라보았다.

그의 얼굴은 겁에 질려 있었다.

관표는 과문과 그의 수하들이 벗어놓은 옷들을 가리키며 말했다.

"다시 말하지, 저기 쓸모없는 옷들을 내게 줄 텐가? 아니면 나한테 죽을 텐가?"

"가… 가져가라!"

"좋아. 그럼 저 옷들은 지금부터 내 것이다."

문순은 고개를 끄덕였다.

관표는 문순의 가슴에서 발을 내려놓으면서 그대로 그의 단전을 걸어찼다. 문순의 무공을 파괴한 관표가 차갑게 말했다.

"약속대로 살려는 준다."

그러나 문순은 기절하고 난 다음이었다.

관표의 시선이 제이철기대의 남은 인원에게 돌아갔다.

그들은 감히 관표의 시선을 받지 못하고 겁에 질린 채 고개를 떨어뜨렸다. 이야말로 오로지 처분만을 기다리겠다는 뜻이 아니고 무엇인가? 갑자기 관표가 그들에게 달려들었다. 그리고 순간에 이십여 명의 내공을 전폐시켰다.

"너희들을 그냥 놔두면 언제고 내게 칼을 들이댈 것이고, 너희들 칼에 내 수하들이 죽을지도 모른다. 나를 원망하지 마라. 이제 너희들은 더 이상 철기보로 갈 수 없을 것이다. 지금 당장 고향으로 돌아가 농사라도 짓고 살아라!"

그들은 관표의 냉혹한 말에 더 이상 아무 말도 못하고 힘겨운 걸음으로 사라졌다.

그중 몇 명은 주춤거리며 몽여해를 힐끔거렸다.

관표의 표정이 더욱 싸늘해졌다.

"너희들의 소보주는 벌을 받아야 한다. 죽고 싶지 않으면 지금 당장 사라져라!"

관표의 눈에 살기가 어리자 기겁한 제이철기대의 무사들은 허겁지겁 도망쳤다. 그들로서는 몽여해라도 구해간다면 어떻게 지금 상황에 대해서 변명의 여지가 조금은 있을 거라 생각했던 것 같다. 물론 생각뿐이었을 것이다.

그들이 사라지자 관표는 과문과 그의 수하들을 보면서 말했다.

"보기 흉하니까 옷이나 입으시오! 저 옷은 내가 받은 것이니 철기보와는 상관이 없습니다."

과문은 관표를 보다가 터벅거리며 다가가 옷을 입기 시작했다.

그의 수하들도 옷을 입는다.

그동안 대과령은 몽여해와 여량을 그 상태 그대로 나무에 묶어버렸다.

문순 역시 나무 한쪽에 묶어놓았다.

앞으로 족히 며칠은 있어야 풀려날 것이다. 그동안 용변부터 시작해서 모든 일을 그 상태에서 처리해야 할 것이다.

이를 일컬어 인과응보라 한다.

스스로를 힘있는 자라 생각했던 몽여해가 자신에게 이런 일이 있을 거란 생각은 전혀 하지 못했을 것이다.

관표는 과문을 보면서 말했다.

"가서 가족을 돌봐야 할 것이오. 내 생각이 틀림없다면 철기보에서 오늘의 사실을 다 알고 나면 그냥 있지는 않을 것이오."

과문과 그 수하들의 안색이 일변했다.

그들도 관표가 무슨 말을 하는지 이해했다.

"가자! 가서 식구들을 데리고 안전한 곳으로 피해야 한다!"

과문이 말하며 철기대가 남기고 간 말에 올라탔다.

그의 수하들도 서둘러 말에 오른다.

관표가 대과령을 보면서 말했다.

"우리도 간다."

대과령은 포기한 듯 물었다.

"어디로 가는 것이오?"

"당연히 우리가 살 곳으로 간다."

"그곳이 어디요?"

대과령의 물음에 관표가 웃으면서 말했다.

"넌 하인이다. 하인이 주제넘게 묻는 것도 많군. 군소리 말고 따라와라!"

관표가 앞장서서 걷자 대과령은 다시 그의 뒤를 따라 걷기 시작했다.

정리가 된 노가량의 방 안에 백리소소가 편안하게 앉아 있고, 그 앞에서는 장삼과 적황이 앉아 있었다.

"묻고 싶은 말이 있어요."

적황과 장삼이 얼떨떨한 표정으로 백리소소의 얼굴을 바라보았다. 정말 저 여자가 얼마 전까지 그렇게 살벌했던 그 여자가 맞나 싶었다. 조금 전엔 꿈을 꾼 것 같은 기분이었다.

사실 여자라고 하기보나는 소녀에 가까운 어린 소저였다.

저렇게 조용하고 정숙해 보이는 여자가 조금 전 상상을 불허하는 과격함을 보여준 그녀가 맞나 싶었다.

그러나 감히 그녀 앞에서 그런 티를 낼 만큼 두 사람은 배짱이 없었다. 억지로 용기를 내고 싶어도 조금 전 광경만 생각하면 저절로 오금이 저린다.

"말씀하십시오, 두령님."

"사람을 찾고 있는데 어디로 가야 가장 쉽게 찾을 수 있죠?"

"어떤 사람입니까? 그리고 어디 사는지도 모릅니까?"

"섬서성 서남부쪽, 사주지로 근방에서 만난 사람이었죠. 그리고 나이는 이십대 중반."

장삼이 조심스럽게 물었다.

"어떤 사이십니까?"

"내가 사랑하는 분입니다."

백리소소의 말을 들은 장삼과 적황은 갑자기 허탈해지는 것을 느꼈다. 몹시 아끼던 것을 빼앗긴 기분일까? 그리고 그녀가 말하는 사람이 누구인지 정말 궁금해졌다. 어떤 사람이기에 백리소소 같은 여자의 일편단심을 받을 수 있는지.

그 남자가 정말이지 한없이 부러우면서도 뭔가 걱정스럽기도 했다.

장삼은 속으로 은근히 끓어오르는 질투심을 죽이며 말했다.

"섬서성에서 벌어진 일이라면 장안의 하오문을 찾아가시는 것이 가장 좋습니다."

장안은 섬서성의 성도다.

"하오문?"

"그렇습니다."

하오문이란 말이 나오자 그녀의 아름다운 얼굴에 묘한 표정이 떠올랐다.

"그렇단 말이죠? 그럼 되겠군요."

마치 혼잣말처럼 중얼거린 그녀는 자리에서 일어선 다음 노가량의 방을 이곳저곳 뒤지더니 상당량의 돈과 가장 가치가 있는 서너 가지의 보물을 골라 모았다.

"이것은 내가 가져도 되겠죠?"

적황과 장삼이 당연하다는 표정으로 말했다.

"당연합니다. 이제 노가량의 물건은 모두 두령님의 것입니다."

백리소소는 찾아낸 보물과 돈을 자신의 봇짐에 쑤셔 넣으며 묘한 표정으로 말했다.

"사실은 노잣돈이 떨어져서 말이죠. 하핫."

그 말을 들은 적황과 장삼이 기가 막힌 표정으로 그녀의 얼굴을 보았다. 그제야 그들은 그녀가 노잣돈을 마련하기 위해 일부러 노호채에 접근했다는 사실을 알았다.

장삼이 기가 막히다는 표정으로 물었다.

"그럼, 노잣돈 때문에 일부러 잡혀왔었던 것입니까?"

"나한테 돈 준다고 하지 않았나요? 그 치사한 아저씨가 그렇게 말해서 쫓아왔죠. 헤헷."

그 말을 듣고 장삼은 기운이 쭉 빠지는 것을 느꼈다. 그러고 보니 노가량이 그녀를 꼬득이기 위해 한 말들이 떠올랐다.

"이쁜이를 위해 내가 그 돈을 전혀 아끼지 않을 거라고 약속하지."

라고 말했었다.

'불쌍한 두목, 아주 무덤을 팠구나.'

장삼은 백리소소를 보면서 정말 할 말이 없었다.

보면 볼수록 아름답지만 성격은 어떤 것이 그녀의 진면목인지 알 수가 없었다. 한 가지는 확실했다.

아주 위험한 매력을 지닌, 정말 아름다운 소녀란 점이었다.

백리소소는 일단 돈과 보물을 봇짐 속에 넣고 그것을 둘러메면서 말했다.

"그럼 나는 갈 테니 적황님이 채주를, 장삼님이 부채주를 맡아 여기를 이끌어주세요."

"예……?"

"아… 아니, 그런……!"

둘이 놀라서 백리소소를 보았을 때, 그녀의 신형은 마치 꺼지듯이 사라졌다.

둘은 멍한 표정으로 그녀가 사라진 허공을 바라보고 있었다.

한동안 멍하게 서 있던 적황이 주먹을 말아 쥐며 말했다.

"한 번 두령은 영원한 두령입니다. 난 이미 충성을 맹세했으니 절대로 변치 않을 것입니다, 두령."

적황의 말을 들으며 장삼도 고개를 끄덕거렸다.

세상의 인연이란 맺기도 어렵지만 끊기도 쉬운 것이 아니었다.

第十三章
적야평에 부는 바람

관표와 대과령은 하루 동안 부지런히 걸어서 적야산(赤夜山) 부근까지 왔다. 밤에 달이 뜨면 산의 일부분이 붉은색을 띤다고 해서 적야산이라고 불렸다.

적야산은 산속에 있는 적야평(赤夜平)과 적야평을 둘러싸고 있는 소나무 숲이 유명한 산이었다. 소나무 숲은 따로 노림이라고 불렸다.

험해서 사냥꾼도 함부로 들어오지 못하는 적야산이지만, 가끔 적야평까지 와본 무인들은 넓고 탁 트인 이 적야평의 경치를 일절로 이야기한다.

특히 봄이 되면 적야평은 꽃들로 만발하는데, 이상하게 그 꽃들은 모두 붉은색이었다. 그리고 와본 사람들은 그 아름다운 광경을 잊지 못한다고 한다.

단지 노림이 워낙 깊고 험해 일반인이 들어와서 보기는 거의 불가능에 가깝다는 점이 안타까운 그런 곳이었다.

관표와 대과령이 적야산 아래를 걷고 있을 무렵이었다.

갑자기 앞쪽에서 황진을 몰고 달려오는 두 마리의 기마가 있었다.

관표와 대과령은 두 마리의 말이 숨 가쁘게 달려오자 무슨 일인가 하고 나타난 자들을 바라보았다.

나타난 일행은 두 명의 청년으로 가벼운 경장을 하고 있었다.

한 명은 허리에 검을 차고 있었으며, 한 명은 등에 대도 한 자루를 메고 있었다. 타고 있는 말들은 모두 뛰어난 명마라 이들이 명문의 자제임을 알 수 있었다.

두 청년은 관표와 대과령 앞까지 달려와 말의 고삐를 잡아당겨 멈추었다. 말에서 내린 두 사람이 다가와 포권지례를 하였고, 그중 도를 등에 멘 우람한 덩치의 청년이 말했다.

"혹시 철기보의 대과령 수호위사님이 아니십니까?"

대과령이 의아한 눈으로 청년을 보면서 말했다.

"나를 아나?"

"팽가의 완이라고 합니다. 이전에 한 번 뵌 적이 있었습니다."

대과령은 상대가 팽완이라고 하자 새삼스럽게 그를 보면서 아는 척을 하였다.

기억이 났던 것이다. 이전에 몽여해와 함께 하북에 갔을 때 보았던 자로 강호의 오대세가 중 하나인 하북팽가의 자식이었다. 또한 몽여해에게 꽤 무시당했던 자들 중 한 명으로 기억한다.

당시 몽여해는 대과령을 수호위사라고 소개했었다.

"팽가의 완 공자이셨구려. 그럼 이쪽 분은?"

"종남의 유지문입니다."

"종남쾌검(終南快劍)."

대과령은 뜻밖이라는 표정으로 두 청년을 보았다.

폭풍도(暴風刀) 팽완과 종남쾌검 유지문이라면 결코 가벼운 이름들이 아니다. 비록 무공은 무림십준에 한참 미치지 못하지만 그들의 협의심은 강호에서 모르는 사람들이 없을 만큼 인정을 받고 있는 자들이다.

몽여해는 이들을 일컬어 실력도 없는 것들이 입만 살아 있다고 했지만, 대과령은 몽여해가 이들에게 열등감을 가지고 있는 것을 알고 있었다. 비록 무공은 모자라지만 강호에서 두 사람의 명성은 만만치 않았다.

팽완은 관표를 보면서 대과령에게 물었다.

"일행이십니까?"

대과령은 가볍게 한숨을 쉬면서 말했다.

"내 주인이오."

"주… 주인?"

대과령의 명성을 잘 아는 팽완과 유지문은 관표가 대과령의 주인이란 말에 어안이 벙벙했다.

주인과 주군은 엄연히 달랐다.

주인이라면 대과령이 청년의 하인이란 말이다.

그들로서는 대과령에게 주인이 있다는 말은 금시초문이었다. 그들이 아는 대과령은 몽여해의 수호위사로 어떻게 보면 몽여해가 다른 사람들에게 과시용으로 데리고 다니는 충복인 줄 알고 있었다. 그러나 실제 몽여해와 대과령의 지위는 그들이 생각하는 것과는 달랐다.

일 년 전에 관표가 알아보았듯이 대과령이 몽여해의 수호위사이긴 했지만 그들은 수직이 아니라 수평적인 관계였다. 실제적인 면에 있어서는 몽여해가 대과령의 눈치를 보는 상황이었다.

수호위사라기보다는 말썽을 많이 부리는 몽여해를 감시하기 위해 그의 아버지가 붙여놓은 감시자라고 보는 것이 옳았다.

몽여해가 대과령의 말을 함부로 거역하지 못했던 이유이기도 했다.

팽완이 얼떨떨한 표정으로 물었다.

"몽 형의 수호위사가 아니었던가요?"

팽완이 무엇을 물어보는지 대과령은 알아들었다. 생긴 것과 덩치에 맞지 않게 머리도 좋고 눈치도 빠른 대과령이었다.

"내가 몽여해 따위의 충복이라고 생각한 건가?"

좀 화가 난 표정이었지만 팽완은 전혀 개의치 않고 말했다.

"하하, 기분 상하셨다면 마음 푸십시오. 단지 그렇게 오해하고 있었다는 말입니다. 그런데 이분은 어떤 분이신지 궁금합니다."

팽완의 말에 대과령이 관표를 바라보았다.

그도 어떻게 말을 해야 할지 난감했던 것이다.

"관표요."

"관 형이셨구려."

팽완은 그렇게 말하면서도 관표의 이름을 알아듣지 못했다.

세상엔 비슷한 이름도 많고 설마 지금 눈앞의 관표가 녹림왕 관표일 줄은 전혀 예상하지 못한 것이다.

팽완이 다시 대과령을 보면서 물었다.

"혹시 두 분은 이 길을 지나가려는 것입니까?"

"그렇소."

대과령이 말하자 팽완이 걱정스런 표정으로 말했다.

"이 길은 좀 위험한 것 같습니다."

"무슨 뜻이오?"

관표가 의아한 표정으로 물었다.

"원래 유 형과 나는 적야평의 꽃 구경을 하러 왔다가 노림 안에서 죽은 시체 몇 구를 보았습니다. 그런데 그들은 전부 무인들이었습니다. 아무래도 여기 적야산에서 무림의 어떤 문파 두 곳이 치열한 격전을 벌이고 있는 것 같습니다. 그래서 우리도 노림 안으로 들어갈까 말까 망설이던 차에 두 분을 보고 위험을 알려주는 것이 좋을 것 같아 달려온 것입니다. 그러니 두 분도 이 길을 피해가는 것이 좋을 것 같습니다."

대과령은 과연 이들이 듣던 대로 충후한 성격이라고 내심 감탄하였다. 그런데 관표가 고개를 흔들며 말했다.

"늦은 것 같소."

팽완이 그를 보면서 물었다.

"그게 무슨 말이오?"

관표는 대답 대신 길옆의 숲을 바라보았다.

대과령과 두 청년 무사의 시선도 숲으로 향했다.

그리고 잠시 후였다. 숲에서 십여 명의 복면인들이 허공을 유령처럼 유영하며 나타났다.

그들은 아무런 말도 없이 나타나자마자 바로 살수를 쓰면서 네 명을 포위 공격하였다.

그들이 든 무기는 마치 반월처럼 크게 휘어진 기형도였다.

기겁을 한 팽완과 유지문이 빠르게 무기를 뽑아 들며 고함을 질렀다.

"네놈들은 누구냐?"

"이유없이 살수를 쓰다니 예의가 없는 놈들이군."

두 사람이 무기를 들고 나타난 자들을 향해 초식을 펼쳤다. 그러나 나타난 자들의 무공은 그들의 상상을 넘어서고 있었다. 강호무림에서 나름대로 이름이 알려진 그들이었지만 나타난 자들의 무공 또한 두 청년에 크게 뒤지지 않았다.

대과령도 철봉을 휘두르며 맞섰지만 세 명을 상대로 드잡이를 벌이기 시작했다.

상대가 달려들 때 이미 준비를 하고 있던 관표의 신형이 번개처럼 움직이며 마주 공격하였다. 그는 맹룡십팔투 중에서 용형삼십육타를 펼치며 맹공하였다. 나타나자마자 상대가 누구인지 묻지도 않고 살수를 펼치는 자들에게 그도 손속에 사정을 두고 싶지 않았다.

관표의 첫 손바닥이 공격해 오는 자의 도신을 쳐내고, 두 번째 타격은 주먹으로 상대의 얼굴을 쳐버렸다. 이어지는 용형삼십육타 중에 십오 식이 끝났을 때, 그의 주위엔 다섯 명의 공격자가 쓰러져 있었다.

눈 깜짝할 사이에 벌어진 일이었다.

싸우던 사람들이 모두 멈추고 관표를 바라보았다. 그들은 불과 몇 합을 싸우지도 못했다. 그동안 대과령만이 한 명을 철봉으로 곤죽을 만들어놓았을 뿐이었다.

살아남은 자들은 일단 여섯이 쓰러지자 당황해서 다시 숲으로 도망하려 하였다.

그 모습을 본 관표가 냉소하며 말했다.

"공격할 땐 몰라도 물러설 땐 그리 쉽지 않을 것이다."

관표는 손이 보이지도 않게 대과령이 들고 있는 철봉을 빼앗아 도망가는 자들을 향해 던졌다. 순간 철봉이 바람개비처럼 돌아가며 네 명의 다리를 치고 지나갔다.

다리가 부러진 복면인들은 모두 바닥에 쓰러지고 말았다.

팽완과 유지문은 멍한 표정으로 관표를 바라보았다.

그들도 설마 관표의 무공이 이렇게 강할 줄은 생각하지 못한 것 같았다.

관표는 쓰러져 있는 자들의 복면을 벗겼다.

그런데 복면을 벗기자 그들의 몸이 흐물거리며 녹더니 순간에 한 줌 물로 변해 버렸다. 그들만이 아니라 여덟 명 역시 마찬가지였다.

단지 대과령의 철봉에 죽은 자만이 그대로였다.

아마도 살아 있던 자들은 입 안에 물고 있던 독단을 깨물어 자살한 것 같았다.

모두 어이없는 표정으로 그것을 바라보았다.

"뭔가 아주 신비한 단체 같군."

관표가 어이없다는 투로 말하자 대과령이 말했다.

"이런 류의 극독을 사용하는 사파가 꽤 되니 어느 곳인지 알기는 힘들 것 같소."

"하지만 아직 기회는 있지."

관표가 웃으면서 노림을 볼 때 팽완과 유지문이 다가왔다.

팽완은 아직도 어지간히 놀란 표정으로 말했다.

"팽모는 오늘 안계를 넓힌 기분입니다. 역시 세상은 넓고 넓다더니 오늘 관 형의 무공을 보고 정말 감탄했습니다."

"과찬입니다. 몇 가지 잔재주를 지녔을 뿐입니다."

관표가 웃으면서 말하자 침착한 성격의 유지문이 고개를 흔들며 말했다.

"과찬이라니요. 우리는 한 명과 겨우 겨루었을 뿐입니다. 대체 관 형이 누구인지 궁금합니다."

유지문의 물음에 관표는 두 명의 청년을 바라보았다.

나이는 자신과 비슷해 보였다. 팽완은 활기차고 열정적으로 보였으며, 유지문은 침착하고 착해 보였다. 비록 사람을 보는 눈이 다른 사람처럼 뛰어나다고 자부하지도 않았고, 정파에 대한 생각이 별로 좋지 못했지만 직감적으로 두 사람은 믿을 만하다는 생각을 하였다.

관표의 입가에 묘한 미소가 감돌았다.

"나는 관표요. 남들은 녹림왕이라고도 합니다."

팽완과 유지문의 눈이 점점 커져 갔다.

두 사람도 이제야 관표의 정체를 안 것이다.

갑자기 팽완이 크게 웃기 시작했다.

"하하하! 아니, 그럼 관 형이 바로 그 녹림왕이시오? 이거 정말 실례했습니다. 내 그렇지 않아도 꼭 한 번 뵙고 싶었던 분이 바로 관 형이었습니다."

관표는 의외라는 표정으로 팽완을 보았다.

자신의 정체를 알고 나면 상당히 놀라거나 경원시할 줄 알았던 것이다.

유지문 역시 눈을 빛내며 관표를 보고 말했다.

"관 형이 녹림왕이었다니 상당히 놀랐습니다. 유지문이 다시 한 번 관 형에게 인사를 드립니다."

관표가 웃으면서 말했다.

"나는 녹림의 인물인데 정파인 두 분은 부담을 갖지 않는군요."

관표의 말에 팽완이 정색을 하고 말했다.

"이 세상에 무조건 여긴 정파고 저긴 사파, 그리고 요긴 녹림이라고 선을 그어놓은 것부터가 맘에 안 든 겁니다. 제가 알기로 정파라고 자처하는 자들 중에 사파보다 더 악랄하고 편협한 자들 투성이요, 사파라고 알려진 문파에 속한 사람 중에 의를 알고 협을 아는 자들이 부지기수라고 들었습니다. 단지 그 속해진 문파가 오래전부터 정파와 사파로 갈렸다고 해서 그들의 치부에도 불구하고 정과 사로 나뉘는 것은 참으로 우습기만 했었습니다. 내가 아는 곡무기와 당무영은 편협하여 대협이 되기에도 모자랐고, 약한 자를 우습게 아는 오만방자함도 있었습니다. 난 관 형의 거사를 듣고 아주 통쾌했었습니다. 물론 좀 심했다는 맘도 들긴 했지만 반드시 그렇게 한 이유가 있었을 것이라 생각했습니다."

팽완의 말에 유지문도 고개를 끄덕이며 동조하였다.

관표는 정파에도 사람이 있구나 싶었다.

역시 한두 명의 사람을 보고 세상을 판단하는 것은 실수이다.

"두 분을 보니 역시 세상은 이런 저런 사람이 모여 더불어 사는 곳이란 생각이 듭니다. 소위 구파일방이나 오대세가라면 편협하고 고지식한 사람들만 있는 것으로 알았습니다."

관표의 이야기를 들은 유지문이 심각한 표정으로 말했다.

"사실 우리 문파에도 그런 사람이 꽤 있습니다."

그 말을 듣고 관표와 팽완이 크게 웃었다.

웃고 난 팽완이 갑자기 진지한 표정으로 말했다.

"사람은 백 년을 알아도 그 속을 모를 때가 있고, 한 번을 만나도 그 사람과 속이 통할 때가 있다고 들었습니다. 나는 관 형이 아주 마음에 듭니다. 우리 이 기회에 서로 터놓고 의를 맺음이 어떻겠습니까?"

팽완의 말에 유지문은 기대에 찬 눈으로 관표를 보았다.

관표도 이 두 젊은이가 마음에 들었던 참이었다.

"나는 올해 스물다섯이 되었습니다."

관표의 말에 팽완과 유지문이 포권지례를 하면서 말했다.

"나와 지문은 나이가 스물넷이니 앞으로 형님으로 모시겠습니다."

두 사람의 말에 관표는 어색한 표정이 되었다.

유지문이 조금 섭하다는 표정으로 말했다.

"저희가 동생이 되기에 부족합니까?"

그 말을 듣고 관표가 얼른 표정을 바꾸며 말했다.

"내가 부족한 곳이 많지만 앞으로 잘 부탁하네."

두 사람이 활짝 웃으면서 대답하였다.

"하하, 팽완이 형님을 뵙습니다. 앞으로 잘 가르쳐 주십시오."

"유지문이 형님을 뵙습니다. 제가 완이보다 생일이 삼 일 빨라 둘째입니다."

둘째라는 말을 아주 강조하며 말하는 유지문을 팽완이 아니꼽다는 표정으로 바라보면서 말했다.

"이런 제길, 삼 일도 빠른 거냐?"

"삼 일이면 사람 백 명을 구할 수 있는 시간일세. 험!"

유지문의 말에 팽완이 어이없다는 표정을 지었다.

유지문이 쐐기를 박는다.

"그리고 삼 일이면 관 형님 같은 경우, 저런 악당 천 명은 죽여서 세상을 평온하게 할 수 있는 시간이란 말일세."

팽완이 기가 막힌 표정으로 말했다.

"그래 알았다, 알았어. 네가 형 해라, 형 해. 난 그래도 형이란 말 죽어도 못한다."

유지문이 웃으면서 말했다.

"뭐, 내가 그 정도는 형으로서 양보하지."

"크으!"

관표는 웃고 말았다. 이렇게 관표는 정파의 대표라는 구파 중의 종남파 장문제자와 오대세가의 하나인 팽가의 소가주와 의형제를 맺었다. 그러나 세 사람은 오늘의 이 우연이 나중에 어떤 운명으로 얽힐지 아무도 헤아리지 못했다.

향후 종남을 검의 종가 중 하나로 만든 유지문과 팽가를 도의 종주로 만들며 세상을 질타했던 팽완, 두 젊은 영웅은 세상의 그늘에 가려져 있다가 관표를 만나면서 개화하기 시작했다.

평생 동안 관표를 형님이자 스승처럼 따랐던 몇 명의 의형제 중에 두 사람이 가장 먼저 관표를 만났다.

적야산 적야평의 한곳에 한 명의 노인이 서 있었다.

오 척 구 촌이 넘는 키에, 거산처럼 체형 좋은 노인은 붉은색 피풍의를 걸치고 흰색 경장을 하고 있었다. 그리고 여덟 명의 검은색 경장 대한이 복면을 하고 양 옆에 나란히 서 있었다.

노인의 붉은색 피풍의는 적야평의 붉은 꽃들과 마치 한 폭의 그림처럼 어울렸다. 노인은 초조한 표정으로 적야평의 한곳을 바라보고 있었다. 이때 날카로운 휘파람 소리와 함께 한 명의 대한이 그들에게 날아왔다.

그 역시 복면을 하고 등에 대환도를 메고 있었다.

복면인은 오자마자 한쪽 무릎을 꿇고 노인에게 예를 취한 자세로 말했다.

"운룡검(雲龍劍) 나현의 그림자는 노림으로 이어졌지만 아직 그를 찾지 못했습니다."

노인의 인상이 사납게 일그러졌다.

"대체 어찌 된 것이냐? 대체 이 많은 인원을 동원하고도 그자를 잡지 못했단 말이냐?"

"무공보다도 곤륜의 신법이 너무 절륜하여 쉽지 않았습니다."

노인의 안색이 더욱 나빠졌다.

사실 복면인을 나무라기만 할 일이 아니었다.

곤륜의 운룡대팔식은 세상에서 가장 뛰어난 신법으로 정평이 나 있었다. 곤륜산에서 이곳까지 그 머나먼 길을 도망쳐 온 운룡검이었다. 그렇게 쉽다면 벌써 일망타진했으리라. 그러나 무슨 수를 써서라도 잡아야만 했다.

아직은 비밀이 세상에 알려져서는 안 된다.

천 년을 이어온 꿈이었고, 무려 삼백 년이나 걸려 준비해 온 일들이었다. 지금 와서 약간의 차질이라도 있다면 그것은 용납할 수 없는 일이었다. 그렇기 때문에 반드시 잡아야 한다.

"술탄, 무슨 수를 써서라도 운룡검 나현을 사로잡아라!"

"명! 그리고 노림의 남쪽 부근에서 정체 불명의 무사 네 명이 나타났습니다. 십여 명의 수라대원들이 그들에게 죽은 것으로 보아 무공이 상당한 경지인 것 같습니다."

노인의 안색이 굳어졌다.

"무슨 일을 그따위로 하는가? 천랑에게 천강시 네 개 조를 주어 처리하게 하라! 오늘 이 근처에 나타난 자 중 숨을 쉬는 자라면 그 누구도 살려두지 마라. 우리가 강호무림에 나타났다는 사실 자체를 아는 사람이 있어서는 안 된다."

"명!"

복면인이 복창을 하고 몸을 날렸다.

그의 신형이 까마득하게 하늘로 솟구쳤다가 적야평의 반대 방향으로 사라졌다.

복면인이 사라지자마자 또 하나의 그림자가 나타났다.

이번에 나타난 사람은 남자가 아니라 여자였다. 그리고 복면도 하지 않은 맨 얼굴의 여자는 삼십대의 나이로 무르익은 미모를 지니고 있었다.

여자는 나타나자마자 노인 앞에서 역시 무릎을 꿇었다.

"누화가 전륜살가림(轉輪殺家林)의 염제(炎帝)님을 뵙습니다."

"아직도 알아내지 못했는가?"

"알아내었습니다. 아직은 짐작이지만 운룡검 나현이 만나려 하는 자는 천리취개(千里醉丐) 노가구(盧佳口)인 것 같습니다. 그가 노림으로 오고 있다는 보고입니다."

"노가구!"

노인의 안색이 침중해졌다.

개방의 천리취개 노가구라면 정말 골치 아픈 일이었다.

다행히 먼저 알았기에 망정이지 그렇지 않았다면 상당한 낭패를 당했을 것이다.

"누화, 진령과 곡기를 데리고 가서 노가구를 막아라!"

"죽입니까?"

여자는 아주 쉽게 말했다.

강호의 누군가가 옆에서 이 말을 들었다면 미친 여자라고 말했을 것이다.

노가구가 누구인가? 비록 십이대고수 중 한 명은 아니지만 당당하게 구의 중 한 명으로 그의 무공을 논한다면 강호에서 그를 이길 자가 몇이나 되겠는가? 그런 노가구를 죽이냐고 태연하게 묻는다.

"죽이진 말라. 그럼 시끄럽게 된다. 단지 막기만 해라. 노림으로 들어오지 못하게, 우리가 운룡검을 사로잡을 때까지만 막아라. 그러면 된다."

"명!"

누화의 신형이 까마득하게 멀어져 갔다.

염제는 불같은 눈으로 사라지는 누화의 그림자를 본다.

두 손을 으스러지게 쥐었다가 놓았다.

"반드시 잡아야 한다. 살가림의 천 년 숙원이 걸린 일이다."

염제의 눈이 차갑게 가라앉았다.

第十四章

인연의 고리는 적야평으로 이어지고

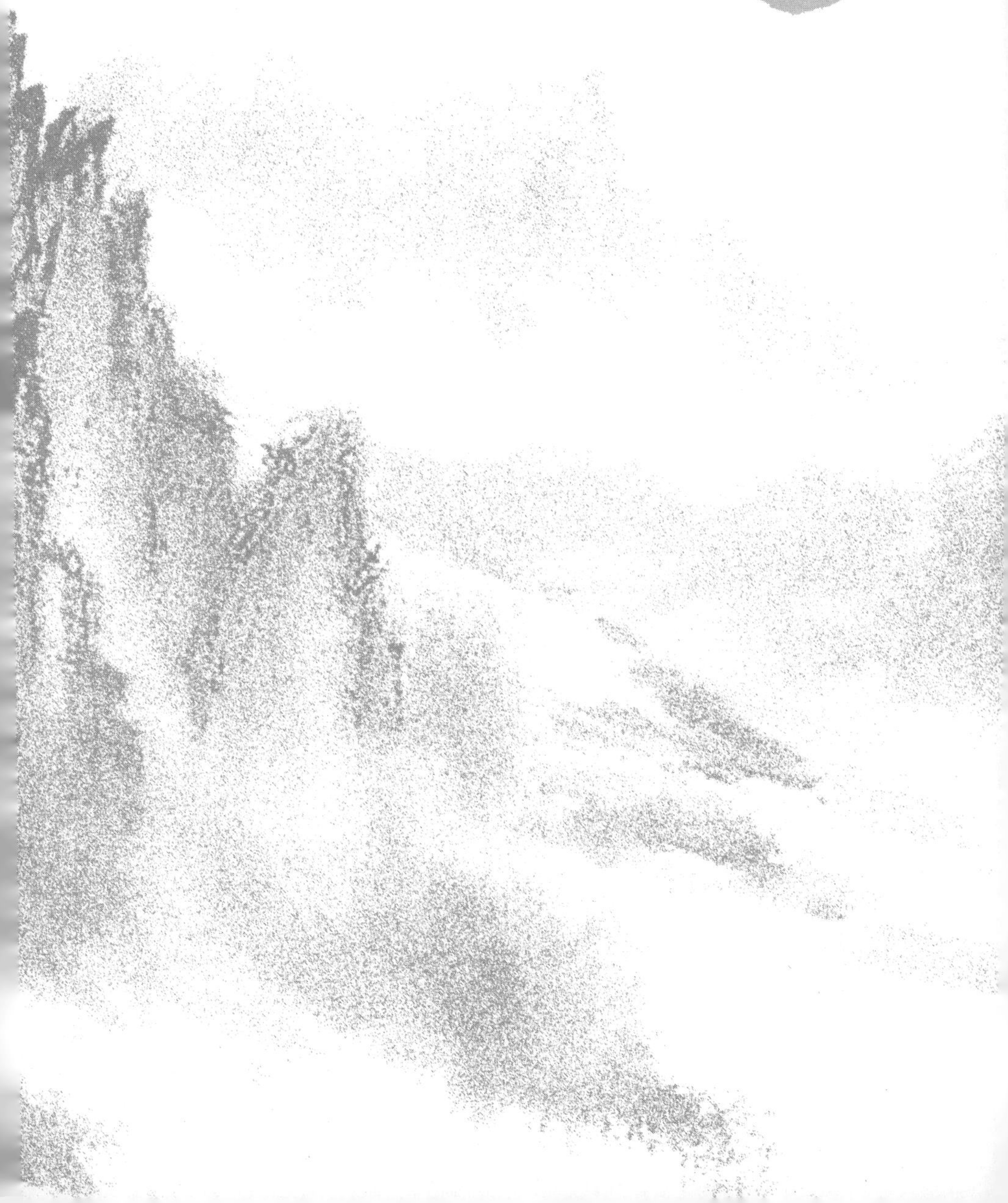

관표는 노림 안으로 들어가며 유지문과 팽완을 보고 말했다.

"아무래도 오늘 이 안에서 벌어질 일은 심상치 않을 것 같네. 혹여 무슨 일이 있으면 절대 무리하지 말고 일단 몸을 피하게."

팽완은 허리에 찬 작은 주머니에서 볶은 콩을 꺼내어 입에 넣고 오도독거리며 대답하였다.

"걱정 마십시오, 형님. 내 몸 하나 간수할 정도는 됩니다."

그의 말에 관표는 고개를 흔들었다.

"그리 쉬운 일이 아닐세. 아무래도 예감이 좋지 않아."

관표가 굳은 얼굴로 말할 때 유지문도 관표의 말에 동조를 하였다.

"그렇습니다, 형님. 나나 팽완이 그래도 한가락한다고 하는데, 조금 전 나타났던 자들의 실력은 만만치 않았습니다. 솔직히 그런 자가 셋만 합세한다면 저는 절대로 그들의 손아귀에서 살아남을 수 있을 것 같지 않습니다."

말을 하는 유지문의 표정은 씁쓸해 보였다.

평범한 가문에서 태어나 종남의 대제자가 되었지만 그의 무공에 대한 자질은 극히 평범했다. 그러다 보니 일부 사제들에게 무시당하기 일쑤였다.

서러움도 많이 당했다. 그래서 이를 악물고 무공에 정진했지만 이상하리만치 그의 무공은 더디게 발전했다. 처음부터 그랬던 것은 아니었다.

어려서는 누구보다도 뛰어난 자질을 지녔다고 칭찬을 받았던 유지문이었다. 그러나 언제부터인가 그의 자질은 평범한 정도에 머물고 말았다.

그 원인이 어디서 기인한 것인지 아직도 모른다.

원래 태어나길 평범했었는데 어렸을 땐 잠깐 뛰어나 보였을 것이라고 짐작할 뿐이었다. 다행히 성격이 충후하고 지혜로워 대제자로서 장문 직을 수행하는 데 적격이라는 현 종남파 장문인의 판단이 있었다.

그래서 아직도 대제자라는 명칭은 그대로 지니고 있을 수 있었다.

관표는 유지문의 얼굴에 떠오른 표정을 보고 무엇인가 느낀 것이 있었지만 못 본 척했다.

한동안 노림 안으로 들어가던 관표가 걸음을 멈추었다.

"조심하게. 아무래도 상당한 강적들이 나타난 것 같네."

팽완과 유지문, 그리고 대과령이 걸음을 멈추었다.

관표가 사방에 가득한 노송들을 가리키며 말했다.

"나무를 의지하고 이들과 싸워야 할 것일세. 모두 사십여 명 정도일세."

관표가 그 이야기를 하고 나서 잠시 뒤에야 '스스슥' 하는 소리가 들리며 사십여 명의 인물들이 나타났다. 그들 앞에는 삼십대 정도의 키 큰 남자가 서 있었는데 유일하게 그 한 사람만 복면을 안 하고 있었다.

마치 누가 만들다 만 것처럼 일그러진 얼굴에 독사눈을 한 남자는 바로 살가림의 천랑이었다.

그가 들고 있는 철편이 차갑게 빛을 낸다.

"네놈들이 누구인지 묻지 않겠다. 그냥 여기서 죽어줘야겠다."

그 말을 들은 대과령이 코웃음을 치며 말했다.

"내가 그렇게 만만하게 보이나? 어디 덤벼보아라!"

대과령의 외침에 천랑은 가볍게 휘파람을 불었다. 그러자 사십여 명의 복면인들이 일제히 만도를 뽑아 들고 네 사람을 공격해 왔다.

대과령은 제일 먼저 뛰어나가며 철봉으로 맨 앞에 다가오는 복면인의 얼굴을 강타하였다.

퍽 하는 소리가 들리며 복면인이 뒤로 날아가 떨어졌다.

팽완과 유지문도 각자 검을 뽑아 들고 뛰어나왔다.

그러나 두 사람은 나타난 복면인들 중 한 명을 상대하고서도 쩔쩔매야만 했다.

관표가 뛰어들며 맹룡투로 공격을 했지만, 그의 손발에 얻어맞고 나가떨어진 복면인들은 금방 일어서서 다시 공격해 왔다.

관표는 어이없는 표정으로 복면인들을 바라보았다. 하지만 어이없기는 대과령이 더했다. 철봉에 맞고 나가떨어졌던 복면인이 바로 일어서서 공격을 해온 것이다.

"이것들이 전부 금강불괴인가? 어디 이것도 견디나 보자."

대과령이 고함을 지르며 붕산금강혈마봉법의 중봉법(重鋒法)이라 할 수 있는 금강혈붕(金剛血崩)을 펼쳤다.

철봉에 노을처럼 붉은 혈기가 맺히면서 기이한 곡선을 그리며 한 복면인의 머리를 가격하였다.

빠각 하는 소리와 함께 복면인의 머리가 부서져 나갔다.

한데 부서진 복면인의 머리에서 피가 나지 않았다.

그 모습을 본 대과령은 짚이는 것이 있었다.

"이들은 강시다!"

강시라는 말을 들은 관표와 팽완, 그리고 유지문은 황당한 표정이었다. 우선 상대가 강시라는 것도 그렇고 강시가 산 사람과 똑같이 움직인다는 사실도 어이가 없었다. 그러나 이미 대과령의 철봉에 머리가 깨진 한 명의 복면인을 보니 강시가 분명하긴 했다.

사람과 같이 움직이는 강시라니.

관표는 반고충이 가르쳐 준 지식 속에서 그런 강시가 존재한다는 사실을 알았다. 그리고 정말 이들이 천강시라면 두 명의 의동생이 위험했다. 아직 그들의 무공은 천강시와 싸우기엔 부족했다.

"상대는 천강시다. 완이와 지문이는 내 뒤로 물러서라."

그러나 관표가 그 말을 했을 땐 이미 사십여 구의 강시들이 네 사람을 완전히 포위하고 난 다음이었다.

천랑은 네 사람 중 관표와 대과령의 무공이 생각했던 것보다 훨씬 강하다는 사실을 파악하고 얼굴에 긴장한 빛을 띠었다.

그가 다시 한 번 휘파람을 짧게 불었다.

사십여 구의 천강시들이 동시에 네 사람을 향해 공격을 감행하였다. 대과령이 다시 한 번 금강혈붕의 초식으로 철봉을 휘두르며 천강시들을 공격하였다.

천강시 중에 하나의 도가 철봉을 막았다.

땅, 하는 소리와 함께 대과령의 신형이 비틀거리며 뒤로 물러섰다. 도에서 나온 반탄력으로 인해 대과령이 밀린 것이다.

대과령은 어이없는 표정으로 자신의 봉을 막은 천강시를 보았다. 설마 천강시가 갑자기 만년설삼이라도 먹었단 말인가? 조금 전에는 맥없이 당했던 천강시였다.

대과령뿐이 아니었다.

관표 역시 맹룡투의 절기로 공격해 오는 천강시의 도를 피하며 공격을 했었다. 맹룡단혼권(猛龍斷魂拳)으로 강시의 얼굴을 가격했지만 천강시가 겨우 서너 발자국 물러서는 것으로 끝이 나고 말았던 것이다.

"관 형님, 진법입니다. 이 강시들은 진법으로 우리를 포위하고 있습니다."

유지문의 말을 들은 관표의 안색이 굳어졌다.

진법에 대해서는 충분히 공부를 했기에 잘 안다. 그런데 강시들이 펼친 진법은 예사 진법이 아닌 것 같았다.

철저하게 강한 자를 상대하기 위해 만들어진 진법 같았다. 더군다나 강시는 두려움을 모른다. 그런 그들의 특성이 진법과 합쳐지면 상대하기가 더욱 어려울 수밖에 없었다. 특히 유지문이나 팽완의 경우는 오래 견디지 못할 것이다.

관표의 몸에서 맹렬한 투기가 일어나기 시작했다.

그는 처음으로 오호룡의 무공을 사용하려는 것이다.

맹룡십팔투는 세 부분으로 나누어져 있다.

우선 십절기(十絶氣)가 가장 먼저였는데, 십절기는 맹룡십팔투의 근본을 이루는 기본 무공이었다.

십절기는 십팔투의 무공 중 앞부분의 열 가지 투기(鬪氣)를 말하는 것으로, 이는 관표가 가장 즐겨 사용하는 무공들이었다.

용형삼십육타, 칠기맹룡격, 맹룡단혼권 등이 이에 속했다.

보통 십절기는 살상력은 떨어지지만 내공의 소모가 적고 사용하기 편한 장점이 있었다. 그러나 오호룡(五虎龍)의 다섯 절기는 달랐다.

내공 소모가 좀 많은 편이지만 극한의 살기를 가진 무공들이고, 그 위력 또한 십절기와는 비교할 수 없었다. 어떻게 보면 맹룡십팔투의 정수라 할 수 있었다. 그리고 맨 마지막의 삼절황은 관표가 완성하기 전까지는 사실상 이론상의 무공들이었다.

그래서 맹룡십팔투를 다른 말로 십절기, 오호룡, 삼절황이라고 나누어서도 불렀다.

십절기를 익히지 못하면 오호룡을 익힐 수 없고, 오호룡을 익히지 못하면 삼절황 또한 익힐 수 없다.

관표의 몸에서 뿜어지는 맹렬한 투기에 천강시들이 주춤하였다. 그의 몸에서 뿜어진 기운이 그의 몸을 감싸고 용의 형으로 형상화되었다.

마치 문신처럼 보이는데 당장이라도 꿈틀거리며 살아 움직일 것 같았다.

천랑은 물론이고 대과령과 팽완, 그리고 유지문도 이 멋진 광경에 감탄을 하였다.

천강시들이 주춤할 때, 그 틈으로 관표가 뛰어들면서 한 구의 강시를 향해 손을 뻗어내었다.

오호룡의 하나인 사혼참룡수(死魂攙龍手)였다.

공격당한 천강시가 피하지 않고 도로 관표의 손목을 치며 마주 공격해 왔다. 그러나 관표는 그것을 무시하고 그대로 천강시의 머리를 가격하였다. 강시진의 힘이 사혼참룡수의 가는 길을 막고 밀어내려고 하였지만 소용없었다.

관표의 사혼참룡수가 그대로 강시의 머리를 가격하는 순간 강시의 도 또한 관표의 손목을 가격하였다.

땅, 하는 소리와 퍽, 하는 소리가 동시에 들렸다.

강시가 친 도는 관표의 손목을 쳤지만 금자결과 탄자결로 인해 튕겨나갔고, 강시진으로 인해 다른 강시들의 힘까지 지닌 천강시였지만 사혼참룡수에서 뿜어진 수강(手罡)은 그 힘을 뚫고 강시의 머리를 가격하였다.

강시의 이마에 손자국이 생기더니 그 자국이 먼지로 흩어지면서 강시도 그 자리에 쓰러지고 말았다. 아무리 강시라도 머리 일부가 먼지로 흩어진 다음에야 별수가 없었다.

과연 오호룡다운 파괴력과 살상력이었다.

처음 오호룡의 절기를 펼친 관표가 만족해할 때, 그 모습을 본 천랑은 믿을 수 없다는 표정을 지었다.

대과령이나 팽완, 유지문 역시 놀라움을 감추지 못했다.

관표는 다른 사람이 놀라거나 말거나 일단 진법을 벗어나야 한다고 생각했다.

"내가 진을 뚫을 테니 적야평을 향해 달려라!"

고함과 함께 관표의 발이 땅을 내리 밟으며 구른다.

관표의 발은 오호룡의 또 다른 절기인 광룡폭풍각(狂龍爆風脚)에 천중기의 무거움을 지니고 땅을 내리 밟았다. 순간 전면에 있던 천강시들이 땅이 푹 꺼지자 중심을 잃고 쓰러지거나 비틀거렸다. 그리고 그 틈에 진세가 순간적으로 흩어졌다.

사혼참룡수로 시선을 모으고 광룡폭풍각으로 진세를 허문 것이다.

"뛰어!"

고함을 지른 관표가 다시 한 번 앞으로 돌진하면서 사혼참룡수를 펼쳐 세 구의 강시를 박살 내었다.

그 틈을 이용해서 팽완과 유지문, 그리고 대과령은 진세를 빠져나갈 수 있었다.

관표는 진세를 벗어나자마자 바로 돌아서서 강시들을 막아섰다. 대과령 등이 도망갈 수 있는 시간을 벌어주려고 한 것이다.

천랑은 다급해졌다.

계속해서 휘파람을 불며 강시들을 독려했다.

우선은 관표부터 처리하려고 생각한 듯 천강시들이 관표에게 몰려들었다.

그러나 그것은 관표에게 기회를 준 것이나 마찬가지였다. 일단 진법이 파괴된 것을 안 관표는 그들이 다시 진법을 펼치기 전에 앞에 있는 강시들을 향해 사혼참룡수를 열두 번이나 휘둘렀다.

마치 빛살 같은 속도로 관표의 양손이 작렬하며 강기의 폭풍이 천강시들을 휩쓸었다.

순식간에 천강시 십여 구의 머리가 박살나며 쓰러졌다.

강시들이 모두 주춤했다.

그사이에 관표는 대과령과 팽완 등이 사라진 쪽을 향해 뛰기 시작했다.

천강시들이 무서운 것은 아니었다.

그러나 앞서 간 의형제들과 대과령이 걱정되었다.

노림에는 또 어떤 위험이 있을지 모르는 것이다.

천랑은 관표가 사라진 후에도 멍하니 서서 쓰러진 천강시들을 바라보았다. 보고도 믿어지지 않는 무공이었다.

그는 침중한 눈으로 관표가 사라진 숲을 바라보았다.

어차피 걱정은 하지 않았다. 지금 관표가 간 곳은 말 그대로 사지였다. 적야평엔 염제가 있다.

그를 이길 수 있는 자는 십이대고수 정도에 불과했다.

관표가 상식 이상으로 강했지만 나이를 감안해도 그렇게 강할 거라곤 생각하지 않았다. 좀 찜찜하다면 자신이 임무를 완수하지 못한 것 정도였다.

천랑이 다시 휘파람을 불었다.

강시들이 관표가 사라진 곳으로 일제히 달리기 시작했다.

일종의 몰이로 그들을 추적하기 시작한 것이다. 잡으면 좋고 못 잡으면 적야평이다. 천랑의 생각이었다.

관표는 얼마가지 않아서 자신을 기다리는 일행을 볼 수 있었다.

"빨리 가자."

관표가 앞장선 채 적야평을 향해 달렸다.

그의 뒤로 약 이십오 구 정도로 줄어든 강시들이 쫓아오고 있었다. 관표가 달리던 걸음을 갑자기 멈추었다.

강시들도 멈추었고 팽완과 유지문, 그리고 대과령도 멈추었다.

"생각이 달라졌다. 지금 여기서 확실하게 하고 가기로 한다."

관표가 말을 하며 강시들에게 다가섰다.

천랑이 급히 휘파람을 불어 다시 강시진을 발동하려 할 때였다.

관표가 팽완에게 달려가 그의 허리에 차고 있던 콩자루를 잡아챘고 그 안에서 볶은 콩을 한 움큼 집어내었다. 그리고 진을 형성하기 위해 흩어지는 강시들을 향해 탄자결로 던지며 태극신공의 부드러움을 가미시켰다. 그리고 안에 천중기와 금자결을 가미시켰다.

천중기와 금자결이 가미된 콩들은 무서운 속도로 강시들을 향해 날아갔다. 그런데 태극신공의 부드러움으로 인해 별로 위력이 있어 보이지 않았다.

천랑은 관표가 볶은 콩을 던지자 '저게 미쳤나?' 하는 얼굴로 관표를 보았다.

콩을 강시에게 던져서 어떻게 하겠다는 건지 의문스러웠던 것이다. 아무리 내공을 주입해서 던져도 콩이 천강시의 단단한 몸을 뚫을 수 있다고 생각할 순 없었다. 그리고 저 정도의 위력이라면 쇠구슬이라도 큰 효력이 없을 것 같았다.

천랑은 자신에게 날아오는 콩을 손으로 쳐내면서 그렇게 생각하였다. 그런데 그런 일이 벌어졌다.

사방으로 날아간 수백 알의 콩은 강시들의 머리만을 뚫고 들어갔다. 천랑은 손으로 콩을 치는 순간 무엇인가 잘못되었다는 것을 알았다. 천중기의 무거움과 금자결이 가미된 콩알은 천랑의 팔을 그대로 뚫고 들어간 다음 머리와 가슴을 관통하였다.

그리고 대부분의 강시들도 콩에 머리가 뚫린 채 쓰러졌다.

사실 천강시들이 콩에 머리가 뚫려서 쓰러졌다라기보다는 그들을 조종하는 천랑이 쓰러지면서 움직이지 못하게 되었다는 표현이 옳았다. 머리가 박살나거나 목이 떨어져 나가지 않는 한 움직이는 천강시였다.

팽완과 유지문은 그저 존경의 눈으로 관표를 보았다.

대체 그의 무공이 어느 정도인지 판단을 내릴 수 없었다.

그건 두 번이나 관표와 대결했던 대과령도 마찬가지였다.

"대체 형님의 무공은 어느 정도입니까?"

팽완이 궁금한 표정으로 묻자 관표는 난감한 표정을 지었다.

사실 관표도 자신의 실력이 어느 정도인지 알지 못했다.

상대적으로 아직 진정한 강자를 만나지 못해서인지도 모른다.

"대과령, 네 무공 실력이 어느 정도지?"

대과령은 잠시 생각에 잠겼다가 말했다.

"초절정은 아니지만 절정은 됩니다."

"그렇다면 내가 대과령보다 많이 강하니 대충 상상하면 되겠군."

오히려 더 가늠하기가 어려워졌다.

대체 대과령보다 얼마나 더 강하단 말인가?

팽완과 유지문은 관표와 의형제를 맺은 게 자신들 일생에 가장 큰 기연일지도 모른다고 생각하였다. 유지문이 정색을 하고 말했다.

"형님을 알게 되어서 정말 큰 영광입니다."

"무슨 말을 그렇게 하는가?"

"앞으로 제 말을 이해하실 때가 있을 겁니다."

유지문은 웃으면서 그렇게 말했다.

"자, 그런 이야기는 나중에 하기로 하고 빨리 가보세. 난 대체 이들이 누구인지 아주 궁금해졌어."

관표가 서둘러 걸음을 옮기자 세 사람도 그와 보조를 맞추었다.

염제의 앞에는 슐탄이 돌아와 있었다.

"천랑이 당했다는 말인가?"

"그런 것 같습니다."

"운룡검 나현은?"

"이각 안에 위치를 확인할 수 있을 것 같습니다."

염제는 슐탄의 말을 믿었다. 그가 아는 한 이 세상에 슐탄만한 추적자는 없었다. 만약 그가 아니었다면 운룡검을 여기까지 쫓아오진 못했을 것이다. 그의 예측은 아직까지 틀린 적이 없었다.

"천랑을 죽인 자는 어떤 자인가?"

"아직은 모르겠습니다. 그러나 그들은 곧 이 적야평으로 올 것입니다."

"그렇다면 여기는 나에게 맡기고 운룡검 나현을 빨리 찾아내라!"

"직접 상대하려 하십니까?"

"내가 아닐세."

"그럼……."

술탄의 시선이 염제의 뒤에 있는 여덟 명의 장한을 향했다.

"그렇지 않아도 혈강시를 시험해 보고 싶었다. 너는 가서 나현을 찾아라."

"명!"

술탄은 혈강시가 얼마나 무서운지 잘 안다. 제아무리 십이대고수 중한 명이라고 해도 혈강시 여덟이면 죽일 수 있을 것이라고 장담하던환제(幻帝) 추소백의 말이 아니더라도 술탄은 이미 혈강시의 무서움을눈으로 확인한 몇 안 되는 사람 중 하나였다.

술탄은 다시 사라졌다.

염제의 눈에 붉은 기운이 은은하게 나타났다가 사라졌다.

그리고 얼마 후에 적야평으로 들어서는 네 개의 그림자가 있었다.

후에 적야평의 혈전이라고 말했던 대결투의 시작은 이렇게 막이 올랐다. 그리고 이 혈전에서 그 이름을 드높인 또 한 명의 고수가 노림을거쳐 적야평으로 다가오고 있었다.

어머니를 등에 업은 자운이 바로 그였다.

〈제2권 끝〉